적
과

흑

일러두기

- 이 책은 Stendhal, 『Le Rouge et le Noir』(Project Gutenberg, 1997)를 참고했습니다.

진형준 교수의 세계문학컬렉션

20

적과 흑

스탕달 지음

Le Rouge et le Noir

살림

스탕달

독일 화가 안톤 라파엘 멩스의 1774~1776년경 작품.

오페라 「돈 조반니」

모차르트가 1787년 작곡한 오페라 「돈 조반니」의 1820년 영국 포츠머스 킹스시어터 공연 장면을 그린 작자 미상의 만화. 일찍이 7세 때 어머니를 잃고 엄격한 아버지 밑에서 불행한 어린 시절을 보내던 스탕달은 문학에서 도피처를 찾았다. 그리고 16세 때인 1799년 파리로 유학을 떠났다. 파리에서 그는 자신의 천직이 희극(comedy) 작가임을 깨닫고 학업을 중단한 채 희극을 쓰고자 했다. 하지만 사촌이 억지로 군대에 보내는 바람에, 나폴레옹 원정군을 따라 1800년 이탈리아 밀라노로 가게 되었다. 그런데 놀랍게도 스탕달은 이탈리아에서 전쟁만이 아니라 오페라와 예술, 사랑과 행복까지 발견했다. 이후 그는 나폴레옹 원정군을 따라 독일을 거쳐, 1812년 러시아 공격에도 참전했으나 무사히 귀국했으며, 1814년 나폴레옹이 몰락하자 직업을 잃었다. 하지만 그런 와중에도 그는 이탈리아와 음악과 그림을 향한 열정을 맹렬히 불태워 『하이든, 모차르트, 메타스타시오 전기』(1815), 『이탈리아 회화의 역사』(1817), 『로마, 나폴리, 피렌체』(1817)를 잇따라 집필했다.

「마틸데 비스콘티니 뎀보프스키 Matilde Viscontini Dembowski」

스탕달의 책들에는 여성에 대한 진정한 공감이 분명히 드러난다. 그래서 시몬 드 보부아르는 『제2의 성』에서 그를 극찬했다. 스탕달이 1822년 쓴 『연애론』은 낭만적 열정에 대한 이성적인 분석을 담고 있는데, 이것은 그가 1818년 밀라노에서 만났던 마틸데 부인을 향한 열렬한 짝사랑 경험에 바탕을 두었다. 이런 낭만적 감정과 냉철한 분석 사이의 융합과 긴장은, 스탕달의 뛰어난 소설들에서 전형적으로 발견되는 특징이다. 그런 점에서 그를 낭만적 사실주의자라고 부를 수도 있다. 스탕달은 44세 때인 1827년 첫 소설 『아르망스』를 출간하지만, 작품을 잘 이해하지 못한 당시 사람들에게 외면당한다.

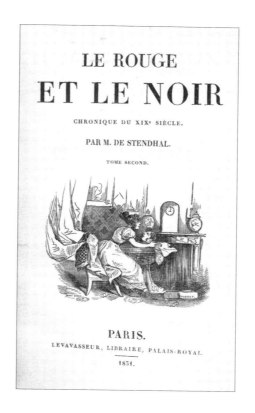

『적과 흑』 초판본

1831년 출간된 『적과 흑』 초판본 표제지. 처음에 스탕달은 제목을 '쥘리앵'이라고 했다가 '적(赤)'과 흑 (黑)' 즉 '빨강과 검정'으로 바꾸었다. 이 제목이 무슨 뜻인지 스탕달이 설명을 하지 않아 여러 가지 해석 이 나오는 가운데 여전히 수수께끼로 남아 있다. 보통 '적'은 '군대'의 군복, '흑'은 '성직자'의 사제복 색깔 을 뜻한다고 보는데, 당시 프랑스 군대 제복 색깔은 푸른색이었다는 등 반론도 만만치 않다. 스탕달은 주 인공 쥘리앵의 야망과 좌절을 통해 귀족과 성직자를 위선자이자 물질주의자로 비판하고, 그들을 지도적 위치에서 끌어내릴 눈앞에 닥친 급격한 변화를 예고하면서, 19세기 초 프랑스 사회를 풍자한다. 한편 앙 드레 지드는 이 소설을 시대를 앞서간, 20세기 독자를 위한 작품이라고 평가했다. 그 당시 소설은 대화와 전지전능한 화자의 설명으로 이루어져 있었는데, 스탕달은 인물의 내면 심리(감정, 생각, 독백)를 묘사하 여 문학 기법 발전에 큰 공헌을 했다. 그래서 스탕달을 심리소설의 창시자라고도 부른다.

 적과 흑 **차례**

제1부

제2부

제 1 부

제1장 작은 도시

프랑스와 스위스 접경지대에 있는 작은 도시 베리에르는 프랑슈콩테 지방에서 가장 아름다운 도시로 손꼽을 만하다. 붉은 지붕을 한 하얀 집들이 언덕에 늘어서 있고 능선을 따라 울창한 마로니에 숲이 굽이굽이 펼쳐져 있다. 그 위로는 거의 다 허물어진 오래된 성벽이 있으며 저 아래로는 두 줄기 강물이 흐르고 있다.

도시 북쪽에는 베라 산이 도시를 둘러막듯 솟아 있다. 그 산으로부터 급류 한 줄기가 쏟아져 내려 베리에르를 가로지른 뒤 두 줄기 강물과 합류한다. 그리고 그 급류 주변에 많은 제재소가 있었다. 이 제재업과 방직업 덕분에 이곳 사람들은 꽤 넉넉한 살림살이를 유지하고 있었다.

나그네가 이 도시에 첫발을 들여놓게 되면 그를 맞이하는 시끄럽기 짝이 없는 소리에 귀가 얼얼해진다. 육중한 쇠망치들을 주렁주렁 매달고 있는 기계인데, 그 쇠망치 하나에서 하루 수천 개의 못이 생산된다. 그 쇠망치들은 급류가 돌리는 물레의 힘으로 작동되고 있다. 그 나그네가 시내로 걸음을 옮기면서, 대로를 오가는 사람들의 얼을 빼놓는 이 못 공장의 주인이 누구냐고 누군가에게 묻는다면, 말꼬리를 길게 늘어뜨리며 다음과 같이 대답할 것이다.

"에에, 저거느은, 시자앙님 거요오."

이 베리에르 대로에서 나그네가 잠시 머뭇거리다 보면 바쁜 척 거드름을 피우는 한 남자를 만날 수도 있다. 이 남자와 마주치면 누구나 모자를 벗고 인사한다. 머리카락이 희끗희끗하고 입은 양복도 잿빛이다. 가슴에는 훈장도 몇 개 달고 있다. 얼핏 보면 그런대로 사오십 대 남자의 멋을 풍기기도 한다. 하지만 그에게서 뭔가 좀 편협한 사람 같다는 느낌을 받고 나그네는 곧 기분이 상할 것이다. 이어서 그가 가진 재능이란 게, 꿔준 돈은 틀림없이 받아내고 빌린 돈은 되도록 늦게 갚는 게 고작이라는 것을 금방 알아차릴 것이다. 그가 바로 못 공장의 주인인 이곳 베리에르 시 시장 레날 씨다.

그가 시청으로 모습을 감춘 후 나그네가 대로를 따라 100여 걸음 더 올라가면 아름다운 집 한 채를 만난다. 철책 사이로 아름다운 정원이 보이고 그 정원 너머로는 부르고뉴 언덕들이 지평선을 이루며 마치 한 폭의 그림처럼 펼쳐져 있다. 바로 레날 시장의 저택이다. 시장은 못 공장에서 거둔 수입으로 이 멋진 저택을 최근에 새로 지었다.

레날 시장은 저택의 정원을 그럴듯하게 꾸미기 위해 이웃의 땅을 사들였다. 그리고 그가 사들인 땅은 바로 소렐 씨의 제재소가 있던 자리였다. 시장은 그 제재소를 다른 곳으로 옮기기 위해 소렐 씨와 여러 차례 흥정을 벌여야만 했다. 결국, 그 억센 고집불통 노인에게 엄청난 땅값을 치러야 했다.

소렐은 아래쪽에 있는 네 배나 더 넓은 공공 부지를 받아냈고, 그 외에 6,000프랑이라는 거금을 더 뜯어냈다. 덕분에 살림이 넉넉해진 그를 사람들은 '소렐 영감'이라고 불렀다.

이 도시의 두 강줄기 위쪽 산등성이를 따라서는 길게 공공 산책로가 나 있다. 위치가 너무 좋아 프랑스에서 가장 아름다운 경치를 굽어볼 수 있는 곳이었다. 하지만 이 산책로에 커다란 흠이 있었다. 봄만 되면 빗물이 길로 쏟아져 내려 고랑을 만들고 웅덩이를 만드는 통에 다니기가 어려웠다. 레날 씨는 시장으로서 업적을 길이 남기기 위해 높이 6미터에 길이가 60~70미터 되는 축대 공사를 추진했다. 레날 씨는 그 축대에 난간을 쌓기 위해 파리에 세 번이나 다녀와야 했다. 내무부 관리들이 모두 고개를 흔들 정도로 귀찮게 한 결과 이제 난간은 1미터 높이로 완성되었고 산책로도 2미터나 더 넓어졌다. 다른 것은 몰라도 레날 씨의 이 공적만은 인정해주어야 한다. 레날 씨는 이 산책로를 단장하면서 '충성 산책로'라는 정식 명칭을 붙였다. 이 충성 산책로 난간에 기대어 저 아래 계곡과 강물을 바라보면 얼마나 아름다운 광경이 펼쳐지는지!

하지만 이 작은 도시에서 사람들이 가장 중요하게 생각하는 것은 아름다움이 아니었다. '수익을 가져오다'라는 표현에 이곳 베리에르에서 모든 것을 결정하는 원칙이 압축되어 있었다. 깊고 청량한 계곡 안자락의 매력적인 이 도시를 처음 찾아오는 외지인은 이곳 주민들이 말끝마다 자기네 고장의 아름다움을 내세우는 것을 보고는, 이들이 정말 미적 감각을 가졌다고 생각할지 모른다.

이곳 주민들이 자기네 고장의 아름다움을 소중히 여기는 건 사실이다. 그 아름다운 풍광이 외지인들을 이곳으로 끌어들이기 때문이다. 그들이 이곳에 와서 쓰는 돈이 자기네 주머니를 불려주고 그들이 지불하는 일종의 통행세가 시의 재정을 넉넉하게 해주기 때문이었다.

화창한 가을날, 레날 씨는 아내와 팔짱을 끼고 충성 산책로를 거닐고 있었다. 어린 세 아들이 그들 앞에서 장난치며 걸어가고 있었다. 서른 살가량 되어 보이는 레날 부인은 여전히 아주 아름다웠다.

레날 시장은 무언가 툴툴거리고 있었다.

"파리에서 왔다는 그 작자, 후회하게 될 거야. 나도 궁정에 친구들이 없는 건 아니니까."

그가 그렇게 못마땅해하는 파리 작자란 아페르 씨였다. 그는 베리에르의 감옥과 빈민 수용소 내부 운영 실태를 기웃거렸던 것이다.

레날 부인이 조심스럽게 말했다.

"그 양반이 당신에게 무슨 해코지를 하겠어요? 당신이 양심적으로 어려운 사람들의 위해 일하고 있는데요."

"그자는 어떤 식으로건 트집을 잡을 거야. 그러고는 자유주의파 신문들에 기사를 쓸 거라고. 이번에 신부가 한 일은 그냥 넘어가지 않겠어."

신부가 무슨 일을 했기에 레날 시장이 그냥 넘어가지 않겠다고 한 것일까?

베리에르의 주 신부는 셸랑 신부였다. 그는 팔순 노인이었지만 이 산간 지방의 신선한 공기를 마시고 지내는 덕분에 건강했고 성격도 꼿꼿했다. 이 주 신부는 신부 자격으로 언제든 감옥과 병원, 심지어 빈민 수용소까지 마음대로 출입할 수 있었다.

아페르 씨는, 프랑스 귀족원 의원이며 이 지방 출신 최대 지주인 라 몰 후작이 써준 소개장을 들고 사제관을 찾았다. 셸랑 신부는 '나는 늙은 몸이고 또 이곳 사람들 인심을 얻고 있으니 어쩌지 못하겠지'라고 생각하고는 아페르 씨를 감옥과 자선병원, 빈민 수용소로 안내했다.

레날 시장이 남에게 가장 보여주기 싫어하는 추한 모습을 외지인에게 보여준 것이다. 이날 아침 레날 씨는 빈민 수용소장 발르노 씨와 함께 사제관으로 가서 꽤나 심한 유감의 말을 던졌다. 그들이 하도 강하게 비난하자 이 노신부는 떨리는 목소리로 외칠 수밖에 없었다.

"좋소, 두 분! 나를 자르시오. 그래도 살아가는 데는 지장이 없소. 나는 이미 48년 전에 연 수입 1,500프랑 정도의 땅뙈기를 상속받았소, 나는 그 수입으로 충분히 먹고살 수 있소."

아침에 있었던 그 일을 생각하며 기분이 언짢았던 레날 씨는 아내를 바라보며 기분을 돌렸다. 그는 아내에게 무척 만족하고 있었다. 아내 앞으로 돌아올 유산이 상당하다는 것도 그를 뿌듯하게 만들었다. 그런데 아내가 "그 파리 양반이 죄수들에게 무슨 해가 되는 건 아니잖아요"라고 신부와 똑같은 말을 되풀이하자 벌컥 화를 내려 했다.

그 순간이었다. 부인이 갑자기 비명을 질렀다. 둘째 아들이 축대 난간 위에 올라서서 뛰고 있었던 것이다. 그 축대 뒤편에는 포도밭이 있었으며 바닥까지는 6미터도 넘는 높이였다. 부인은 소리를 질렀다가는 행여 아이가 놀라 떨어질까 봐 꼼짝도 못 하고 파랗게 질려 있을 뿐이었다. 의기양양해하던 아이는 새파랗게 질린 어머니를 보고는 산책로로 뛰어 내려왔다.

그 사건이 둘 사이의 화제를 바꾸게 해주었다.

레날 씨가 말했다.

"애들을 그냥 놔두면 안 되겠소. 아이를 돌볼 사람을 하나 들입시다. 쥘리앵이라는 제재소 소렐 영감 집 셋째 아들을 우리 집에 데려다놔야겠소. 라틴어를 잘한다고 하니 아이들을 가르칠 수도 있을 거요. 그 집에 지금은 죽은 퇴역 군의관 한 명이 오래 묵은 적이 있었는데, 쥘리앵이 그 사람한테서 라틴어를 배우고 책도 물려받았다더군. 신부가 전에 한 이야기로는 제법 강직한 친구래. 신학교에 들어가려고 3년 전부터 신학 공부를 하고 있다고 하오.

빈민 수용소장 발르노가 노르망디 말 두 필을 사들이고 우쭐대는 꼴이 보기 싫어서라도 가정교사를 두어야 하오. 발르노는 자기 아이들에게 가정교사를 붙여주지 못했으니까."

그러자 레날 부인이 말했다.

"우리보다 먼저 그 가정교사를 데려갈 수도 있겠네요."

레날 씨는 자기가 미처 생각하지 못한 것을 일깨워준 아내가 고마웠다.

"자, 그럼 찬성으로 알고 결정합시다. 식사를 제공하는 조건으로 일 년에 300프랑을 줄 작정이야. 우리 지위를 유지하는 데 드는 비용으로 쳐야지."

남편의 갑작스러운 결정에 레날 부인은 생각이 많아졌다. 부인은 키가 크고 늘씬했다. 좀 더 젊었을 때는 이 고장 최고 미인으로 통했던 적도 있었다. 그녀의 말과 행동에는 소박함이 배어 나왔다. 그녀는 순진함과 생기가 넘치는 청초한 아름다움을 지니고 있었다.

파리 사람이라면 그녀의 그런 모습에서 달콤한 관능적 쾌락을 떠올릴 것이다. 하지만 정작 레날 부인은 자신의 모습이 그토록 유혹적이라는 사실을 알게 된다면 한없이 부끄러워할 여자였다. 그녀는 교태를 부릴 줄 몰랐고 속마음을 감춘 채 꾸며 말할 줄도 몰랐다.

그녀는 너무 순진했기에 남편에게도 불만이 없었다. 남편을 요모조모 따져 평가해본 적도 없었고 권태롭다는 생각도 해본 적이 없었다. 남편과 아내 사이가 자기네 정도보다 나을 수 있으리라는 생각은 해본 적이 없었다. 그녀에게 남편이란 자신이 아는 남자들 중에 싫다는 느낌이 가장 덜 드는 남자였다. 그녀는 베리에르에서 가장 귀족적인 남자로 통하는 남편과 산다는 것에 대해 아무런 아쉬움도 느끼지 않았다.

제2장 쥘리앵, 레날 씨 집에 가정교사로 들어가다

내 잘못이란 말인가?
이렇게 된 것이.
_마키아벨리

다음 날 아침 레날 씨는 서둘러 소렐 영감의 제재소를 찾았다. 그 오지랖 넓은 수용소장 발르노가 라틴어를 줄줄 꿰차고 있는 그 꼬맹이 예비 신부(神父)를 가로채 갈까 봐 사뭇 초조했기 때문이었다.

제재소 근처로 가자, 저 멀리 한 시골 사내의 모습이 눈에 들어왔다. 키가 무척 큰 그 사내는 이른 아침인데도 아주 바쁘게 움직이고 있었다. 길에 부려놓은 재목들의 치수를 재고 있는 것 같았다. 소렐 영감이었다.

영감은 시장이 쥘리앵을 자기 집에 가정교사로 데려가겠다는 뜻밖의 제안을 하자 이게 웬 횡재인가 싶었다. 하지만 겉으로는 뭔가 불만스러운 듯 시큰둥한 표정을 지었다. 이곳 산간 지방 사람들이 속내를 감추고 싶을 때 내보이는 태도였다.

소렐 영감은 이 지체 높은 나리가 자신의 건달 아들을 데려가려는 이유가 무엇인지 머리를 굴리느라 여념이 없었다. 영감은 아무짝에도 쓸모없는 쥘리앵을 아주 못마땅하게 여기고 있었다. 그런데 연봉 300프랑이라는 눈이 번쩍 뜨일 보수 외에 숙식까지 제공하겠다니 이런 횡재가 따로 없었다.

영감의 시큰둥한 반응에 시장은 놀랐다. 시장은 생각했다.

'당연히 좋아할 일에 이런 반응을 보이는 걸 보니, 누군가 같은 제안을 했던 게 틀림없어. 발르노 말고 누가 그런 제안을 하겠어?'

레날 씨는 당장 협상을 매듭짓자고 독촉했다. 하지만 능구렁이 영감은 엉덩이를 뒤로 뺐다. 자기 아들 의견을 물어보아야 대답을 할 수 있다는 것이었다. 레날 씨는 일단 물러갈 수밖에 없었다.

레날 씨가 돌아가자 소렐은 제재소 문밖에서 벼락같은 목소리로 아들 쥘리앵을 불렀다. 하지만 아무 대답도 없었다. 거구에 힘이 장사인 두 아들이 전나무 둥치를 다듬는 모습만 눈에 들어올 뿐이었다. 안으로 들어가 쥘리앵이 있어야 할 자리를 살펴보았지만 셋째 아들의 모습은 보이지 않았다. 위쪽을 휘휘 둘러보니 천장 대들보에 말 타듯 걸터앉은 아들의 모습이 보였다. 기계가 잘 돌아가는지 보라고 톱 옆자리에 앉아 있으라 했건만! 밉살스러운 막내아들 놈은 시킨 일은커녕 책을 읽고 있었던 것이다.

형들과 달리 뼈대가 가늘어서 힘쓰는 일엔 도통 쓸모가 없다는 것은 참아낼 수 있었지만 책을 옆에 끼고 사는 그 빌어먹을 버릇은 도저히 참아내기 어려웠다.

아버지가 두세 번 더 불러도 소용이 없었다. 책에 몰두해 있었기 때문이었다. 영감은 목재를 딛고 대들보 위로 훌쩍 뛰어 올라갔다. 쥘리앵이 펼쳐 든 책을 후려쳐 개울로 날려 보낸 영감은 그의 머리를 향해 주먹을 날렸다. 한 대 얻어맞은 그가 휘청하며 4미터 아래로 떨어져버릴 뻔한 순간 영감이 왼손으로 그를 우악스럽게 붙들었다.

쥘리앵은 엉금엉금 기어서 톱 옆자리로 돌아갔다. 맞은 자리가 아픈 것보다는 좋아하는 책을 잃어버린 것이 슬퍼서 눈물을 글썽거렸다. 그건 그가 가장 아끼는 책 중 하나인 『세인트헬레나 회고록』으로서 나폴레옹이 세인트헬레나 섬에 유배되었을 때 했던 말을 기록한 것이었다. 영감은 그런 쥘리앵의 뒤를 거칠게 밀면서 집 쪽으로 몰고 갔다. 지나가면서 쥘리앵은 책이 떨어진 개울을 슬프게 쳐다보았다.

청년의 나이는 열여덟이나 열아홉쯤 돼 보였다. 섬세한 생김새에 매부리코를 하고 있었으며 어딘지 모르게 불안정한 생김새였다. 좀 전까지만 하더라도 사색과 열정을 담고 있던 두 눈은 증오로 이글거리고 있었다. 짙은 밤색 머리카락이 이마 언저리까지 빽빽하게 숲을 이루고 있었으며 이마가 좁았기에 성깔이 있어 보이기도 했다.

어쨌든 이처럼 눈길을 잡아끄는 용모도 드물었다. 몸매는 날렵하고 균형이 잡혀서 더없이 경쾌해 보였다. 어린 시절부터 얼굴도 창백한 데다 걸핏하면 말없이 생각에 자주 잠기는 것을 보고 아버지는 그가 얼마 살지 못하거나, 그러지 않더라도 가족의 짐이 될 거라고 생각했다. 아버지와 형들은 쥘리앵을 무시했고 쥘리앵은 그들을 증오했다.

그런 쥘리앵이 유일하게 존경하는 인물이 있었다. 그에게 라틴어와 역사를 가르쳐준 퇴역 군인 외과 의사였다. 물론 그

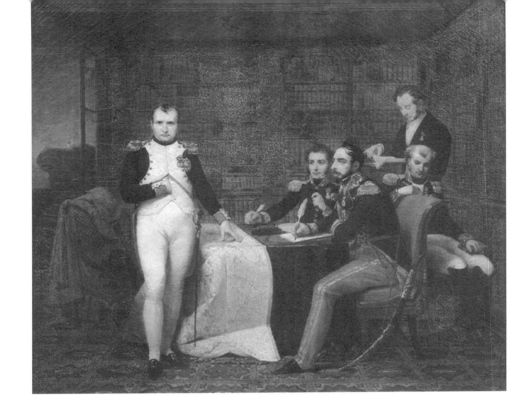

「자신의 회고록을 구술하는 세인트헬레나 섬의 나폴레옹 Napoléon à Sainte-Hélène dictant ses mémoires」

작자 미상의 19세기 작품. 『세인트헬레나 회고록(Le Mémorial de Sainte-Hélène)』은 나폴레옹이 쓰고 엠마뉘엘 라스 카스 백작이 편집한 나폴레옹의 회고 모음집이다. 1814년 전쟁에 패하여 엘바 섬으로 추방되었던 나폴레옹은 1815년 탈출하여 잠시 권력을 되찾았다(백일천하). 그러나 그해 6월 워털루 전투에서 패한 뒤 7월에 항복하고 세인트헬레나 섬으로 유배당해 그곳에서 사망했다. 이 시기에 나폴레옹은 회고록을 집필하는데, 자신이 통치한 프랑스 제국에 대한 향수와 안타까움을 명료하게 담아내어, 당시 프랑스 문학에서 가장 뛰어난 작품 중 하나가 되었다. 흔히 나폴레옹이 말로 한 것을 다른 사람이 받아 적었다고 알려졌지만, 편집자인 라스 카스 백작은 처음부터 끝까지 나폴레옹이 직접 쓴 창작품이라고 늘 강조했다. 1822년부터 1842년까지 20년 동안에 다섯 차례나 개정판이 나왔다.

적과 흑

군의관 자신이 아는 역사라는 것이 나폴레옹의 이탈리아 원정 이야기뿐이었지만 쥘리앵에게는 더없이 소중한 배움이었다. 그는 죽으면서 레지옹 도뇌르 훈장과 함께 삼사십 권의 책을 쥘리앵에게 물려주었다. 그중 가장 소중한 책이 방금 물속에 잠기고 만 것이었다.

집 안으로 들어서자마자 영감이 쥘리앵에게 윽박지르듯 말했다.

"속일 생각일랑 집어치우고 똑바로 말해. 이 빌어먹을 놈아, 어디서 레날 부인을 알게 된 거냐? 언제부터 말을 붙였어?"

"말 붙인 적 없어요. 성당에서 본 게 전부인데요."

"뻔뻔한 놈, 어쨌든 쳐다보다가 눈이 맞았던 거지?"

"아뇨, 성당에 가면 하느님만 쳐다본다고요. 아버지도 잘 아시잖아요."

쥘리앵은 또다시 얻어맞지 않으려고 위선적인 모습을 꾸며보였다.

"하지만 뭔가 있으니 이런 제안을 해 왔겠지. 이런 생쥐 같은 녀석! 암튼 네 녀석을 시원하게 치워버릴 수 있게 됐다. 네

놈이 신부를 꼬드겼거나 구워삶았겠지. 가서 짐을 꾸려라. 레날 씨 집에 데려다줄 테니. 너를 그 집 아이들 가정교사로 들이겠단다. 먹이고 입혀주고 300프랑을 주겠대."

"난 하인이 되고 싶지는 않아요."

"이놈아, 누가 너더러 하인 노릇 하라더냐? 내가 아들놈을 하인으로 보낼 것 같아?"

"하지만 그 집에서 누구랑 같이 밥을 먹게 되는 건데요?"

이 뜻밖의 질문에 소렐 영감은 조금 당황했다. 그는 쥘리앵에게 고래고래 욕을 퍼붓고는 다른 아들들의 의견을 물어보러 갔다.

혼자 남은 쥘리앵은 하인 식탁에 둘러앉아 밥을 먹느니 도망가는 게 차라리 낫다고 생각했다. 그가 하인 식탁에서 밥을 먹는 것을 혐오하게 된 것은 전적으로 루소의 『고백록』을 읽은 탓이었다. 그가 아는 세상이란 오로지 이 책을 읽고 머릿속으로 상상해본 것이 전부였다. 이 책과 더불어 『대육군 회보 모음집』과 『세인트헬레나 회고록』이 그의 『코란』이었다. 이 세 권의 책을 그는 목숨처럼 소중히 여겼다. 그중 한 권을 방금 개울에 흘려보낸 것이었다.

쥘리앵의 내면에는 어떤 불꽃같은 것이 타오르고 있었다. 또한 그의 기억력은 놀라운 바가 있었다. 야심이 있었던 그는 자신의 장래가 셸랑 노신부에게 달려 있음을 알고 라틴어 『신약성경』을 처음부터 끝까지 다 암기했다. 그의 신임을 얻기 위해서였다. 게다가 메스트르의 『교황론』도 다 암기했다. 그렇다고 『신약성경』이나 『교황론』을 믿게 된 것은 아니었다.

다음 날 이른 시간 레날 씨가 소렐 영감을 집으로 불렀다. 영감은 이런저런 말꼬리를 잡아 눈치를 굴린 끝에 아들이 주인 내외와 같은 식탁에 앉게 될 것과, 손님이 많은 날은 아이들과 함께 식사하게 될 것임을 알아냈다. 시장이 이번 일을 서두른다는 눈치를 분명히 채게 된 영감은 좀 더 배짱을 부려봐야겠다는 생각을 했다.

그는 아들이 머물 방을 보여달라고 요구했다. 가구가 깔끔하게 갖추어진 큰 방이었으며 벌써 세 자녀의 침대를 그 방으로 옮겨놓느라 분주한 모습이 눈에 띄었다. 소렐 영감은 자신감 있는 태도로 아들에게 줄 옷을 보여달라고 했다. 레날 씨는 서랍에서 100프랑을 꺼냈다.

"아들에게 양복점에 가서 이 돈으로 검은색 정장 한 벌을 맞추라고 하시오."

"알겠습니다. 이제 딱 한 가지가 남은 셈이군요. 나리께서 우리 아이에게 주실 돈 말입니다."

"어제 300프랑으로 합의를 보지 않았소? 그 정도면 과분한 돈이지."

"그건 나리께서 제시한 액수지요. 과분하다는 것도 맞긴 하지만……."

그러더니 소렐 영감은 배포 좋게 한마디 덧붙였다.

"어디 더 좋은 자리가 있는지 한번 알아봐야겠는뎁쇼."

시장의 얼굴이 붉어졌다. 이윽고 두 시간가량이나 흥정이 이어졌다. 발르노에게 쥘리앵을 빼앗길까 봐 속으로 안달이 난 시장이 질 수밖에 없었다. 쥘리앵의 연봉은 400프랑으로 정해졌다. 그것도 매달 선지급으로 36프랑씩 주기로 했다. 레날 씨는 마지막 흥정만은 이기고 싶었다. 그는 그 봉급을 쥘리앵에게 직접 주겠다고 주장했다. 그리고 영감에게 아들 옷을 해주라며 건넸던 100프랑도 자기가 직접 옷을 해 입히겠다며 도로 받았다. 뭔가 영감에게 말려들었다는 기분에 속이 뒤틀

렸기 때문이었다. 소렐 영감도 더 우기다가는 거래 자체가 깨질 것을 우려해 그 주장을 받아들일 수밖에 없었다.

그사이 쥘리앵은 자신의 책과 레지옹 도뇌르 훈장을 안전하게 보관하고 싶어 친구를 찾아갔다. 벌채 일을 하는 푸케라는 이름의 그 친구는 베리에르를 굽어보는 높은 산 속에 살고 있었다.

그가 돌아오자 소렐 영감이 말했다.

"이 빌어먹을 게으름뱅이 놈아. 십 몇 년 동안 공짜로 먹여주고 재워준 값을 갚을 염치도 없는 놈! 이제 짐을 꾸려서 시장 댁으로 가버려라."

쥘리앵은 서둘러 집을 나섰다. 레날 시장 댁으로 가기 전에 그는 잠시 성당에 들러야겠다고 생각했다. 신부가 되기로 마음먹고 있는 청년이 새로운 출발을 하면서 성당에 들르는 것은 당연하게 보일지 모른다. 하지만 이 젊은이의 속마음은 그렇게 단순하지 않았다. 그는 전투에 나가는 병사의 심정으로 마음을 추스르기 위해 성당에 들른 참이었다.

아주 어린 시절 쥘리앵의 꿈은 군인이 되는 것이었다. 검은

갈기가 길게 달린 투구를 머리에 쓰고 흰 망토를 휘날리는 병사의 모습이 자신의 미래상이었다. 또한 퇴역 장교 의사의 영향으로 그의 머릿속은 온통 나폴레옹으로 가득 찼다.

그런데 쥘리앵이 열네 살 되던 해 베리에르에 성당 건축이 시작되었다. 이런 작은 도시에 들어서는 성당치고는 규모가 웅장했다. 그리고 그 성당의 기둥 문제를 놓고 치안판사와 보좌 신부 사이에 격한 분쟁이 벌어졌다. 그런데 치안판사가 완패했다. 그런 이후 치안판사가 몇 건 부당해 보이는 판결을 내렸다. 공화주의자 신문을 구독하는 주민들에게 불리한 판결이었다. 보좌 신부의 눈치를 본 판결임이 분명했다. 분개한 주민들이 있었지만 쥘리앵은 신부의 위력을 실감했다.

별안간 쥘리앵은 나폴레옹에 대한 이야기를 입에 담지 않게 되었다. 심지어 그를 싫어한다고 말하곤 했다. 대신 신부가 되겠노라고 드러내놓고 말했다. 그리고 라틴어 『성경』을 암기했다. 선량한 셸랑 노신부는 쥘리앵의 놀라운 기억력에 감탄해서 매일 저녁 그를 데리고 앉아 신학을 가르쳤다. 쥘리앵은 신부 앞에서 경건한 모습만 보였다. 하지만 그가 신부가 되기로 결심한 것은 경건한 신앙심 때문이 아니었다. 출세하고자 하는 욕심 때문이었다. 계집아이같이 창백하고 곱상한 얼굴 뒤에, 출세하지 못할 바에야 차라리 죽음을 택하겠다는 단호한 결심이 숨어 있음을 신부는 물론 그 누구도 눈치채지 못했다. 쥘리앵에게 출세란 무엇보다 베리에르를 떠나는 것을 뜻했다. 그는 자신이 태어난 이 고장이 싫었다.

어릴 적부터 그의 가슴은 자주 뜨거운 열기로 고동치곤 했다. '언젠가는 파리의 아름다운 여인들 앞으로 나아가리라. 무언가 눈부신 일을 해서 그들의 눈길을 사로잡으리라. 나폴레옹 보나파르트는 아직 가난하던 시절에 그 유명한 보아르네 부인의 사랑을 얻었는데 나라고 해서 파리의 여인들 중 한 명의 사랑을 받지 못할 이유가 어디 있겠는가!' 그는 가진 것 없이 출발해서 칼의 힘으로 온 세상의 지배자가 된 보나파르트를 자주 머릿속에 떠올리곤 했다. 자신이 불행하다고 생각되면 그 생각이 위안을 주었고 기쁠 때는 그 기쁨을 두 배로 만들어주었다. 그러던 그가 성당 사건 이후로 생각이 바뀐 것이었다. 그는 자기가 현실에 눈을 떴다고 생각했다.

'나폴레옹이 각광받던 시대는 갔어. 그때는 외적의 침략을 두려워할 때였어. 군사적 힘이 필요했고 인기가 있었지. 하지만 오늘날은 나이 마흔인 신부들이 연봉을 10만 프랑이나 받고 있잖아. 나폴레옹 군대 장군들보다 세 배나 많은 돈이야. 나는 신부가 될 거야.'

그가 신부가 되기로 결심한 것은 출세를 위해서였다. 그런 만큼 영웅이 되어 이름을 날리고 싶은 그의 어릴 적 꿈은 여전히 그의 내부에서 꿈틀거리고 있었다.

그는 레날 씨 집으로 가기 전에 성당에 들렀다. 성당 안은 어둡고 고요했다. 성당 안에는 그 혼자뿐이었다. 그가 의자에 걸터앉았을 때 기도대 위에 펼쳐진 신문 조각이 하나 눈에 들어왔다. 마치 누군가 읽어주기를 기다리는 것 같았다. 쥘리앵은 기사들을 눈으로 더듬었다.

브장송에서 처형당한 루이 장렐 상보, 그의 마지막 순간은……

신문 조각은 찢겨 있었다.

'누가 여기 이 신문을 갖다놓은 걸까? 장렐이 누군지는 몰라도 안됐네. 그런데 이름 끝 글자가 내 이름과 같네……. '

그는 신문을 구겨버렸다.

그는 기도를 마친 후 레날 씨 집으로 향했다. 레날 씨 집으로 향하면서 그는 새롭게 맞이하게 될 세상과의 싸움에서 이기리라는 영웅적 투쟁심으로 불탔다.

하지만 레날 씨 집이 눈앞에 다가오자 씩씩하게 마음속으로 다짐했음에도 불구하고 어쩔 수 없이 소심해졌다. 철제문은 열려 있었다. 더없이 으리으리한 문이었다. 쥘리앵은 그 안으로 들어가야 한다는 사실에 은근히 겁을 먹고 망설인 채 서 있었다.

대문을 바라보며 불안해하고 있는 사람이 한 명 더 있었다. 레날 부인이었다. 그녀는 낯선 사람이 이제 저 문으로 들어와 가정교사라는 신분으로 자신과 아이들 사이에 끼어들리라는 생각에 안절부절못하고 있었다. 이제까지 아이들과 함께 잠자리에 들었는데 이제는 가정교사와 아이들이 함께 잠을 자는 것이다. 부인은 방에 놓여 있던 아이들의 작은 침대가 가정교사의 방으로 옮겨지는 것을 보고 눈물을 쏟았다. 막내의 침대만이라도 자기 방에 놓게 해달라고 남편을 졸랐지만 소용없었다.

라틴어를 안다는 이유만으로 자기 아이들을 야단칠 권리를 가진 한 남자! 어쩌면 회초리를 들지도 몰라. 그녀는 가정교사의 모습을 무섭게 그리고 있었다. 부인은 이제 곧 대문 앞에 사납게 생긴 사내가 헝클어진 머리를 한 채 나타날 것이라고 상상하고 있었다.

잠시 후 대문 앞에 한 시골 청년이 모습을 드러냈다. 레날 부인은 얼굴이 너무나 희고 눈빛이 부드러워 처음에는 웬 처녀가 남장을 하고 시장에게 부탁할 것이 있어 찾아온 건가 생각했다. 부인은 문 앞에 서서 초인종을 울릴 용기도 내지 못하고 있는 그 젊은이가 가여웠다. 부인은 그가 가정교사라고는 생각할 수 없었다.

부인은 방에서 나와 그에게 다가가 물었다.

"무슨 일로 왔나요?"

몸을 돌리고 있던 쥘리앵은 그 소리에 깜짝 놀라 휙 돌아섰다. 그의 눈이 레날 부인의 눈과 마주쳤다. 그 눈빛이 너무 아름다워서 쥘리앵은 잠시 말을 잊었다. 잠시 후 정신을 차린 쥘리앵이 말했다.

"댁의 가정교사로 왔습니다, 부인."

그 소리에 레날 부인은 너무 기뻤다. 그리고 이상한 상상을 하던 자신이 우스워서 마음 놓고 웃었다. 후줄근하게 차려입은 더러운 신부가 와서 아이들을 야단치고 회초리질 할 줄 알았는데 그 가정교사가 바로 이 사람이라니!

"아, 네. 그런데 선생께서 라틴어를 잘하신다고요?"

쥘리앵에게는 그처럼 잘 차려입은 여인이, 더군다나 눈부신 살결을 가진 여인이 이렇게 다정하게 말을 걸어준 것은 이번이 처음이었다. 게다가 자기를 보고 선생이라니!

"그렇습니다, 부인."

그가 수줍게 대답했다.

부인은 가정교사가 소녀처럼 수줍어하는 모습을 보고 너무 기뻤다. 그런데 끔찍한 사람을 상상하고 있었다니! 초조한 불안감에 시달리던 끝에 나타난 쥘리앵의 모습은 부인에게 너무나 매혹적이었다.

"들어오세요."

부인이 앞서고 쥘리앵이 뒤따랐다. 현관에 들어서자마자 부인이 다시 뒤를 돌아다보았다. 청년은 새하얀 셔츠 차림에 말끔한 자주색 웃옷을 팔 밑에 끼고 있었다. 가정교사라면 분명 검은 옷을 입어야 하는 거 아닐까? 그녀는 사람을 착각했을까 봐 두려워서 다시 물었다.

"그런데 선생, 라틴어를 하신다는 게 사실이지요?"

이 말에 쥘리앵의 자존심이 상했다. 그는 갑자기 차가운 표정을 지으며 말했다.

"그렇습니다, 부인. 신부님만큼은 라틴어를 할 줄 압니다. 때로는 신부님보다 제 실력이 더 낫다는 말씀을 신부님이 하십니다."

"아이들이 잘 따라오지 못해도 회초리를 들지는 않으실 거지요?"

이처럼 아름다운 귀부인이 이렇게 상냥하게, 거의 애원하는 말투로 말을 건네 오자 쥘리앵은 거의 정신이 나갈 지경이었다. 레날 부인의 얼굴이 자신의 얼굴에 닿을 듯 가까이 있었다. 여인의 여름 옷 향기가 코끝에 스쳐 왔다. 쥘리앵은 얼굴이 빨갛게 달아올랐다.

"아무 걱정 하지 마십시오, 부인. 무엇이든 말씀대로 하겠습니다."

"나이가 어떻게 되세요?"

"곧 열아홉이 됩니다."

레날 부인은 완전히 마음을 놓았다.

"우리 큰아이는 열한 살이에요. 좋은 친구가 될 수 있을 거예요. 무슨 일이 있으면 말로 타일러주세요. 언젠가 아버지가 그 애에게 매를 들려고 한 적이 있었는데 일주일이나 앓아눕고 말았어요."

'내 처지와는 하늘과 땅 차이로군.' 쥘리앵은 생각했다. '부자들은 참으로 행복하기도 해.'

그때 그들의 말소리를 듣고 레날 씨가 서재에서 나왔다. 그는 권위적인 태도로 쥘리앵을 맞으며 말했다.

"자네가 품행이 반듯한 사람이라고 신부님이 말씀하시더군. 내 몇 가지 주의를 주겠네. 지금부터는 자네 가족이나 친구들과 오가는 일이 없었으면 좋겠네. 여기 첫 달치 봉급 36프랑이네. 그리고 이제 품위 있게 행동해야 해. 자, 이걸 입게. 이제 나하고 뒤랑 양복점으로 가지."

한 시간 후 쥘리앵은 멋진 신사가 되어 돌아왔다. 양복점에서 옷을 맞춘 후 기성복을 사 입고 돌아온 것이다. 쥘리앵은 자기 방에 웃옷을 벗어놓겠다며 들어갔다. 그사이 아이들이 달려와 레날 부인에게 이것저것 물어댔다.

쥘리앵이 다시 나타났다. 그는 딴사람이 된 것 같았다. 근엄해 보인다는 표현으로는 부족했다. 그는 아예 근엄의 화신 같았다. 부인이 아이들에게 그를 소개하자 그는 레날 씨조차 감탄할 만한 태도로 유창하게 아이들에게 자기를 소개했다.

"여러분, 나는 여러분에게 라틴어를 가르치려고 왔습니다. 앞으로 여러분에게 『성경』 암송을 시킬 예정입니다. 여기 『성경』이 있습니다."

그는 검은 장정의 작은 『성경』을 내보였다.

"이것은 우리 주 예수 그리스도의 이야기로 『신약성경』이라고 부르는 책입니다. 앞으로 여러분에게 종종 암기를 시킬건데, 그러기에 앞서 내가 암송 시범을 보이지요."

맏이 아돌프가 『성경』을 받아들자 그가 다시 말했다.

"아무 데나 펼치고 첫 문단 세 구절만 읽어줘요. 그러면 내가 나머지를 죽 외워 보일 테니까."

아돌프가 책을 펴들고 처음 두세 구절을 읽자 쥘리앵은 아주 일상적인 편한 말투로 그 쪽 전체를 좍 암송했다. 레날 씨는 '어때, 내가 잘 골랐지?'라며 뻐기는 태도로 부인을 바라보았다. 부인도 놀라서 눈을 동그랗게 떴다. 그 자리에서 쥘리앵은 아돌프가 짚어주는 대목 여덟 군데를 암송했다. 하인과 하녀들도 들어와 그 모습을 보고 모두 감탄했다.

일이 잘 돌아가려고 그랬는지 쥘리앵이 『성경』을 막힘없이 암송하고 있을 때 발르노 씨와 군수 샤르코 드 모지롱 씨가 들어왔다. 이 장면으로 인해 쥘리앵은 확고한 선생의 지위를 확보하게 되었다. 하인들도 그를 선생이라고 부를 수밖에 없게 된 것이다. 그날 저녁, 수많은 베리에르 사람들이 너나없이 그 비범한 선생을 보려고 레날 저택으로 몰려들었다.

이후 가정교사 쥘리앵의 처신은 나무랄 데가 없었다. 그가 집에 들어온 지 한 달도 되지 않아 레날 씨까지 그를 대하는 태도가 은근히 정중해졌다.

제3장 쥘리앵의 행복한 나날들

아이들은 그를 몹시 따랐지만 그는 아이들에게 마음을 주지 않았다. 그는 냉정하고 공정하게 아이들을 대했으며, 감정을 드러내지도 않았다. 그런데도 아이들은 그를 좋아했다. 따분하던 집안 분위기를 어느 정도 활기 있게 만들어놓았다는 점만으로도 그는 좋은 가정교사였다.

하지만 그는 자신이 새롭게 발을 들여놓은 이 상류사회를 증오하고 역겹게 여겼다. 아마 그 사회 끝자리에 겨우 엉덩이 한 짝 걸쳐놓은 자신의 처지 때문인지도 몰랐다.

레날 부인에 대해서도 마찬가지였다. 그는 레날 부인이 무척 아름답다고 생각하면서도 그 아름다움 때문에 부인을 미

위했다. 이유는 간단했다. 여인의 아름다움이란 자신의 출세에 장애가 될 암초라고 생각한 것이다. 그는 부인과 이야기를 나눌 기회를 되도록 피했다.

레날 부인의 하녀 엘리자가 이 젊은 가정교사에게 반한 것은 당연한 일이었다. 레날 부인은 쥘리앵이 자주 엘리자와 이야기를 나눈다는 것을 눈치챘다. 알고 보니 쥘리앵의 속옷이 몇 벌 없었기 때문이었다. 그래서 자주 속옷을 세탁물로 내놓아야 했는데 바로 그 심부름을 엘리자가 했다. 쥘리앵이 그토록 가난한 줄 짐작도 못 하고 있던 레날 부인은 가슴이 아팠다. 부인은 쥘리앵에게 선물을 하고 싶었지만 수줍어서 그러지도 못했다. 그녀가 쥘리앵을 두고 처음으로 느낀 갈등이었다.

그녀는 쥘리앵에게 감탄했다. 가난한 처지에 어쩌면 저렇게 깔끔할 수 있을까! 그녀에게 쥘리앵은 순수하고 지적인 사람 그 자체였다. 순수함과 지적인 것이 주는 기쁨과 즐거움 그 자체였다.

겉보기에 레날 부인을 세상 물정 모르는 숙맥으로 오해할 수도 있다. 그녀는 인생 경험이라는 것을 해보지도 못했고 사람들과의 교제에도 관심이 없었다. 만일 그녀가 조금이라도 교육을 받았더라면 재기를 발휘해서 사람들의 이목을 끌었을 것이다. 하지만 그녀는 성심수녀회의 수녀들 틈에서 자랐다. 부인은 내성적이었으며 겸손했다. 또한 자신의 의사를 강하게 내세우는 적도 없었다. 하지만 그것은 바로 그녀의 고고한 기질에서 비롯된 것이었다. 그녀가 남편에게 다소곳한 모습을 보이는 것은 그에게 순종해서라기보다는 무관심해서였다. 쥘리앵이 이 집에 오기 전에 그녀는 오로지 자기 아이들에게만 관심을 쏟았다. 그 외에 그녀가 무언가에 몰두해본 경험은 성심수녀회에 있을 때 하느님을 열심히 경배한 것밖에 없었다.

그녀는 아이들 중 하나가 아프기라도 하면 아이가 죽기라도 한 것처럼 큰 충격을 받았다. 걱정을 혼자 견디기 어려워 남편에게 하소연한 적도 있었다. 그러면 남편은 아내의 근심은 아랑곳하지 않고 여자들의 어리석음에 대한 시시한 격언이나 주워섬겼다. 그녀는 그런 농담에 상처받았다. 그리고 그저 남자란 모두 자기 남편이나 발르노 씨 같을 거라고 생각해버렸다. 부인이 보기에 남자란 상스러운 존재였다. 돈이나 지위, 훈장이 걸린 문제가 아니면 아무 관심도 없고, 무슨 일이건 자신에게 조금이라도 거슬리면 마구 화를 내는 그런 존재였다. 고고한 그녀는 그들에게 적응할 수 없었다. 하지만 어쨌든 그들 가운데 살아야 했다.

시골뜨기 청년 쥘리앵이 부인 마음을 사로잡을 수 있던 것은 그 때문이었다. 쥘리앵이 보여주는 고상함, 그의 영혼이 지닌 자존심에 부인은 공감했다. 그가 보여주는 새로운 매력에서 부인은 감미로운 기쁨을 발견했다. 심지어 세상일에 대해 쥘리앵이 그토록 무지한 것조차 매력으로 느껴졌다. 그가 촌스럽고 투박한 행동을 해도 곧 용서했으며 자신이 다듬어주었다.

레날 부인은 젊은 가정교사의 가난을 생각하고는 가슴이 아파 종종 눈물을 흘리곤 했다. 어느 날 쥘리앵이 이런 부인을 보았다.

"저런, 부인, 혹시 뭔가 안 좋은 일이라도?"

"아무것도 아니에요, 몽 아미(mon ami, 내 친구). 아이들과 함께 산책이나 해요."

부인은 쥘리앵의 팔을 잡더니 스스럼없이 몸을 기대왔다. 부인이 그를 '몽 아미'라고 친근하게 부른 것은 이번이 처음이었다. 산책이 끝날 즈음 그녀가 얼굴을 붉히며 떠듬떠듬 말했다.

"제게 부유한 친척 아주머니가 한 분 계시는데…… 제가 그분의 유일한 상속인이에요. 제게 선물도 많이 주시곤 하는데…… 그런데…… 아이들 공부가…… 아주 많이 좋아졌고…… 놀랄 정도로요……. 그래서 작은 선물을 드리고 싶어서……. 그냥 감사의 표시로…… 그저 속옷을 살 수 있을 정도로요. 하지만……."

그녀가 말끝을 흐리자 쥘리앵이 물었다.

"하지만 뭐지요, 부인?"

"남편한테는 굳이 말씀하실 필요가……."

쥘리앵은 발걸음을 딱 멈추더니 몸을 꼿꼿이 세우고 대답했다.

"부인, 비록 제 처지가 보잘것없지만 저는 절대로 천한 인간이 아닙니다. 제가 받는 돈은 어떤 것이 되었건 레날 씨에게 조금도 감출 수 없습니다. 만일 그렇게 된다면 저는 하인만도 못한 존재입니다. 제가 이 집에 온 후 시장님은 제게 36프랑씩 다섯 번 주셨습니다. 제 금전출납부를 언제고 있는 그대로 보여드릴 수 있습니다."

쥘리앵이 이처럼 화를 내자 레날 부인의 얼굴이 창백해졌다. 하지만 호의를 거절한 쥘리앵에게 화가 난 것이 아니었다. 오히려 그에게 존경심을 느꼈고 감탄했다. 그리고 그에게 사과해야겠다고 생각하고 이후 더 정성을 쏟았다. 그리고 그에게 정성을 쏟으면서 행복했다.

어느 날 부인이 쥘리앵에게 함께 어디론가 가자고 했다. 한 번도 들어본 적이 없는 용감한 말투였다. 부인이 쥘리앵을 데려간 곳은 자유주의의 온상으로 악명 높은 베리에르의 서점이었다. 그곳에서 부인은 책을 200프랑어치나 샀다. 아이들에게 주겠다는 명목이었다. 하지만 쥘리앵이 그 책들을 읽고 싶어 한다는 것을 부인은 알고 있었다. 부인은 그 행동을 통해 쥘리앵을 향한 미안함을 갚으면서, 동시에 기쁨을 맛보았다.

서점에서 쥘리앵은 눈이 휘둥그레져서 서점 안을 가득 채운 많은 책을 둘러보았다. 제목만 보아도 온갖 세속적인 사상들이 판을 치고 있었다. 그는 가슴이 두근거렸다. 그는 레날 부인의 왜 자기에게 이런 호의를 베푸는지 그 마음을 읽는 데는 아무 관심이 없었다. 오로지 그 보물들을 어떻게 하면 더 많이 손에 넣을 수 있을까 궁리하기에 바빴다. 머리가 좋은 그는 금방 그 방법을 생각해낼 수 있었다.

역시 아이들이 수단이었다. 쥘리앵은 레날 씨에게 그 지방 출신 유력 인사들의 내력을 소개한 책들을 아이들에게 읽혀야 한다고 설득하기 시작했다. 한 달 동안 레날 씨를 설득한 결과 그는 목적을 달성해서 책 몇 권을 손에 넣을 수 있었다. 그러자 그는 좀 더 과감해졌다. 그는 시장에게 책을 예약 신청하자고 제안했다. 하지만 시장은 완강히 거절했다. 자유주의자의 주머니를 불려주는 사람 명단에 자신의 이름을 올리다니! 생각도 할 수 없는 일이었다. 쥘리앵은 그 문제도 해결했다. 하인의 이름으로 서점에 예약 구독 신청을 하자고 시장에게 제안한 것이다. 시장은 자코뱅 당원들에게 약점을 잡히지 않는 방법이라고 생각하고 쥘리앵의 제안을 받아들였다.

쥘리앵의 생활은 이렇게 자잘한 협상의 연속이었다. 머리가 좋은 쥘리앵은 이 협상에서 많은 경우 승리했다. 쥘리앵은 그 성공에 취해서 자신을 향한 부인의 호의를 읽어내는 데는 관심이 없었다.

쥘리앵과 레날 부인은 한 집에서 지내면서도 둘이 함께 있게 되면 묘한 침묵이 둘 사이에 흘렀다. 세상 물정에 어두운 데다 아는 게 별로 없던 쥘리앵은 적당한 화제 거리를 찾을

Grande Séance aux Jacobins en janvier 1792, ou l'on voit le grand effet intérieure que fit l'annonce de la guerre par le Ministre Linote a la suite de son grand tour qu'il venoit de faire

「자코뱅 Jacobins」

1792년 1월 자코뱅 당원의 대규모 모임을 묘사한 작자 미상의 작품. 자코뱅(Jacobins) 또는 자코뱅 클럽(Club des Jacobins)은 프랑스대혁명(1789~1799) 동안 가장 영향력 있는 정치 집단이었다. 처음에는 브르타뉴 지방의 왕당파 반대자가 중심이었으나 점차 전국 규모의 공화파 운동으로 커져 당원이 50만 명을 넘어섰다. 다양한 분파로 구성되었는데, 의회주의자인 산악파와 지롱드파가 모두 가담했다. 1792~1793년 사이에 지롱드파가 중심이 되어 왕정을 무너뜨리고 공화정을 수립했다. 1973년 5월부터는 산악파의 로베스피에르가 권력을 잡고 공포정치를 실시했다. 그해 10월 21명의 지롱드파 지도자들을 시작으로 반대파 1만 7,000명을 단두대에 올려 처형했다. 1794년 7월 로베스피에르 정권은 권력을 잃었고, 로베스피에르와 21명의 협력자들 역시 단두대의 이슬로 사라졌다. 그해 11월 자코뱅은 해체되었다.

수 없었다. 그래서 둘이 있을 때면 쥘리앵은 당황하는 모습을 보였다. 자존심 때문이었다.

쥘리앵은 여인과 함께 있는 자리에서 대화가 끊어지면 그것이 자신의 잘못인 양 굴욕감을 느꼈다. 그가 읽은 몇 권 안 되는 책과 그가 존경하는 퇴역 군의관의 이야기를 통해 배운 바에 의하면 상류사회의 남자란 여자와의 대화를 주도해야 했다. 그리고 영웅적이어야 했다. 상류사회의 남자와 여자에 대한 그의 상식은 그렇게 지극히 관념적이었고 비좁았다.

쥘리앵은 레날 부인과 단둘이 산책하는 시간이 고통스러웠다. 마음은 원대한데 떠오르는 말은 없었다. 둘 사이의 침묵이 창피하기만 했다. 그래서 그는 마치 고문이라도 받는 듯 뻣뻣하게 굳어버리기 일쑤였다. 그리고 억지로 무슨 말이라도 하면 우스꽝스럽기 짝이 없는 말만 튀어나왔다. 그러면 자기가 얼마나 어리석게 보일지 과장해서 자책하곤 했다.

하지만 그 순간 스스로 보지 못하는 게 있었다. 바로 자기 자신의 눈에 간간이 떠오르는 표정이었다. 그의 눈은 너무 아름다웠고 그 눈 속에는 강렬한 영혼이 빛나고 있었다. 무슨 말을 할까 고민하고 자책하던 쥘리앵이 잠시라도 방심하면 곧

바로 그의 눈은 본래의 빛을 찾았다. 어떻게든 멋진 표현을 구사해야겠다는 생각에서 벗어나는 짧은 순간, 그의 눈은 본래 지닌 생기를 되찾아 반짝였다. 이 집에 드나드는 손님들의 고리타분한 말과 눈길에 익숙해 있던 부인은 그 반짝임에서 달콤한 즐거움을 맛보았다.

레날 부인은 지금까지 연애를 해본 경험도 없었고 누군가 연애하는 걸 가까이서 본 적도 없었다. 신앙심 깊은 친척 아주머니의 유산을 물려받은 부유한 아가씨로서, 열여섯 살에 가문 좋은 귀족과 결혼했으니 그런 경험을 해보았을 리 없었다. 그녀는 자신의 고해 신부인 선량한 셸랑 신부한테서 연애란 단어를 들어본 적이 있었다. 신부는 부인에게 치근거리는 발르노 씨의 행동을 연애라고 말했었다. 이후 그녀는 연애란 것을 아주 천박하고 역겨운 것으로 생각하게 되었다. 그녀가 어쩌다 읽은 얼마 안 되는 소설에 나와 있는 연애는 예외적인 것이거나 연애 본래의 모습과는 다른 것이라고 생각했다. 이런 순진함 덕분에 레날 부인은 끊임없이 쥘리앵에게 자신의 마음이 기울고 그에게 사로잡히면서도, 또 거기서 커다란 행복을 맛보면서도 자신을 나무라거나 경계할 생각을 전혀 하지 못했다. 그녀에게 그것은 연애가 아니었다.

　본래 성격도 그런 데다가 쥘리앵에게 사로잡힐수록 행복했기에 그녀는 그에게 천사처럼 다정했다. 하지만 하녀 엘리자를 떠올리면 달라졌다. 이 처녀는 얼마간의 재산을 상속받자 셸랑 신부를 찾아가 쥘리앵과 결혼하고 싶다고 털어놓았다. 연 수입이 1,000프랑은 된다는 것이었다. 신부는 제자가 행운을 얻었다며 기뻐했지만 쥘리앵은 그럴듯한 변명을 늘어놓으며 단박에 거절했다. 셸랑 신부는 이런 쥘리앵에게서 지극히 세속적인 어떤 욕망을 발견했다. 그것은 젊은 수도자가 가슴에 품어야 할 불꽃과는 완전히 다른 것이었다.

　신부는 한숨을 쉬며 쥘리앵에게 말했다.

　"얘야, 네게는 성직자가 어울리는 것 같지 않구나. 소명감이 없는 것 같아. 그러니 차라리 교양 있는 신사가 되는 게 낫겠다."

　쥘리앵은 영리했다. 그는 누구나 영락없이 열성적인 신학생으로 여길 만한 말들을 그럴 듯하게 늘어놓으며 자신을 변호했다. 하지만 그의 말투, 불꽃이 일렁이는 그의 눈빛 때문에 신부는 마음을 놓을 수 없었다.

엘리자는 수시로 신부를 찾았고 그럴 때마다 눈에 눈물을 한가득 담고 돌아왔다. 괴로워하던 그녀는 결국 레날 부인에게 자신의 결혼 계획을 털어놓았다.

레날 부인은 자신이 병이 난 줄 알았다. 자신도 모르게 온몸에 열이 나서 잠을 이룰 수 없었다. 자리에 누우면 쥘리앵과 하녀의 모습이 떠올랐다. 둘이 결혼해서 행복하게 사는 모습이었다. 연 수입 1,000프랑이라는 얼마 안 되는 돈으로 겨우겨우 꾸려나갈 옹색한 작은 집이 더없이 매력적으로 상상되곤 했다. 그러면서 이런 혼자만의 생각에 잠기기도 했다.

'쥘리앵은 브레 시에서 변호사 일을 하게 되겠지. 베리에르에서 8킬로미터 밖에 떨어져 있지 않으니까 가끔 그를 볼 수 있을 거야.'

결국 그녀는 몸져눕고 말았다. 바로 그날 저녁 엘리자가 그녀를 찾아와 울면서 자신의 처지를 하소연했다. 신부님이 아무리 설득해도 쥘리앵의 고집을 꺾지 못했다는 것이었다. 목수 아들인 주제에 자기가 하녀라고 자기를 거절하다니 못된 사람이라고 쥘리앵에 대한 험담까지 늘어놓았다. 부인의 귀에 더는 하녀의 말이 들어오지 않았다. 그녀는 너무나 행복한 나머지 정신을 차릴 수 없을 지경이었다.

부인이 엘리자에게 말했다.

"내가 한 번 더 애써봐야겠다. 내가 쥘리앵 선생을 설득해 볼게."

다음 날 점심 식사가 끝난 후 레날 부인은 한 시간 동안이나 열심히 엘리자 편을 들며 쥘리앵을 설득했다. 쥘리앵의 한결같은 대답을 들으면서 부인은 한없이 기뻤다. 여러 날 동안 절망 속을 헤매던 부인의 마음속에 행복이 물밀 듯 밀려왔다. 혼자 있게 되자 부인 스스로도 놀랐다. 그리고 속으로 중얼거렸다.

'내가 쥘리앵을 사랑하고 있는 걸까?'

그 생각을 하면서 부인에게 찾아온 것은 자책감과는 거리가 멀었다. 부인은 혼란스러워하지도 않았다. 그저 신기하기만 할 뿐 자기와는 아무 상관 없는 무슨 구경거리처럼 여겨졌을 뿐이었다. 이전에 겪어보지 못한 감정의 소용돌이 속에서 진이 다 빠졌기에 자기 자신을 냉정히 돌아볼 기력이 없었기 때문이기도 했지만, 생전 처음 느껴보는 감정이 너무나 낯설

어 자기의 감정인 것처럼 여겨지지 않았기 때문이었다. 그러
다가 부인은 잠이 들었다.

　다시 눈을 떴을 때도 죄책감은 생기지 않았다. 쥘리앵을 향
한 자신의 마음에 대해 변명거리를 찾았기에 그런 것이 아니
었다. 우선 부인의 행복감이 너무 컸다. 게다가 그녀는 너무
순진하고 순수했다. 그래서 그 행복감 속에 숨어 있는 불행이
나 죄의 씨앗을 찾으려고 자신을 고문할 줄도 몰랐다. 심지어
그것이 사랑의 열정이라는 생각조차 할 줄 몰랐다.

　레날 씨는 따뜻한 봄 날씨가 시작되면 곧바로 가족들과 함
께 베르지에 있는 영지에 가서 지내곤 했다. 궁정 귀족 생활
을 흉내 낸 것이었다. 무너진 옛 고딕 성당의 그림 같은 풍광
이 바라다보이는 곳에 레날 씨는 오래된 별장을 하나 소유하
고 있었다. 그 별장의 정원에는 회양목 울타리에 둘러싸인 산
책로가 있었다. 그리고 그 근처에 있는 사과 과수원도 산책로
로 이용할 수 있었으며 과수원 끝에는 우람한 호두나무가 열
그루 가까이 솟아 있었다.

　그해 봄, 늘 보던 이 시골 풍경이 새롭게 느껴진 사람이 있

었다. 레날 부인이었다. 부인은 그 풍경에 취해 황홀감까지 느꼈다. 감정이 활기를 띠자 생각도 과감해지고 결단력도 생겼다. 베르지에 도착한 지 이틀 후 레날 씨가 업무를 보기 위해 베리에르로 돌아가자마자 부인은 인부들을 불렀다. 과수원을 거쳐 호두나무 아래를 한 바퀴 도는 작은 길을 만들고 거기에 모래를 깐 것이다. 이 구상은 바로 쥘리앵의 머리에서 나온 것이었다. 레날 부인은 쥘리앵과 함께 인부들의 작업을 지켜보며 온종일 즐겁게 지냈다.

베리에르 시장은 시내에서 돌아와 새로운 산책로가 만들어진 것을 보고 깜짝 놀랐다. 그가 돌아온 것을 보고 레날 부인도 깜짝 놀랐다. 그녀는 남편의 존재를 까맣게 잊고 있었던 것이다. 시장은 그런 중요한 보수공사를 자기한테 물어보지도 않고 해치웠다고 두고두고 아내에게 언짢은 말을 했다. 하지만 그 비용이 전부 레날 부인에게서 나왔다는 사실 때문에 크게 화를 내지는 않았다.

레날 부인은 아이들과 나비를 잡으러 과수원을 뛰어다니면서 하루하루를 보냈다. 쥘리앵은 책에서 보고 배운 지식으로 나비들의 정식 명칭을 가르쳐주었다. 그들은 쥘리앵이 만든 곤충 채집함에 나비들을 핀으로 꽂았다. 레날 부인과 쥘리앵 사이에는 드디어 이야깃거리가 생겨난 것이다. 쥘리앵이 둘 사이의 침묵이라는 끔찍한 형벌을 받을 일은 이제 없어졌다. 비록 하잘것없는 것에 관한 것이긴 했지만 이제 두 사람은 아주 흥미롭게 그칠 줄 모르고 이야기를 나누게 되었다. 그와 함께 부인에게 아주 큰 변화가 찾아왔다. 하루에도 두세 번씩 옷을 갈아입게 된 것이다. 덕분에 일거리가 잔뜩 늘어난 엘리자는 베리에르에서 무도회가 열렸을 때도 부인이 이렇게 몸치장에 신경을 쓰지는 않았다고 투덜거렸다. 한 가지 더 은밀하게 말하자. 부인이 팔과 가슴을 과감히 드러내는 옷들을 골라 입었다는 사실이다. 그녀가 그곳에 머물면서 단 한 번 베리에르에 다녀온 것도 실은 새 여름옷들을 사기 위해서였다.

베리에르에 다녀오는 길에 부인은 한 젊은 부인을 베르지에 데리고 왔다. 예전에 성심수도원에서 함께 지낸 적이 있는 데르빌 부인이었다. 둘은 친척 사이였다. 결혼 후에도 레날 부인과 데르빌 부인은 전보다 더 친하게 지내는 사이였다. 오랜만에 레날 부인을 만난 데르빌 부인은 자신의 친척이 전보다 훨씬 더 행복해 보인다고 생각했다.

한편 쥘리앵도 베르지의 시골 생활이 즐거웠다. 마치 유년 시절로 되돌아간 듯 어린 제자들만큼 즐거워하며 나비를 뒤쫓아 뛰어다니곤 했다. 그동안 구속을 느끼면서 자질구레한 일에 머리를 굴리며 살다가, 사람들 시선에서 벗어나 거의 혼자 있는 것 같은 자유를 느꼈고 생의 기쁨을 느꼈다. 그에게 레날 부인은 없는 것과 마찬가지였다.

쥘리앵은 데르빌 부인에게 호감을 느꼈다. 그는 자주 두 부인을 새로 만든 산책로 끝의 호두나무 아래로 데리고 갔다. 그 자리에서 바라보는 풍경은 그야말로 절경이었다. 거기서 몇 걸음 더 가서 가파른 경사면을 올라가면 곧이어 떡갈나무 숲으로 둘러싸인 큰 절벽에 도달하게 된다. 그 절벽 아래는 거의 강까지 잇닿아 있었다. 쥘리앵은 자신의 안내로 그곳에 온 두 부인이 그 아름다운 경관에 감탄하는 모습을 보며 즐거워했다.

쥘리앵은 정말 행복했다. 폭군 같은 아버지의 욕설을 들으며 보았던 베리에르의 전원 풍경은 그에게 별로 아름답지 않았었다. 주위에 적이 없는 이런 경험은 그가 태어난 후 처음이었다. 거꾸로 세운 꽃병에 램프 불빛을 감추느라 애쓰면서 책을 읽을 필요도 없었다. 낮에는 아이들을 가르치다가 잠시 짬

이 나면 책을 들고 그 암벽을 찾아갔다. 그는 책 속에서 행복과 도취, 위안을 찾아내곤 했다.

무더위가 찾아왔다. 저녁에는 별장 옆에 서 있는 커다란 보리수나무 아래서 시간을 보내는 것이 일과가 되었다. 나무 그늘이 져서 어둠이 짙었다. 어느 날 쥘리앵이 손짓을 해가며 신나게 이야기를 하다가 그 손이 옆 의자 팔걸이에 걸치고 있던 레날 부인의 손을 스쳤다. 부인은 재빨리 손을 거두어들였다. 쥘리앵은 상처받았다. 쥘리앵은 자신의 손에 닿은 그 손이 달아나지 않게 만드는 것이 자신의 '의무'라고 생각했다. 그 의무를 완수하지 못하면 자신이 웃음거리가 될 것 같았고, 하찮은 존재로 여겨질 것 같았다. 쥘리앵은 그런 열등감은 견디지 못했다. 쥘리앵은 새로운 의무를 부여받은 셈이었고, 그 의무를 완수해야만 한다는 생각에 사로잡혔다. 그와 동시에, 이전까지의 모든 즐거움이 일시에 사라져버렸다.

제4장 사랑은 시작되고

짙은 열정이란 깊이 숨길수록 표시가 나기 마련이다.
마치 하늘의 어둠이 짙을수록
다가올 폭풍우가 사나우리라는 것을 알 수 있듯이.
_바이런, 『돈 후안』 제1편 제74절

　　　　　다음 날 쥘리앵을 만난 레날 부인은
깜짝 놀랐다. 그의 눈길이 묘한 빛을 띠고 있었기 때문이었다.
마치 전투를 앞두고 있는 적을 탐색하는 것 같은 눈길이었다.
전날과는 너무도 달라진 그의 눈길에 레날 부인은 심란해져
어쩔 줄 몰랐다. 그녀는 그가 왜 그렇게 화가 나 있는지 도무
지 알 수 없었다.

　쥘리앵은 아이들 수업을 짧게 끝냈다. 그리고 자신이 수행
해야 할 의무를 다시 한 번 되새겼다. 오늘 저녁에는 무슨 일
이 있더라도 부인의 손을 잡고야 말리라 결심했다. 해가 저물
고 결전의 순간이 다가오자 쥘리앵의 가슴은 심하게 요동쳤

다. 다행히 하늘에는 묵직한 구름이 잔뜩 끼어 있었다.

저녁이 되자 세 사람이 어제처럼 한자리에 앉았다. 레날 부인은 쥘리앵 옆에, 데르빌 부인은 친구 옆에 자리 잡았다. 쥘리앵은 이제부터 자신이 시도하려는 일에 정신이 팔려 말 한마디 꺼내지 못했다. 오가는 이야기가 점점 시들해졌다.

쥘리앵은 자기 자신에게 화가 났다. 내가 처음 결투를 하게 되었을 때도 이렇게 주눅 들어 있을 것인가? 자기 자신이 한심했다. 한편 그는 자신이 처한 상황이 고통스러웠다. 별안간 무슨 일이 생겨 레날 부인이 집 안으로 들어가야 할 일이 생기기를 간절히 원했다. 스스로를 다잡느라 쥘리앵의 목소리가 변했다. 의무감과 소심함 사이에 벌어지는 내부의 격렬한 싸움에 몰두해 있느라, 그는 자기 자신 외에는 그 어느 것도 돌아볼 여유가 없었다.

아무 일도 벌이지 못한 채 시간이 흘렀다. 9시 45분이 되자 쥘리앵은 속으로 결심했다. 그래 10시 종이 울리는 순간 일을 해치우고 말 거야! 그러지 못하면 방으로 올라가 총으로 머리를 쏴버리겠어!

이윽고 별장 벽시계가 10시를 알리기 시작했다. 열 번째 종소리가 아직 울리고 있을 때 마침내 그는 손을 뻗어 레날 부인의 손을 잡았다. 부인은 곧바로 손을 뒤로 뺐다. 쥘리앵은 자신이 무슨 행동을 하고 있는지 의식도 하지 못한 채, 다시 부인의 손을 잡았다. 그는 잡아 쥔 손에 힘을 주었다. 부인은 잡힌 손을 빼내려고 안간힘을 썼다. 하지만 결국 그 손은 쥘리앵의 손안에 붙잡힌 채 가만있을 수밖에 없게 되었다.

쥘리앵은 더없이 행복했다. 사랑하는 이의 손을 잡은 행복이 아니었다. 고통스러운 갈등에서 벗어났기 때문이었다. 그는 데르빌 부인이 눈치채지 못하도록 무슨 말이건 해야겠다고 생각했다. 그가 입을 열자 막아두었던 봇물이 터지듯 큰 목소리가 울렸다. 레날 부인도 무언가 말을 했지만 걷잡을 수 없는 감정이 고스란히 드러나 있었다.

데르빌 부인은 친구가 아픈 줄 알고 안으로 들어가자고 말했다. 순간 쥘리앵은 위기를 느꼈다. 아직 안 돼. 내가 하루 종일 겪은 고통에 비하면 너무 짧아. 쥘리앵은 부인의 손을 더 힘주어 꽉 잡았다.

몸을 반쯤 일으키던 부인이 다시 주저앉으며 꺼져가는 목소리로 말했다.

"몸이 좀 불편하긴 해, 그래도 바깥바람을 쐬는 게 낫겠어."

순간 쥘리앵은 승리를 확신했다. 그의 행복은 절정에 달했다. 그는 자연스럽게 대화를 이끌어 갔다. 그런 그가 두 여인에게 더없이 매력적인 남자로 비쳤다.

쥘리앵에게 손을 잡힌 레날 부인에게는 아무 생각도 들지 않았다. 그저 숨 쉬며 살아 있음을 느낄 뿐이었다. 그리고 더없이 행복했다. 부인은 울창한 보리수 가지 사이를 스치는 바람 소리와 간간이 떨어지기 시작하는 빗방울 소리에 감미롭게 귀를 기울였다.

그때 작은 사건이 하나 벌어졌다. 발치에 놓인 화분이 바람에 쓰러진 것이다. 레날 부인은 데르빌 부인을 도와 꽃병을 일으켜 세우려 했다. 그녀는 몸을 일으키면서 쥘리앵에게 잡힌 손을 빼내야 했다. 그녀는 다시 자리에 앉자 마치 당연한 일이라는 듯 스스럼없이 자신의 손을 쥘리앵에게 내맡겼다.

자정을 알리는 종소리가 울린 지도 한참이 되어서야 그들은 각자 방으로 들어갔다. 레날 부인은 사랑의 행복에 취해 앞뒤 돌아볼 겨를도 없었기에 자책감도 들지 않았다. 그녀는 행복에 겨워 잠을 이루지 못했다. 한편 쥘리앵은 하루 종일 자존심과 소심함 사이에서 벌어진 전투를 치르느라 녹초가 되어 이내 잠에 곯아떨어졌다.

다음 날 아침, 자리에서 일어난 쥘리앵에게 레날 부인에 대한 생각은 잠시 스쳤다가 지나갔을 뿐이었다. 그는 자신에게 주어진 영웅적인 임무를 완수했다는 승리감에 젖어 있었다. 그는 그 더없이 흡족한 성취감에 젖어 있었다. 그는 오전 내내 방문을 걸어 잠그고 영웅의 무훈담을 읽었다.

점심시간을 알리는 종소리가 울리자 그는 가벼운 마음으로 방에서 나왔다. 그런데 그가 만난 것은 잔뜩 찌푸린 레날 시장의 얼굴이었다. 그는 두 시간 전에 베리에르에서 돌아와 있었다. 그는 아이들을 가르치지 않고 아침나절을 빈둥빈둥 보내버린 쥘리앵에게 거침없이 불만을 쏟아냈다. 쥘리앵의 즐겁던 마음은 엉망이 되었다. 레날 부인과 데르빌 부인은 함께 산책로를 거닐면서 화가 난 쥘리앵을 달래느라 애를 써야만 했다. 레날 부인은 쥘리앵을 달래기 위해 그에게 말했다.

"바깥양반은 오늘 하루 종일 바쁠 거예요. 정원사와 하인을 데리고 온 집의 매트리스 속을 갈아 넣느라 바쁠 테니까요. 오늘 온 것도 그 일 때문이에요. 아침에는 2층 방들을 돌면서 속을 갈았고 이제 3층 방들을 돌 차례예요."

그 소리에 쥘리앵의 얼굴색이 확 바뀌었다. 그는 레날 부인의 팔을 붙잡고 구석으로 갔다. 데르빌 부인은 두 사람을 그냥 보고 있었다. 쥘리앵은 레날 부인에게 애원하는 투로 말했다.

"제발 저를 구해주세요. 부인만 저를 구할 수 있어요. 제 침대 매트리스 안에 손을 넣고 더듬어 보세요. 종이로 된 작은 검은색 액자가 있을 거예요. 그걸 몰래 갖다 주세요. 그리고 제발 거기 초상화를 보지 말아주세요. 부탁이에요."

부인은 그 액자가 쥘리앵의 애인 초상화라고 생각했다. 온몸에 힘이 쭉 빠졌다. 하지만 그녀는 쥘리앵을 도와야 한다는 일념으로 기운을 내서 3층으로 올라갔다. 그리고 남편 몰래 액자를 빼내 들고 방에서 나왔다.

부인은 그 액자가 두려웠다. 아, 쥘리앵은 사랑하고 있구나, 나는 지금 그가 사랑하는 여자의 초상화를 들고 있구나. 그녀는 응접실 의자에 주저앉았다. 그녀는 질투심 때문에 고통에 사로잡혔다. 쥘리앵이 들어왔다. 그는 고맙다는 말 한마디 없이 액자를 빼앗아 들더니 자기 방으로 달려갔다. 그사이 레날 씨가 하인들과 함께 그의 방 침대 속을 갈고 간 것이었다. 쥘리앵은 종이로 만든 그 액자를 태워버렸다. 기진한 사람처럼 얼굴이 창백했다.

'나폴레옹의 초상화를 레날 시장이 발견했다면 어찌 되었을 것인가! 나는 나폴레옹을 증오한다고 공공연히 떠들고 다니지 않았는가? 골수 왕당파인데다 나한테 잔뜩 화까지 나 있는 그가 그 초상화를 발견했더라면! 게다가 그 뒤에는 내 손으로 글귀까지 끼적여놓았잖아. 날짜까지 적으면서 나폴레옹을 숭배하는 말을 써놓았으니! 내 평판은 완전히 땅에 떨어졌을 거야. 순식간에 모든 게 끝장이 났을 거야.'

종이 상자가 불에 타들어가는 것을 바라보며 쥘리앵은 남의 평판에 기대어 사는 자신의 삶이 한심하다는 생각에 툴툴거릴 수밖에 없었다.

한 시간 정도 지나자 쥘리앵은 피로감과 자기 연민 때문에 어느 정도 기분이 누그러졌다. 그는 레날 부인과 마주치자 그녀의 손을 잡고 어느 때보다 진심을 담아 입을 맞추었다. 부인은 기쁨으로 얼굴을 붉히면서도 질투심에 그를 밀어냈다. 아직 자존심이 상해 있던 쥘리앵은 완전히 분별력을 잃어버렸다. 그는 잡고 있던 부인의 손을 경멸하듯 내던지고 그 자리를 떠났다. 그에게는 레날 부인이 그저 돈 많은 여자로만 보일 뿐이었다.

정원을 어슬렁거리는 그를 그나마 달래준 것은 그가 귀여워하는 막내였다. 그가 그에게 다가와 정겨운 모습을 보인 것이다. 그는 '이 아이는 아직 나를 멸시하지 않는구나'라고 생각했다. 하지만 그런 식으로 스스로를 위안하는 자신이 더없이 나약한 놈이라고 자책했다.

별장의 방들을 빠짐없이 돌고 나서 레날 씨가 다시 아이들 방으로 왔다. 그가 불쑥 들어오자 넘치기 직전의 항아리에 물한 방울을 더 떨어뜨린 것처럼 쥘리앵의 화가 폭발하고 말았다. 쥘리앵은 한달음에 레날 씨 앞으로 나서더니 몰아붙였다.

"시장님, 다른 가정교사였다면 저보다 더 잘 가르칠 수 있다고 생각하십니까? 어떻게 제가 아이들에게 소홀하다고 비난하실 수 있는 겁니까?"

쥘리앵의 돌발적인 행동에 더럭 겁을 먹었던 레날 씨는 이 애송이 시골뜨기가 이렇게 당돌하게 나오는 이유를 금방 눈치챘다. 그래, 어디선가 더 좋은 제안을 받은 거야. 그 잘난 체

하는 발르노가 아니면 누구겠어. 아니나 다를까 쥘리앵이 잇
달아 말했다.

"시장님 댁에 붙어 있지 않아도 전 살아갈 방도가 있습니다."

그 말에 레날 씨에게는 발르노의 집으로 들어간 쥘리앵의
모습이 생생하게 그려졌다. 그는 한숨을 내쉬며 쥘리앵에게
말했다. 엄청나게 고통스러운 수술을 앞둔 환자 같은 얼굴이
었다.

"좋아, 자네 요구를 들어주겠네. 마침 모레가 초하룻날이니
까 모레부터 매달 50프랑씩 주기로 하지."

쥘리앵은 너무 어이가 없어 웃음이 나올 지경이었다. 순식
간에 치솟았던 화가 가라앉았다. 그는 생각했다.

'이런 천박한 작자 같으니라고! 이런 자에게는 더 심하게
대해주는 건데……'

아이들은 입을 딱 벌리고 지켜보고 있다가 정원으로 뛰어
나가 어머니에게 모든 것을 고해바쳤다. 아이들이 나간 다음
에 쥘리앵이 레날 씨에게 말했다.

"셸랑 신부님께 고해해야 할 게 있습니다. 몇 시간만 자리
를 비우게 될 것을 미리 말씀드립니다."

'발르노 때문에 168프랑을 더 쓰게 생겼군.'

속으로 씁쓸하게 계산을 하고 있던 시장은 가식이 덕지덕지 묻어나오는 미소를 띠며 대답했다.

"얼마든지 그러게나, 쥘리앵 선생. 선생이 필요하다면 하루 종일 비워도 좋아. 아니, 내일까지라도 상관없네."

'녀석이 발르노에게 답해주러 가는구나.'

레날 씨는 생각했다.

쥘리앵은 집을 나와 홀로 숲으로 올라갔다. 그 숲 속 길을 이용하면 베르지에서 베리에르로 넘어갈 수 있었다. 하지만 그는 셀랑 신부에게 갈 마음이 없었다. 신부 앞에 가서 또 한 번 위선을 떠는 것보다는 자신의 마음을 차분히 들여다보고 싶어졌다. 그 속에서 과연 무엇이 들끓고 있는지, 그 뒤얽힌 감정들을 하나하나 짚어보고 싶어졌다.

숲으로 접어들어 사람들의 시선에서 멀어지자 그는 중얼거렸다.

"나는 전투에서 승리했어. 승리한 거야."

승리라는 이 한 마디가 그에게 요술을 발휘했다. 비참하게만 여겨졌던 자신의 처지가 아름답게 변한 것이었다. 그러자 그의 마음이 편해졌다. 그는 다시 주위 숲의 아름다움에 마음을 빼앗겼다.

쥘리앵은 바위 그늘에서 잠시 숨을 돌린 후 다시 비탈을 올라갔다. 그리고 얼마 안 가 작은 오솔길로 접어들었다. 그 오솔길은 거대한 바위 꼭대기로 이어져 있었다. 그 높은 바위 위에 발을 딛고 서자 세상 모든 사람으로부터 벗어나 있다는 느낌이 들었다. 그러자 그의 얼굴에 미소가 떠올랐다. 그가 정신적으로 도달하고 싶은 곳은 바로 그렇게 드높은 경지였다.

높은 산악지대의 깨끗한 공기가 그의 마음을 가라앉혔고 즐거움까지 솟게 했다. 그리고 이 지상의 모든 부자, 모든 거만한 자의 표본인 베리에르 시장을 비웃었다. 하지만 곧 그를 잊었다. 일주일만 그를 보지 않게 된다면 그와 그의 별장, 그리고 집안사람들을 모두 잊어버릴 수 있을 것 같았다.

쥘리앵은 바위 위에 서서 8월의 태양이 작열하는 하늘을 향해 고개를 들었다. 저 아래 숲에서 매미 울음소리가 들려왔고 잠시 그 소리가 그치면 천지가 고요해졌다. 발아래로는 사방이 탁 트인 경치가 펼쳐져 있었다.

그때였다. 새매 한 마리가 하늘 높이 날아오르는 것이 보였다. 새매는 소리 없이 큰 원을 그리며 그의 머리 위를 맴돌았다. 쥘리앵의 눈은 자신도 모르게 새매의 움직임에 사로잡혔다. 마치 모든 것에 초연한 것 같으면서도 힘을 간직한 그 움직임! 그는 그런 힘이 탐났다. 그런 고독이 부러웠다. 쥘리앵에게는 새매의 움직임이 바로 나폴레옹의 운명 그것이었다.

'나도 언젠가 그런 운명에 도달할 수 있을 것인가?'

새매의 비상에서 그는 나폴레옹의 운명을 보았고, 그 운명과 자신의 운명을 동일시했다.

쥘리앵은 베리에르에 모습을 잠깐 드러낸 후에 베르지로 돌아왔다.

베르지로 돌아온 쥘리앵은 밤이 깊어서야 정원으로 내려갔다. 정원으로 들어서면서 그는 아름다운 두 부인 외에는 아무 생각도 않기로 마음먹었다. 그는 늘 앉던 레날 부인 옆자리에 앉았다. 곧 어둠이 짙어졌다. 하얀 손이 그의 곁 의자 팔걸이에 놓여 있었다. 그는 그 손을 잡으려 했다. 손 임자는 잠시 머뭇거리더니 그에게서 손을 빼냈다. 쥘리앵은 그냥 그러려니 하고 덤덤하게 받아들였다. 그때 레날 씨가 다가오는 소리가 들렸다.

그가 정원으로 와서 자리를 잡고 앉자 쥘리앵에게 다시 투지가 생겼다. 그래, 신분과 재산을 등에 업고 온갖 위세를 부리는 이 자를 조롱해주는 거야. 그의 코앞에서 그 아내의 손을 내가 차지하는 거야. 한 번 그런 생각을 하자 다른 생각은 전혀 들어올 틈이 없었다.

레날 씨는 정치에 대해 분개해서 떠들고 있었다. 쥘리앵은 그의 이야기가 역겨울 뿐이었다. 그는 그의 이야기를 듣는 둥 마는 둥 자신의 의자를 레날 부인 의자 바로 곁으로 끌어다 붙였다. 어두워서 그의 움직임은 아무에게도 보이지 않았다. 그는 부인의 소매 아래 드러난 그 아름다운 팔에 자신의 손을 바짝 갖다 붙였다. 마치 머리가 텅 비어버린 것 같았다. 그는 그 아름다운 팔에 입술을 갖다 댔다.

레날 부인은 몸을 바르르 떨었다. 바로 몇 걸음 떨어진 곳에 남편이 있었다. 부인은 쥘리앵에게 황급히 한 손을 내주면서 그를 조금 떠밀어냈다. 레날 씨가 여전히 자코뱅파 인사들이 부자가 되어가는 것에 대해 욕설을 퍼붓는 사이, 쥘리앵은 자기에게 내맡겨진 손에 열정적인 키스를 퍼부었다. 적어도 레날 부인에게는 열정적으로 느껴졌다.

　하지만 이 가엾은 여인은 하루 종일 더할 나위 없는 불행에 시달린 후였다. 자신도 모르게 연모하게 된 이 남자가 다른 여인을 사랑하고 있지 않은가! 그러면서 그녀는 스스로 깜짝 놀라기도 했다. 그러면서 혼자 오락가락하는 생각에 잠기곤 했다.

　'어머! 내가 사랑에 빠졌나 봐. 내가 사랑을 하나 봐! 결혼한 여자인 내가 사랑에 빠지다니! 아, 이런 감정은 남편에게서는 한 번도 느껴본 적이 없어. 하지만 내가 무슨 감정을 느끼건 남편과는 상관없는 일이잖아. 그이는 자기 사업만 중요하게 생각하는 사람이야. 내가 이런 감정을 느낀다고 그이에게서 빼앗는 건 아무것도 없잖아.'

　그녀는 한 번도 겪어보지 않은 열정으로 혼란에 빠졌다. 그러나 그 혼란은 혼탁하지 않았다. 그녀의 영혼은 순수했고 맑았을 뿐 그 어떤 위선이나 자기변명도 거기에는 없었다. 그녀의 생각이 옳은 것은 아니었지만 그녀는 자신이 잘못 생각하고 있다는 사실조차 몰랐다. 그녀가 그 어떤 두려움을 느꼈다면 그것은 그녀의 본능적인 덕성 때문이었다.

　열정이 가득 담긴 입맞춤이었다. 이제껏 단 한 번도 받아본 적이 없는 그런 열기 띤 입맞춤을 받고서 부인은 모든 것을 다 잊고 사랑의 환희에 빠져들었다. 쥘리앵이 다른 사람을 사랑할지 모른다는 사실조차 잊어버렸다.

쥘리앵도 그녀의 손에 입맞춤을 하면서 자신의 야망도, 실천하기 어려운 계획들도 다 잊어버렸다. 태어나서 처음으로 그는 아름다움의 힘에 사로잡혔다. 그는 자신에게 내맡겨진 그 아름다운 손을 부드럽게 잡아 쥐면서 기쁨에 젖었다. 그는 자신의 성격과는 전혀 어울리지 않는 너무나 낯설고 모호한, 그러면서 동시에 달콤한 몽상에 빠져들어 갔다.

그러나 쥘리앵이 느낀 것은 순간적 쾌감이지 깊은 열정은 아니었다. 자신의 방으로 다시 들어오자마자 그는 조금 전의 기쁨을 잊었다. 좋아하는 책을 다시 펼쳐 들 수 있다는 기쁨이 그 기쁨을 대신했다. 그는 야심에 찬 스무 살의 젊은이였다. 그 나이의 젊은이는 세상에 나아가 어떻게 이름을 빛낼 것인가 궁리하느라 다른 일은 시시해 보이기 마련이다.

한편 레날 부인은 잠을 이룰 수 없었다. 이제야 비로소 진정으로 살아가게 되었다는 느낌이 들었다. 부인은 쥘리앵이 자신의 손을 뜨거운 키스로 뒤덮었을 때의 행복감을 되살리고 또 되살렸다.

그때 갑자기 간통이라는 무서운 말이 떠올랐다. 그리고 관능적인 사랑, 방탕과 연결된 온갖 역겨운 것들이 그녀의 상상을 점령했다. 그러자 지금까지 그렇게 아름답게 그려졌던 온갖 달콤하고 신성한 사랑의 이미지가 일시에 일그러졌다. 그녀는 자신이 경멸받아 마땅한 여자로 여겨졌다.

그녀는 끔찍이도 고통스러웠다. 이제까지 경험해본 적이 없는 행복을 맛보았건만 갑자기 생각하지도 않았던 불행 속으로 내던져진 것이다. 그 고통은 그녀에게는 너무나 낯선 것이어서 생각의 갈피를 잃고 혼란에 빠졌다. 게다가 그녀는 쥘리앵이 다른 여인을 사랑하고 있다는 무서운 생각에도 시달렸다.

밤새 고통에 시달리던 부인은 아침에 일어나자 결심했다. 쥘리앵의 얼굴을 다시 보게 되면 아주 냉정하게 대하겠다는 정숙한 결심이었다.

제5장 사랑은 그렇게 이루어지고

사랑은 라틴어로 아모르(amor)니
죽음(mort)은 사랑에서 비롯되는 것이며
가슴을 쥐어뜯는(mord) 고뇌와 비탄,
계략, 죄, 눈물, 회한(remord)을 거치는 법이다.
_「사랑의 찬가」

 다음 날 쥘리앵은 아침 5시에 레날 시장을 만나서 사흘간의 휴가를 얻어냈다. 시장과의 전투에서 이긴 이상, 그 승리를 이용해야겠다는 야심만만한 결심을 하고 시장에게 휴가를 요구한 것이다. 그는 산속에 사는 친구 푸케를 만나고 오겠다고 했다.

쥘리앵은 레날 부인에게 휴가를 얻었다는 말도 하지 않고 인사만 한 채 집을 나섰다. 부인은 망연자실해서 그가 멀어져 가는 것을 바라보았다. 그때 맏이가 달려와서 어머니를 껴안으며 말했다.

"공부를 안 해도 돼요. 쥘리앵 선생님이 여행을 가신대요."

그 한 마디에 지난밤 번민 끝에 겨우 얻어낸 정숙한 결심은 무너지고 말았다. 사랑스러운 애인에게서 도망치느냐 아니냐의 문제가 그를 영영 잃을지도 모르는 문제로 바뀌어버린 것이다.

식탁에서 시장이 떠벌렸다.

"그 시골 풋내기가 누구에겐가 일자리를 제안받은 모양이야. 설사 발르노가 그 제안을 했다 하더라도 연봉 600프랑 소리를 들으면 기가 꺾일걸. 그 말을 듣고 사흘간 기다려달라는 기별이 그 촌뜨기에게 온 모양이지. 그러니 그 풋내기 선생이 내게 해줄 대답을 미루고 산으로 달아난 거야. 시건방진 하찮은 일꾼 나부랭이 눈치를 봐야 하는 세상이 되었으니, 이거 원!"

그 말을 들은 레날 부인은 충격을 받았다.

'남편은 자신이 쥘리앵에게 얼마나 큰 상처를 주었는지도 몰라. 남편 생각에는 쥘리앵이 이 집을 떠날 수도 있다는 거구나. 아, 이 일을 어쩌면 좋지? 다 끝장이야.'

그녀는 마음 놓고 울기라도 했으면 싶었다. 데르빌 부인이 이런저런 일을 물어도 대답조차 하기 싫었다. 그녀는 머리가 아프다는 핑계로 자리에 누웠다.

"여자들이란 늘 저렇다니까. 이 복잡한 기계는 늘 어딘가가 고장이거든." 레날 시장은 늘 입에 올리는 말을 농담이랍시고 던진 후 자리를 떴다.

레날 부인이 전혀 예기치 않던 새로운 고통에 빠져 있는 사이 쥘리앵은 산악지방의 더없이 아름다운 경치를 즐기며 유쾌하게 길을 가고 있었다. 그는 베르지 북쪽의 큰 산을 넘어야 했다. 가파른 오르막을 오르니 저 멀리 부르고뉴와 보졸레의 비옥한 평원이 눈앞에 펼쳐졌다. 좀 더 앞쪽으로는 두 강이 언덕들을 감아 돌며 남쪽으로 흘러가고 있었다. 이런 아름다움에는 마음을 닫고 있던 이 젊은 야심가도 이따금 발길을 멈추고 그 광활하고 웅장한 경치를 바라보지 않을 수 없었다.

마침내 산꼭대기에 도착했다. 그는 지름길을 통해 푸케가 사는 한적한 골짜기로 향했다. 하지만 서둘 필요는 없었다. 그는 산에서 하룻밤 지내기로 하고 바위 비탈 한가운데 뚫린 작은 동굴로 들어갔다. 그는 가만히 '나는 자유롭다'라고 속삭여 보았다. 그러자 마음이 한껏 부풀었다.

동굴로 들어간 그는 두 손으로 턱을 괴고 들판을 내려다보며 공상에 빠져들었다. 전에 승리라는 단어가 그의 마음에 요술을 부렸듯이 이번에는 자유라는 단어가 같은 효과를 발휘했다. 그 말을 입 밖에 내는 것만으로도 그는 기쁨으로 가슴이 벅차올랐다. 이 동굴 속에서 보낸 하루가 그가 살아온 그 어느 때보다 행복했다. 그는 어둠 속에서 미래에 파리에서 그가 만나보게 될 것들을 그려보았다.

그는 우선 무척 아름다운 여인을 꿈꾸었다. 시골에서는 찾아볼 수 없는 고귀한 재능을 가진 여인! 열정을 다해 사랑하고 사랑받는다. 영광스러운 전쟁터로 가기 위해 그 여인과 잠시 헤어진다. 그래서 그 여인은 그를 더욱 사랑하게 된다. 그런 숭고한 사랑도 그에게는 하나의 기회였다. 이 시골 청년은 자신이 영웅적인 행동을 펼치지 못하는 것이 오직 기회를 만나지 못한 탓이라고 생각하고 있었다.

그는 한밤중에 동굴을 떠나 새벽 1시에 잠들어 있는 친구를 깨웠다. 푸케는 꽤나 못생긴 사내였지만 심성은 따뜻했다. 쥘리앵이 여기 오기까지의 그간의 사정을 친구에게 모두 이야기해주자 그가 말했다.

"다 그만두고 여기서 나랑 함께 지내자. 나하고 여기서 목재 장사를 하자고. 너는 레날 씨, 발르노 씨, 모지롱 군수, 셸랑 신부 같은 사람들과 가까이 지냈지? 그들 속셈을 잘 꿰뚫어 볼 수 있을 거야. 그러니 입찰을 쉽게 따낼 수 있겠지. 게다가 자네는 셈도 빠르잖아. 장부 계산도 자네가 맡아줘. 이 장사를 하면 꽤 큰돈을 벌 수 있어. 그런데 나 혼자는 눈에 빤히 보이는 큰 돈벌이를 놓치기 일쑤야. 다른 동업자를 구하자니 어디 믿을 수가 있어야 말이지. 나와 동업하면 몇 천 프랑을 쉽게 벌 수 있어."

푸케는 회계 장부를 넘기며 목재 장사가 얼마나 이윤이 많이 남는지 보여주었다. 푸케 생각에 쥘리앵은 먹물도 든 데다 성격도 과감해 이 장사에 썩 어울릴 것 같았다.

쥘리앵은 잠시 그의 제안에 솔깃하기도 했다. 이 산에서 몇 년 동안 몇 천 프랑 번 뒤 성직자건 군인이건 상황에 따라 사회에 진출해도 될 것 같았다. 하지만 그러다가 영영 여기 주저앉을 수도 있다는 생각이 들어서 고개를 가로저었다. 여기서 어영부영하면서 육칠 년을 보내면 내 나이가 스물여덟 살이 되잖아. 그 나이에 나폴레옹 보나파르트는 벌써 어마어마한 업적을 이루었는데! 이 세상에 나아가 이름을 드높이자면 신성한 열정이 무엇보다 필요한데, 그때 가서도 내게 그런 열정이 여전히 남아 있으리라는 보장이 어디 있어?

다음 날 그는 아주 냉정한 표정을 지으며, 성직에 대한 소명 때문에 그의 제안을 받아들일 수 없다고 말했다. 푸케가 일 년에 4,000프랑의 소득을 보장해줄 수 있다, 그 돈이면 어느 신학대학교도 들어갈 수 있다며 친구를 설득했지만 소용이 없었다. 푸케는 그 좋은 제안을 거절한 친구가 좀 돌아버린 거라고 생각할 수밖에 없었다.

친구와 돌아오는 도중 쥘리앵은 다시 작은 동굴을 찾았다. 하지만 마음이 다시 평온해지지 않았다. 친구의 제안이 그를 흔들어놓은 것이다. 그는 갈등하고 있었다. 선과 악 사이에서 갈등한 것이 아니라 안락이 보장된 비속한 삶과 영웅적 꿈 사이에서 갈등하고 있었다.

마침내 그는 중얼거렸다.

'내게 확고한 의지가 없어서 흔들리는 거야.'

그를 가장 괴롭히는 것은 바로 자신에 대한 이러한 의심이었다.

'나는 위대한 인물이 될 재목이 아닌가 봐. 그러니까 밥벌이로 몇 년 보내고 나면 숭고한 열정이 다 사라지고 비범한

일을 못하리라고 겁을 내고 있는 거지.'

그는 자신에 대한 스스로의 의심 때문에 괴로웠다.

하지만 비록 그를 괴로움에 빠지게는 했어도 친구 푸케의 제안은 그를 한결 여유 있게 만들어주었다. 그와 동업해서 돈을 벌 수 있다는 것! 그 가능성이 그에게 기댈 구석이 되어준 것이다. 예전에는 자신이 남들에게 가난하고 비천하게 보이리라는 날 선 자격지심 때문에 분별력을 잃곤 했는데, 이제는 그럴 일이 없었다. 이제는 제법 여유 있게 궁핍과 물질적 여유에 대해 초연할 수 있게 되었고, 치우치지 않은 판단력도 갖게 되었다. 그는 스스로도 그 짧은 여행을 통해 자신이 달라졌음을 어느 정도 감지할 수 있었다,

쥘리앵이 떠나 있는 동안 레날 부인에게는 살아 있다는 것 자체가 고통스러움의 연속이었다. 그녀는 정말로 병이 나고 말았다.

쥘리앵이 다시 돌아온 날, 데르빌 부인은 친구가 살이 비치는 스타킹과 파리에서 주문해온 작고 예쁜 구두를 신고 있는 것을 보고 놀랐다. 옷차림이 너무 수수해서 늘 레날 씨에게 핀

잔을 들던 친구였다. 그런데 쥘리앵이 돌아오기 사흘 전부터 부인은 얇고 고운 최신 유행 옷감을 주문해서 여름옷 한 벌을 짓는데 모든 시간을 보냈다. 그 옷은 쥘리앵 도착 시간보다 조금 늦게 간발의 차이로 완성되었다.

친구의 모습을 보고 데르빌 부인은 그간의 의문이 모두 풀리는 것 같았다. 친구가 보이는 증상들의 원인이 무엇인지 다 알 수 있는 것 같았다. 그녀는 마음속으로 중얼거렸다.

'사랑을 하고 있구나, 가엾어라!'

셋은 전처럼 정원에 앉았다. 친구가 쥘리앵에게 말을 건네는 모습이 데르빌 부인의 눈에 들어왔다. 친구의 얼굴이 발그레 달아올랐다가 곧이어 창백해지곤 했다. 무언가 속에 꼭 물어보고 싶은 말이 있는 것 같았다. 마침내 그녀가 떨리는 목소리로 그에게 물었다. 그 목소리에는 열정이 가득 배어 있었다.

"아이들을 버리고 다른 데로 가시는 건 아니지요?"

쥘리앵은 그녀의 떨리는 목소리와 눈길에 적이 당황했다. 이 여자는 나를 사랑하고 있어, 하고 그는 생각했다. 하지만 금방 귀족으로서의 자존심을 되찾겠지.

그는 정중하게 대답했다.

"그처럼 사랑스럽고 또 그처럼 귀하게 태어난 아드님들과 헤어진다면 너무나 가슴이 아프겠지만 어쩌면 그래야 할지도 모르겠습니다. 스스로 지고 있는 의무도 생각해야 하니까요."

그는 '귀하게 태어난'이라는 표현을 쓰면서 일종의 반감을 느꼈다. '이 여자의 눈에는 내가 귀하게 태어나지 못한 걸로 비치겠지'라고 그는 생각했다.

쥘리앵은 부인의 새 옷이 예쁘다고 칭찬했다. 그 칭찬에 기운을 얻은 부인은 정원을 한 바퀴 돌자고 청했다. 그러나 얼마 안 가서 걸음을 옮길 수조차 없게 되었다. 쥘리앵의 팔을 잡자 그 팔에 닿은 느낌만으로도 온몸의 맥이 탁 풀려버린 것이었다. 그들은 다시 의자에 앉았다.

어둠이 내렸다. 쥘리앵은 그녀의 팔을 입술에 갖다 댔고, 이어서 그녀의 손을 잡아 쥐었다. 하지만 그의 머릿속에 레날 부인은 없었다. 부인의 아름다움, 우아한 자태, 신선한 매력에도 거의 무감각했다. 이전까지 그는 운명으로 부여받은 자신의 처지에 대해서만 화를 냈다. 하지만 푸케의 제안을 들은 이후 자기 자신에 대해서 화가 났다. 간혹 건성으로 두 부인에게 말을 건네면서도 그는 온통 자기 생각에 빠져 있었다.

자기 생각에 빠져 있던 그는 자신도 모르게 부인의 손을 놓아버렸다. 이 가엾은 여인은 마음이 무너져 내렸다. 자신의 운명을 예고해주는 것 같았다. 쥘리앵을 영영 잃을지도 모른다는 두려움에 떨고 있던 그녀는 의자 팔걸이에 무심히 놓여 있던 쥘리앵의 손을 다시 찾아 부여잡고 말았다.

쥘리앵은 정신이 번쩍 들었다. 모든 거만한 귀족 나리들에게 이 장면을 보여주고 싶었다.

그는 생각했다.

'이 여자는 나를 업신여길 수 없게 되었어. 이런 경우라면 나는 이 여자의 아름다움에 빠져들어야 해. 이 여자의 애인이 되는 게 내 의무야.'

마음을 정하고 나자 우울하던 기분이 풀렸다. 그는 계속 생각했다.

'전에는 내가 손을 잡으니까 잡아 뺐었어. 그런데 오늘은 내가 손을 뺐는데도 내 손을 이렇게 꼭 쥐고 있어. 좋아, 이 여자가 내게 품었던 경멸의 감정을 고스란히 되돌려 줘야지. 이 여자 애인이 몇 명이건 나와는 상관없는 일이야. 나와는 밀회 나눌 기회도 많고, 그러기도 쉬우니까 나를 애인으로 삼겠다

고 작정한 모양이군.'

쥘리앵은 레날 부인에게 잡힌 손을 또다시 빼냈다가는 잠시 후 다시 부인의 손을 잡아 쥐고 지그시 힘을 주었다. 자정 무렵, 자리에서 일어나 거실로 들어가면서 레날 부인이 낮은 목소리로 그에게 물었다.

"정말 우리를 버리고 떠날 건가요?"

쥘리앵은 짐짓 한숨을 내쉬며 대답했다.

"그래야만 할 것 같습니다. 부인을 뜨겁게 사모하니까요. 이건 죄이지요. 더구나 젊은 성직자에게는 얼마나 큰 죄인지!"

레날 부인은 자신을 내던지듯 쥘리앵의 팔에 매달렸다. 두 사람의 몸이 바짝 붙는 바람에 부인의 뺨은 금방이라도 쥘리앵의 달아오른 뺨에 스칠 듯했다.

그날 밤, 레날 부인은 더없이 고양된 정신적 기쁨에 취해 있었다. 소설조차 읽은 적이 없는 레날 부인은 자신에게 다가온 행복에서 이전에 단 한 번도 맛보지 못하던 새로운 것을 느꼈다. 그녀가 처해 있는 현실도, 무서울 수 있는 미래도 그녀의 마음을 식히지 못했다. 아무리 세월이 흘러도 지금 이 순간의 행복이 계속될 것만 같았다. 며칠 전만 해도 그녀를 고통스럽게 했던 정숙함이라는 단어도 아무 의미가 없어 보였으며 남편에게 충실하고자 했던 맹세도 하찮게 여겨졌다. 부인은 귀찮은 손님을 쫓듯 그런 생각들은 쫓아버렸다.

그런 가운데도 그녀는 순수한 행복에 젖어 마음속으로 속삭였다.

'나는 쥘리앵에게 아무것도 허락하지 않을 거야. 전에도 그랬듯이 앞으로도 이렇게 지낼 거야. 그는 내 친구인걸.'

쥘리앵은 여전히 푸케의 제안으로 흔들리고 있었다. 그리고 그렇게 흔들리는 자신을 한탄했다.

'아, 나는 아무래도 기개가 없는 놈인가 봐. 나폴레옹 군대에 들어갔다 해도 졸병 노릇이나 했을 거야.'

그런 생각 끝에 그는 내뱉었다.

"그래 이럴 땐 기분전환이 필요해. 이 집 안주인과 벌이는 시시한 사랑놀이가 잠시 내 기분을 달래줄 수 있겠지."

하지만 사랑놀이가 되었건 뭐가 되었건 그 어떤 것이든 우연이나 즉흥적인 생각에 일을 맡겨버리는 것은 그의 자존심이 허락하지 않았다. 치밀한 계획을 세우고 실행하는 것이 그의 자존심에 걸맞은 행동이었다. 그는 푸케에게서 얼핏 얻어들은 연애담과 『성경』에서 이리저리 건져 올린 사랑 이야기를 토대로 아주 세밀한 작전 계획을 세웠다. 스스로 인정하지는 않았지만 내심 무척 긴장했다. 겉으로는 여자를 다루는 데 아주 능숙한 바람둥이인 척했지만 속으로는 숙맥이었다. 그는 위대한 과업을 앞둔 장군처럼 작전 계획을 수립하고 그것을 종이에 쓰며 점검해보기까지 했다. 그것이 바로 그가 숙맥이라는 증거가 아니고 무엇이겠는가?

다음 날 오전 쥘리앵은 거실에 부인과 단둘이 있게 되었을 때였다. 부인이 그에게 엉뚱한 질문을 했다.

"쥘리앵 말고 딴 이름으로 불릴 때는 없나요?"

그의 작전 계획에는 없는 질문이었다. 미리 계획을 짜놓는 어리석은 짓을 하지 않았다면 쥘리앵은 재치 있게 대답할 수 있었을 것이었다. 하지만 그는 어색한 태도만 보이며 우물쭈물했을 뿐이었다. 쥘리앵은 기분이 상했다.

쥘리앵은 실수를 만회하겠다는 생각에 방을 옮겨가는 순간을 틈타 레날 부인의 손에 입을 맞추었다. 그것이 꼭 해야만 하는 의무라고 그는 생각했다. 부인은 질겁했다. 남들에게 들키면 어쩌려고! 그녀는 언짢아졌다. 쥘리앵의 그런 주책없는 행동에 자기에게 추근거리는 징그러운 발르노 씨가 떠오를 정도였다.

'저 사람 나와 단둘이 있으면 무슨 짓을 저지를지 몰라.'

부인은 생각했다. 사랑이 몸을 사리고 물러나자 정숙함이 다시 앞으로 나서 제자리를 잡았다.

쥘리앵에게는 정말로 지루하면서도 힘든 하루였다. 그는 온종일 부인을 유혹한다는 계획을 실천하며 보냈다. 하는 짓은 대담했지만 의식적인 사랑 표시가 자연스러울 리 없었고 서툴기 짝이 없었다. 레날 부인은 그가 그처럼 서툴면서도 또한 그처럼 대담한 것을 보고 놀랐다. 심지어 시뻘건 대낮에 데르빌 부인과 함께 거실에 앉아 자신의 투박한 구둣발로 부인의 발을 지그시 누르기도 했다. 그가 생각해 낸 유혹의 방법이란 게 고작 그런 정도였다.

레날 부인은 기겁을 했다. 그리고 틈을 내서 쥘리앵에게 경고했다.

"조심해요. 내 말을 새겨들어요."

쥘리앵은 자신이 서툴렀다는 것을 속으로 인정했다. 쥘리앵은 연애 한 번 해본 적이 없으면서도 바람둥이 돈 후안 노릇을 하려다가 온종일 어처구니없는 일만 죽도록 되풀이했다.

밤이 되자 그는 자기 자신에 대해서도, 또 레날 부인에 대해서도 지긋지긋해졌다. 또한 정원에서 부인 옆에 앉는 게 두려워졌다. 그는 레날 씨에게 베리에르에 가서 신부를 만나고 오겠다고 말하고 집을 나섰다.

쥘리앵이 셀랑 신부를 만나보니 신부는 이삿짐을 꾸리고 있었다. 아페르 씨가 감옥과 병원, 빈민 수용소를 둘러볼 수 있게 해준 일로 결국 면직당한 것이었다. 그의 주 신부 자리는 젊은 보좌 신부인 마슬롱이 이어받았다. 쥘리앵은 신부의 짐 싸는 일을 도우면서 푸케에게 편지를 하겠다고 생각했다. 이런 부당한 일을 목격하고 보니 성직에 발을 들여놓지 않는 게 영혼을 구원받는 길일 수도 있다는 생각이 들었다고 쓸 심산이었다.

그는 밤늦게 베르지의 별장으로 돌아왔다.

다음 날도 쥘리앵은 하루 종일 얼굴을 잔뜩 찌푸리고 지냈다. 그러다 저녁 무렵 우스꽝스러운 생각이 하나 떠올랐다. 푸케가 들려준 연애담에서 영감을 얻은 것이었다. 그는 머리에 떠오른 그 생각을 대담무쌍하게 실천했다.

정원에 막 자리를 잡고 앉을 때였다. 어둠이 채 무르익기도 전이었다. 쥘리앵은 레날 부인의 귀에 대고 속삭였다. 부인이 얼마나 끔찍한 어려움에 처하게 될지는 안중에도 없었다.

"부인, 오늘 새벽 2시에 부인의 방으로 가겠습니다. 드릴 말씀이 있어요."

쥘리앵은 내심 부인이 자신의 요구를 매몰차게 거절하기를 바라고 있었다. 그 말을 하면서도 부인이 덥석 자기 요구를 받아들이면 어쩌나 두려움이 앞섰다. 유혹자라는 것은 그에게 정말 걸맞지 않은 역할이었다. 차라리 끔찍한 짐이라고 하는 게 옳았다. 전날 처절한 실패를 맛보았으니, 자신의 기질대로라면 한 며칠간 자기 방에 틀어박혀 부인들을 만나지 않고 지냈을 것이다. 하지만 전투에서 물러나면 안 된다는 맹목적 의무감이 그를 스스로 막다른 골목으로 내몰았다.

레날 부인은 쥘리앵의 이 대담한 말에 정말로, 아무 꾸밈없이 솔직한 마음 그대로 화를 냈다. 쥘리앵은 부인의 짤막한 대답에서 경멸감을 읽을 수 있었다. 쥘리앵은 이제 상황이 거의 절망적이라는 것을 알고 당황했다. 하지만 그녀가 그 유혹을 받아들였더라도 그는 승리감에 젖기는커녕, 이 노릇을 어쩌나 낭패감에 시달렸으리라.

자정이 되어 작별 인사를 할 때 쥘리앵은 그가 생애 처음으로 세운 작전 계획이 보기 좋게 실패한 것에 대해 절망에 빠져 있었다. 자존심에 상처를 입은 것이다. 자리에 누워서도 쥘리앵은 자존심이 상해 잠이 오지 않았다. 그렇다고 계획을 포기할 생각은 전혀 들지 않았다. 유혹자의 역할을 집어치우고 레날 부인과 그냥 하루하루 행복하게 지낼 생각은 조금도 없었다. 좌절감을 안고 지낸다는 건 그에겐 끔찍한 일이었다.

그는 머리를 굴려 치밀한 계략을 짜느라 골몰했다. 하지만 일단 계략을 세우고 나면 금세 그것이 어리석게만 보였다. 한마디로 그는 너무 불행했다. 그때 별장 벽시계가 2시를 알렸다. 닭 우는 소리에 베드로가 정신이 번쩍 든 것처럼 그는 정신이 번쩍 들었다. 끔찍한 고역을 해치워야 할 시간이 온 것이다.

그는 몸을 일으키며 생각했다.

'나는 2시에 그녀의 방으로 가겠다고 말했어. 나는 미숙하고 거칠지는 몰라. 시골 무지렁이 자식이니까. 그걸로 비난받

는 건 괜찮아. 하지만 적어도 약한 꼴은 보이고 싶지 않아.'

그는 정말로 스스로 자랑스러워할 만한 용기를 낸 셈이었다. 그는 이제까지 스스로 부과해온 그 어떤 과제보다 고통스러운 과제를 수행하러 나선 것이다. 방문을 열고 나가면서 그는 벽에 몸을 기대야만 했다. 너무나 떨려서 무릎이 몸을 지탱할 수 없었기 때문이었다.

그는 레날 씨 방문 앞으로 가서 귀를 대 보았다. 코 고는 소리가 들려왔다. 실망감이 밀려왔다. 과업을 그만둘 구실이 사라진 것이다. 하지만 맙소사, 그녀의 방에 가서 도대체 뭘 하자는 것인가? 그에게는 아무 계획도 없었다. 설령 무슨 계획이 있다하더라도 이렇게 쿵쾅거리는 가슴으로 그것을 어찌 차분하게 실천할 수 있단 말인가!

어찌 되었건 그는 레날 부인의 침실로 통하는 작은 복도로 들어섰다. 죽음을 향해 걸어가는 사형수라도 이보다 고통스럽지는 않았을 것이다. 그는 떨리는 손으로 문을 열었다.

그런데 방 안이 어둠에 휩싸여 있을 것이라는 그의 예상과는 달리 벽난로 아래 등잔불이 밝혀져 있었다. 낭패도 이만저만이 아니었다. 정말로 예기치 못했던 불운이었다. 그가 들어

오는 것을 본 레날 부인은 소스라치게 놀라며 뒤로 몸을 빼며
"나쁜 사람!"이라고 소리쳤다.

한동안 두 사람 다 어찌할 바를 모르고 머뭇거리고 있을 뿐
이었다. 쥘리앵에게 이제 계획 따위는 없었다. 그 앞에는 매혹
적인 여인이 있었다. 이토록 매혹적인 여인에게 거절을 당한
다는 것은 견디기 어려운 불행일 것만 같았다. 그는 아무 말
없이 바닥에 몸을 내던졌다. 그리고 부인의 무릎을 두 팔로 감
싸 안았다. 부인은 이게 뭐하는 짓이냐며 서릿발 같은 질책을
퍼부었고 그는 눈물을 쏟고 말았다.

그로부터 몇 시간 후 쥘리앵은 레날 부인의 방을 나왔다.
더 이상 바랄 게 없는 심정이었다. 그가 부인의 마음에 이미
사랑을 불러일으켜놓았고 그도 예상치 못하게 부인의 아름다
움에 매혹당했기에, 그는 서툰 유혹의 기술로는 엄두도 못 낼
승리를 쟁취한 것이다.

하지만 바로 그 승리가 문제였다. 그는 더없이 감미로운 순
간에도 그 행복을 제대로 맛보지 못했다. 그는 이상한 자존심
에 사로잡혀 여자들을 정복하는 데 이골이 난 사내의 역할을
연기하려 했다. 그리고 의무를 수행해야 한다는 생각이 한 순

간도 그의 뇌리에서 떠나지 않았다. 그를 남들보다 뛰어나게 만들어주는 바로 그 기질 때문에 그는 바로 눈앞에 있는 행복을 맛보지 못하고 있었다. 있는 그대로도 더없이 아름다운 열여섯 살 처녀가 무도회에 가기 전에 볼에 연지를 잔뜩 찍어 바른 것과 마찬가지 꼴이었다.

쥘리앵이 방에 들어서자 기겁하며 놀랐던 레날 부인은 곧바로 두려움에 사로잡혔다. 그러나 쥘리앵의 절망과 눈물이 곧 그녀를 흔들었다. 그러나 그녀는 정말로 화가 나서 쥘리앵을 떠다 밀었다. 그러나 다음 순간 또다시 그의 품에 몸을 내던졌다. 부인의 이 모든 행동에 미리 세워둔 계획 같은 것은 없었다. 부인은 자신이 용서받을 수 없는 죄를 짓는다고 생각했고 눈앞에 보이는 지옥을 잊으려고 쥘리앵에게 미친 듯 뜨거운 애무를 퍼부었다. 우리의 주인공이 진정한 행복을 누릴 줄 알았다면 자신이 정복한 여인의 뜨거운 반응에서 더없는 행복을 맛보았을 것이다. 쥘리앵이 방을 나간 후에도 부인은 자신도 어쩌지 못하는 황홀감에 취했고, 한편으로는 가슴을 찢는 후회와 싸워야 했다.

하지만 쥘리앵은? 그가 자기 방으로 들어서면서 제일 먼저 떠올린 생각은 이런 것이었다.

'맙소사! 겨우 이거야? 이런 게 행복이야? 사랑받는다는
게 고작 이거야?'

간절히 원하던 것을 막상 손에 넣었을 때, 그것이 성취되었
을 때 느끼는 허망감이 찾아온 것이다. 그리고 그것은 당연했
다. 그는 레날 부인을 향한 사랑을 쟁취한 것이 아니라, 사랑
이라는 작전 계획을 완수했을 뿐이었으니. 잠시 놀라움과 허
망함, 불안감에 빠져 있던 그는 곧 정신을 수습하고 자신의 행
동을 하나하나 점검했다.

'내가 해야 할 일을 빠뜨린 것은 없겠지. 내가 제대로 역할
을 수행했겠지.'

무슨 역할? 여자를 능숙하게 다룰 줄 아는 바람둥이 역할,
바로 그것이었다.

하지만 부인은 달랐다. 그녀에게 쥘리앵은 단번에 이 세상
모든 것이 되어버렸다.

그런데 식사 자리에서 만난 쥘리앵은 흠잡을 데 없이 신중
했다. 그런 일에 능란한 남자처럼 보여야 한다는 생각에 작은

행동 하나하나 끊임없이 주의를 기울였던 것이다.

부인은 그를 쳐다 볼 때마다 눈언저리까지 발개지곤 했다. 그리고 그걸 감추려다 더 당황하곤 했다. 레날 부인은 처음에는 쥘리앵의 신중함에 감탄했다. 그러나 곧이어 그가 자신에게 단 한 번도 눈길을 주지 않자 걱정이 되기 시작했다.

'나를 더는 사랑하지 않는 걸까? 저 사람에게는 내가 나이가 너무 많아. 열 살이나 연상인걸.'

식사를 마치고 정원으로 나가는 중에 부인은 쥘리앵의 손을 꼭 거머쥐었다. 쥘리앵은 이런 적극적인 애정 표현에 놀랐다. 그는 열정이 가득 담긴 눈으로 그녀를 바라보았다. 레날 시장은 아무 눈치도 채지 못했지만 데르빌 부인은 그렇지 않았다. 그녀는 레날 부인이 유혹에 넘어가기 직전이라고 생각했다. 그날 하루 종일 그녀는 친구에게 시시콜콜 충고했다.

레날 부인은 쥘리앵과 단둘이 있고 싶어 애가 달았다. 아직 자기를 사랑하는지 물어보고 싶었다. 그녀는 다정한 본래의 성격에도 불구하고, 충고하는 친구에게 노골적으로 귀찮다는 표정을 내보였다. 저녁이 되자 셋은 다시 정원에 나가 자리에 앉았다. 데르빌 부인은 시치미를 뚝 떼고 레날 부인과 쥘리앵

사이에 앉았다. 쥘리앵의 손을 잡고 그 손에 입 맞추려던 레날 부인의 달콤한 기대는 깨졌다.

밤이 되자 부인은 안절부절못했다. 복도를 서성이다 쥘리앵의 방문 앞에 와서 귀를 대보기도 했다. 오늘 밤 그가 오지 않으면 어쩌지, 그녀의 생각은 오로지 그것뿐이었다.

하지만 기우였다. 쥘리앵은 자기가 의무라고 생각한 것에 충실했다. 1시 종이 울리자 그는 레날 씨가 깊이 잠든 것을 확인한 후에 부인의 방으로 갔다. 그날 밤 그는 연인 곁에서 더 큰 행복을 맛볼 수 있었다. 맡은 역할을 수행해야 한다는 의무감을 어느 정도 덜어낼 수 있었던 덕분이었다. 더욱이 부인이 자주 "아, 나는 당신보다 열 살이나 많은걸. 그런데 어떻게 당신이 날 사랑할 수 있겠어?"라고 탄식했기에 그의 자신감은 더 커졌다. 그리고 자기가 가소롭게 보이지 않을까 하는 걱정을 거의 접을 수 있었다.

이제 쥘리앵은 관능의 쾌락에 몸을 내맡길 수 있었다. 수줍은 부인은 그런 쥘리앵을 보면서 차츰 마음을 놓았다. 쥘리앵은 불과 며칠 만에 그 나이답게 정신없이 연애에 빠졌다.

'부인 마음씨가 천사 같다는 건 인정해야 해. 게다가 그 누

구보다 아름다워.'

그는 자신이 연기해야 할 역할에 대해서는 더는 생각하지 않았다. 자신의 불안감을 부인에게 털어놓기까지 했다. 그가 마음을 털어놓자 부인은 그가 따로 사랑하는 여인을 감추어 둔 게 아니라는 생각이 들었다. 그녀는 용감하게 초상화에 대해 물어보았다. 쥘리앵은 어떤 남자의 초상화라고 맹세하며 말했다. 부인은 자기가 이런 행복을 맛보게 된 것이 너무 놀라웠다.

'아, 10년 전에 쥘리앵을 만났더라면! 그때는 나도 예쁘다는 소리를 많이 들었는데.'

부인은 생각하곤 했다.

하지만 쥘리앵의 사랑은 그런 것과는 거리가 멀었다. 그의 사랑은 여전히 야심에서 나온 것이었다. 가난하고 구박 덩어리인 자신이 그처럼 지체 높은 여인을 차지했다는 기쁨, 그것이 그의 사랑이었다. 연인의 높은 지체 덕에 자신까지 고귀해지는 것 같았다. '파리에서도 이보다 더 아름다운 애인을 얻지는 못할 거야' 하는 생각도 들었다.

그들이 그렇게 행복한 가운데 낙심한 사람이 한 명 있었다.

데르빌 부인이었다. 부인은 친구에게 어떤 현명한 충고를 해
주더라도 귀찮게만 들릴 뿐임을 알고 베르지를 떠나버렸다.
레날 부인은 잠시 눈물을 글썽였지만 말 그대로 잠시일 뿐이
었다. 그녀는 더 큰 행복에 젖었다. 거의 온종일 연인과 단둘
이 마주 보고 지낼 수 있게 된 것이다.

제6장 쥘리앵, 레날 부인과 이별하다

사랑의 유희는 억누를 수 없으니,
제아무리 강한 맹세라도
핏줄 속 불길에 휩싸인 지푸라기 같은 것.
_셰익스피어,『템페스트』

 9월 하순경이었다. 막내 스타니슬라스가 병이 나서 고열에 시달렸다. 레날 부인은 갑자기 극심한 후회에 사로잡혔다. 쥘리앵은 부인의 마음을 달래려고 애썼다. 하지만 그의 말이 조리가 있으면 있을수록 부인은 위로를 얻기는커녕 괴로움이 더 커졌다. 그녀는 하느님께 큰 죄를 지었다는 생각에 사로잡혀 있었다. 따라서 이런저런 이치니 이유니 하는 것들은 모두 악마의 속삭임처럼 여겨졌다.

레날 부인은 자신이 쥘리앵을 사랑한 것에 대해 하늘이 벌을 내린 것으로 생각했다. 쥘리앵을 미워하든가 아들이 죽든가 해야 하느님의 분노가 가라앉으리라는 강박관념에 시달렸다. 하지만 결코 쥘리앵을 미워할 수 없었다. 그녀는 고통스러울 수밖에 없었다.

어느 날 부인이 쥘리앵에게 말했다.

"날 떠나줘요. 당신이 여기 있어서 내 아들이 죽는 거예요."

그러고는 나직이 혼잣말을 했다.

'아, 나는 하느님께 죄를 지었으면서, 양심의 가책도 느끼지 않고 지낸 거야.'

위선도 과장도 없는 부인의 고통에 쥘리앵이 감동받았다. 이 여자는 나를 사랑한 벌로 아들이 죽는다고 생각하는 거야. 그런데 가엾게도 자기 아들보다 나를 더 사랑하고 있어. 그러면서 너무 무서운 양심의 가책을 느끼고 있어.

어느 날 밤 아이가 위독한 상태가 되었다. 새벽 2시쯤 레날 씨가 아들을 보러 왔다. 펄펄 끓는 열 때문에 온몸이 벌게진 아들은 아버지도 알아보지 못했다. 그때였다. 갑자기 레날 부인이 남편의 발아래 몸을 던졌다. 쥘리앵은 그녀가 모든 것을 털어놓으려 하는 것을 알았다. 그녀는 스스로 파멸의 구렁텅이로 들어가려 한 것이었다.

"아, 내가 내 아들을 죽이는 거예요. 하늘이 나를 벌하는 거예요. 나는 살인을 한 죄인이에요. 나는 벌 받아야 해요."

레날 씨에게 상상력이 있었다면 모든 걸 알아차렸을 것이다. 그러나 그는 아내의 이런 느닷없는 행동에 짜증을 냈을 뿐이었다.

"소설 나부랭이에나 나올 만한 생각을 하고 있네. 무슨 쓸데없는 소리를! 쥘리앵, 날이 밝는 대로 사람을 보내 의사를 불러오게."

레날 씨가 잠자리로 돌아가자 레날 부인은 자신을 부축하려는 쥘리앵을 밀쳐냈다. 그리고 무릎은 꿇은 자세로 그대로 무너져 내렸다. 반쯤 의식을 잃은 것이다.

레날 씨가 나간 지 20여 분 동안 쥘리앵은 사랑하는 여인을 물끄러미 바라보고 있었다. 부인은 반쯤 정신을 잃은 채, 아이의 침대에 머리를 기대고는 꼼짝도 하지 않았다. 그는 생각했다.

'여기, 고귀한 한 여인이 나를 알게 된 탓에 이루 말할 수 없는 고통에 빠지고 말았구나.'

그는 레날 부인과의 만남 이래 처음으로 부인을 위해 무엇을 해줄 수 있을 것인가 고민했다. 자기가 떠나버리는 것은 해결책이 아니었다. 그녀는 모든 걸 털어놓을 거야. 그러고는 미쳐서 창문 밖으로 몸을 던져버릴지도 몰라.

그때 갑자기 눈을 뜬 레날 부인이 말했다.

"제발 가버려요."

쥘리앵이 말했다.

"오, 나의 천사, 지금처럼 당신을 진정으로 사랑해본 적이 없었어요. 아니, 지금부터 당신을 진정으로 사랑하게 되었다는 게 맞을 거야. 당신을 위해 내가 무엇을 할 수 있을까? 이제 당신 곁을 떠난다는 건 내게 너무나 큰 고통일 거야. 그래도 그게 당신을 위하는 길이라면 떠날 거야. 하지만 내가 없어지면 당신은 남편에게 모든 걸 털어놓을 거야. 당신은 순결하니까. 그러면, 그러면, 당신은 이루 말할 수 없는 치욕을 뒤집어쓰게 될 거야."

"내가 원하는 게 바로 그거야." 부인이 몸을 일으키면서 소리쳤다. "난 벌을 받아야 해."

그러자 쥘리앵이 말했다.

"나도 벌을 받게 해줘요. 나도 죄인이니까. 수도원에라도 들어가 고행을 할까? 오, 하늘이시여, 내가 스타니슬라스 대신 아플 수만 있다면!"

"아, 당신도 그 아이를 사랑하는구나."

레날 부인은 그의 품 안으로 뛰어들었다. 동시에 소스라치게 놀라더니 그를 떠다밀었다.

쥘리앵은 눈물을 쏟으며 부인의 발아래 몸을 던졌다.

"당신이 하라는 대로 하겠어요. 어떤 명을 내리건 복종하겠어요. 나는 앞 못 보는 장님이 되었어요."

하지만 부인은 그에게 아무 말도 할 수 없었다. 떠나라고할 수도 없었고 이대로 곁에 머물러달라고 할 수도 없었다.

마침내 하늘이 이 가엾은 여인을 동정했다. 스타니슬라스는 위험한 고비에서 벗어났다. 하지만 부인은 마음의 평화를얻지 못했다. 그녀의 순수한 열정에 금이 가듯 상처를 입자 자신이 얼마나 큰 죄악에 빠졌는지를 깨달은 것이다. 부인의 하루하루는 천국이자 지옥이었다. 눈앞에 쥘리앵 없을 때는 지옥이었고, 그의 무릎에 얼굴을 기대고 있을 때는 천국이었다.

그녀는 자신이 분명 벌을 받을 것이라 생각했고 쥘리앵에게 그렇게 말하곤 했다. 지옥에 가는 것이 두려웠다. 하지만후회는 하지 않았다. 같은 상황에 처한다 해도 똑같은 죄악을 저지르게 될 것이 분명했기 때문이었다. 단지 이 세상에 사는 동안에는 하늘이 그 벌을 내리지 않기만을, 그 벌을 아이들에게 내리지 않기만을 간절히 바랄 뿐이었다. 죽은 뒤에는 더 큰 벌을 달게 받을 각오가 되어 있었다. 그녀가 간절히 바라는 것은 오로지 쥘리앵의 행복이었다. 그를 너무 사랑하기에 그의 행복을 위해 온 힘을 다 쏟았다.

의심과 자존심으로 뭉쳐진 쥘리앵이었지만 부인이 보여주는 자기희생 앞에서 그 모든 것이 눈 녹듯 사라져 버렸다. 그는 레날 부인을 경배하게 되었다. 모든 의심을 떨쳐버린 쥘리앵은 걷잡을 수 없는 사랑의 열정, 그 예측할 수 없는 운명 속으로 빠져들었다. 그의 사랑은 이제 아름다운 여인에 대한 찬미도 아니었고 그런 여인을 소유한다는 자부심 정도도 아니었다.

이제 두 사람이 누리는 행복은 차원이 한 단계 높아졌다. 함께 나누는 사랑의 불길도 한층 강렬해졌다. 두 사람은 서로에게 도취했고, 미칠 듯한 사랑의 희열을 맛보았다. 하지만 그 행복을 세상에 드러낼 수 없었다. 그 행복 위에는 죄의 그늘이 덮여 있었다. 더할 수 없이 행복한 순간에도 레날 부인은 짧은 비명을 질렀다.

"오, 하느님! 저기 지옥이 보여."

부인은 바들바들 손을 떨면서 쥘리앵의 손을 꼭 잡았다. 쥘리앵은 두려움에 떠는 이 영혼을 달래주려고 애썼다. 하지만 소용없었다. 그렇게 사랑의 기쁨과 행복, 그리고 그에 이은 후회가 함께 하는 나날들이 흘러갔다. 그런 가운데 쥘리앵은 홀로 골똘히 생각에 잠기는 습관을 잃어버렸다.

쥘리앵과의 결혼을 꿈꾸었던 엘리자는 두 사람의 관계를 모두 알고 있었다. 그녀는 작은 소송 사건이 있어서 베리에르로 갈 일이 있었다. 그녀는 발르노 씨를 찾아가 그들의 일을 일러바쳤다. 엘리자는 발르노 씨가 레날 부인에게 집적거린다는 것도 알고 있었고, 그가 쥘리앵을 아니꼽게 여긴다는 것도 알고 있었다.

발르노는 속이 뒤집혔다. 이 지방에서 제일 돋보이는 여자가, 자신이 지난 6년 동안 그렇게 공들여 쫓아다닌 여자가, 오만하기 그지없는 태도로 자기를 멸시하던 여자가, 겨우 가정교사 노릇하는 막일꾼 놈을 정부로 삼다니!

바로 그날 저녁, 레날 씨는 익명의 편지를 한 통 받았다. 장문의 그 편지는 집안에서 벌어지고 있는 일을 세세히 알려주고 있었다. 쥘리앵은 레날 씨가 그 편지를 읽더니 얼굴의 핏기가 싹 가시면서 자신을 사납게 노려보는 것을 눈치챘다. 시장은 저녁 내내 끓는 속을 가라앉히지 못했다.

자정 무렵 응접실을 떠날 때 쥘리앵은 적당한 틈을 내서 부인에게 말했다.

"오늘 밤에는 안 만나는 게 좋겠어요. 남편이 우리를 의심하고 있어요. 누군가 이름을 감춘 채 편지를 보낸 모양이에요."

부인은 쥘리앵이 자신을 피할 핑계를 만들었다고 생각했다.

다음 날 아침, 요리담당 하녀가 쥘리앵에게 책을 한 권 가져 왔다. 책 겉장에는 "130쪽을 봐요"라고 쓰여 있었다. 쥘리앵은 놀라서 책을 펼쳤다. 서둘러 써 내려간 편지가 핀으로 꽂혀 있었다. 눈물 자국에 맞춤법도 엉망인 편지였다. 평소에 꼼꼼하게 철자법을 지키던 부인의 마음을 보는 것 같아 쥘리앵은 가슴이 메었다.

오늘 밤엔 나를 만나고 싶지 않았던 거야? 당신의 눈길을 보면 당신이 나를 진정으로 사랑하는지 의심이 들 때가 있어. 내가 자주 후회하는 걸 보고 싫증이 난 거지? 내가 끝장나 버렸으면 좋겠어? 그렇다면 좋은 방법이 있어. 이 편지를 온 베리에르 사람들에게 보여줘. 내가 당신을 사랑한다는 것, 아니 숭배한다는 걸 모든 사람들에게 알려줘.

한없이 들떠 있던 처녀 시절에도 이런 행복은 꿈꾼 적이 없었다는 것을, 내가 생명과 영혼을 당신에게 바쳤다는 것을 모두에게 말해 줘. 내가 그 이상의 것을 당신에게 바쳤다는 것을 모두에게 알려 줘. 아니, 발르노 그 사람 한 명에게만 알려줘도 돼. 아니야, 그에게 말해줘도 그는 무슨 말인지 모른 거야. 자신을 바친다는 게 어떤 건지 이해할 수도 없을 거야.

익명의 편지? 그 사람이 보낸 게 분명해. 나는 이미 나를 버렸어. 내일 나도 남편에게 말할 거야. 나 또한 익명 편지 한 통을 받았다고 말할 거야. 그리고 지체 없이 당신을 내보내야 한다고 말할 거야.

아, 내 소중한 사람. 우리는 보름이나 한 달 정도 헤어져야만 할 거야. 어제 내 방에 오지 않은 건 정말 잘한 거야. 당신도 나만큼 괴롭겠지. 하지만 그렇게 해야만 이 익명 편지에 대한 의심을 풀 수 있어.

난 그게 발르노 씨가 쓴 거라는 걸, 남편이 믿게 만들 거야. 여기서 나가면 베리에르에서 지내도록 해. 나는 남편을 이곳에 보름쯤 붙잡아놓을게. 일단 베리에르에 가면 사람들과 두루두루 친분을 맺어놓도록 해.

발르노에게 싫어하는 내색 보여주지 마. 그냥 상냥하게 대해. 당신이 그의 집이건 다른 집이건 가정교사로 들어가고 싶어 한다는 것을 베리에르 사람들에게 보여줘.

그 다음엔? 모르겠어. 아마 남편은 당신이 다른 집에 들어가는 꼴은 못 볼 거야. 설혹 당신이 다른 집으로 가게 되더라도 나는 당신을 따르는 우리 아이들과 당신을 만나러 갈 수 있겠지.

자, 이제 어떻게 해야 할지 알겠지? 그 천박한 사람들에게 상냥하고 정중하게 대해줘. 제발 경멸감을 드러내지 말아줘. 우리 운명이 그 사람들에게 달려 있어. 남편이 무엇보다 중시하는 게 여론이거든.

내가 사용할 익명 편지를 당신이 만들어줘. 가위로 단어들을 책에서 오려낸 다음 여기 보내는 편지지 위에 붙여줘. 이 편지지는 발르노 씨가 내게 보낸 거야. 익명 편지글은 아주 짧게 줄였어.

익명 편지
부인,
부인의 행실은 이제 훤하게 드러났습니다. 하지만 부인의 행실을 바로잡자는 고귀한 심성을 가진 사람이 그 사실을 알게 된 것을 다행으로 여기십시오. 진정한 우정에서 우러나와 하는 충고이니, 그 하찮은 시골뜨기와의 관계를 당장 끊으십시오. 그러면 당신 남편은 자신이 받은 편지를 모함이라고 생각할 것입니다. 그리고 이제까지의 일을 다 덮어버릴 수 있을 것입니다. 내가 부인의 비밀을 손에 쥐고 있다는 사실을 잊지 마십시오. 죄의 무서움을 아시오. 가련한 여인, 이제 당신이 의지해야 할 사람은 나뿐입니다. 당신이 내게로 오기를 기대하며.

이 편지가 수용소장 말투인 건 알겠지? 이 편지를 다 오려 붙인 다음 방 밖으로 나와 줘. 내가 당신에게 갈게.

나는 읍내에 갔다 온 후 그 편지를 남편에게 줄 생각이야. 당신은 아이들을 데리고 산책 나갔다가 식사시간에 맞춰 돌아오면 돼. 일이 잘되면 비둘기 집이 있는 탑에 하얀 손수건을 걸어놓을게.

아, 점점 더 확실해져. 우리가 헤어지게 된다면 나는 단 하루도 견디기 어려울 거야. 지금 내 머릿속에는 오로지 당신밖에 없어. 당신이 나를 사랑하지 않게 되더라도 나는 당신을 용서할 수 있어. 그만큼 나는 당신을 사랑해.

쥘리앵은 한 시간에 걸쳐 단어들을 오려내고 짜 맞추면서 어린애처럼 즐거웠다. 방에서 나오니 부인이 아이들과 함께 있었다. 그녀는 아무 일 없다는 듯 태연하게 쥘리앵이 건네준 편지를 받아들었다. 그처럼 침착한 부인의 모습에 쥘리앵은 어리둥절해질 지경이었다.

부인이 쥘리앵에게 무언가 내밀면서 말했다.

"이걸 산속 어딘가에 묻어둬. 일이 잘못되면 나는 모든 걸

빼앗기게 될 거야. 그때 이게 내 유일한 재산이야."

보석함이었다. 그 안에는 금과 몇 개의 다이아몬드가 들어 있었다. 그러고는 그를 쳐다보지도 않고 읍내를 향해 빠른 걸음으로 멀어져갔다.

레날 시장은 익명 편지를 받은 순간부터 안절부절못했다.

'도대체 누가 보낸 편지일까? 모든 사람이 질투할 만한 여자를 마누라로 두니까 이런 일이 벌어지는 거야. 집사람과 의논해봐야겠군.'

그러더니 그는 이마를 탁 쳤다.

'맙소사, 지금 누구와 의논하겠다는 거야! 제일 못 믿을 게 마누라인 상황에서! 마누라가 지금 내 적인데!'

그는 그만 원통해서 한숨이 절로 나왔다. 그런데 가만 생각해보니 주변에 이런 일을 의논할 친구가 한 명도 없었다. 겨우 자기 일에 눈물을 보이며 동정해줄 교구 재산 관리위원 한 명이 생각났지만 그는 아무 일에나 눈물부터 질질 짜고 보는 멍텅구리였다. 겨우 믿을 수 있는 사람이 그 친구뿐이라니! 나처럼 불행한 신세가 또 어디 있단 말인가! 시장의 속이 부글부

글 끓었다. 아, 의지할 데 없는 고독한 처지로구나!

그러다 문득 자기 아내가 결백하다는 생각이 들었다. 모든 것을 다 알아서 챙겨주던 그 여자! 내일 결혼을 다시 한다 하더라도 더 나은 여자를 구한다는 건 꿈에도 못 꿀만큼 완벽한 그 여자! 그래, 고민할 거 없어. 여자들이 모함을 당하는 경우는 수없이 많잖아.

그러다가 그는 또 버럭 소리를 질렀다.

'내가 무슨 생각을!'

그는 방 안을 정신없이 서성이며 생각했다.

'마누라가 제 정부 놈과 함께 나를 비웃고 있는 판에, 내가 그 꼴을 참아 넘기라고? 온 베리에르 사람들이 나더러 마음도 좋다면서 빈정거리는 꼴을 두고 보라고? 하지만 어떻게 하지? 마누라를 죽여 버려? 아이고 그건 못해. 그놈을 몽둥이 찜질을 해서 쫓아버려? 그러면 놈이 천지 사방에 소문을 다 낼 테지. 오, 그 망신을 어떻게 견디라고? 마누라를 그냥 쫓아버려? 안 돼. 그놈하고 브장송에 가서 보란 듯이 살림을 차리겠지.'

날이 밝아오고 있었다. 그는 맑은 공기라도 좀 쐬어볼까 하고 정원으로 나갔다. 순간 마음을 굳혔다.

'일을 벌여 소문이 나게 해서는 안 돼. 베리에르의 저 형편없는 친구들을 희희낙락하게 만들 수는 없어.'

정원을 걸어 돌아다니자 마음이 어느 정도 가라앉았다.

'안 될 말이야. 마누라와 헤어져서는 절대 안 돼. 그러기에는 너무 쓸모가 많은 여자야.'

그는 아내가 없는 집안을 상상하자 끔찍했다. 그러나 그냥 넘어갈 수는 없었다. 우선 마누라가 정말 바람이 났는지를 확인하는 게 필요했다. 그는 그 방법을 궁리하느라 또 한참 정원을 거닐었다. 그때 읍내에서 돌아오는 부인과 마주쳤다.

부인은 예상외로 침착하고 냉정했다. 남편의 헝클어진 머리카락과 단정하지 못한 옷차림으로 그가 밤새 잠을 이루지 못했다는 것을 알 수 있었다. 부인은 겉봉을 뜯기는 했지만 알맹이는 접혀 있는 편지 한 통을 다짜고짜 남편에게 내밀며 말했다.

"이 추잡한 걸 봐요. 공증인 사무소 정원 뒤를 지나오는데 어떤 인상 고약한 남자가 건네주더군요. 당신한테 신세 진 사람이라나, 뭐라나. 읽기 전에 당신이 꼭 들어야 할 부탁이 있어요. 저 쥘리앵 선생을 빨리 자기 집으로 돌려보내요."

남편의 얼굴이 활짝 펴지는 것을 보고 부인의 얼굴도 밝아졌다. 레날 씨는 섣불리 대답하지 않고 두 번째 익명 편지를 꼼꼼히 읽어보았다. 그러고는 그 편지를 마구 구겨버리고는 후다닥 걸음을 옮겨놓았다. 계속 마누라 곁에 있다가는 분통이 터질 것 같아서였다.

잠시 후 마음이 좀 가라앉자 그는 다시 부인 곁으로 왔다. 그러자 부인이 채근했다.

"빨리 쥘리앵을 내보내야 한다고요. 어차피 목수 자식이잖아요. 몇 푼 집어줘서 내보내세요. 아는 건 많으니 쉽게 일자리를 구하겠죠. 발르노 씨 댁이나 모지롱 군수 댁으로 가면 되지요."

레날 씨는 소리를 버럭 질렀다.

"꼭 당신처럼 꽉 막힌 소리를 하는군! 하기야 여자가 어떻게 사리분별을 할 수 있겠어. 고작 하는 일이라고는 나비나 쫓아다니는 짓뿐이니! 아이고 한심해라. 집구석이라고 이런 것들밖에 없으니, 아이고 내 신세야!"

부인은 다시 침착하게 말했다. 그녀의 머릿속에는 어떻게 하면 쥘리앵과 한 지붕에서 살 수 있을까 오로지 그 생각뿐이었다. 남편이 화를 내건 말건, 자신을 모욕하건 말건 상관없었다.

"하긴 그 시골뜨기한테는 잘못이 없을지도 몰라요. 하지만 이런 모욕들 당하고 가만있을 수는 없어요. 이 추잡한 편지를 본 순간 결심했어요. 그를 내보내지 않으면 내가 나가겠어요. 이도저도 아니면 쥘리앵을 산속에 산다는 목재상에게 한 달 정도 휴가를 보내면 되잖아요. 내가 말할까요?"

레날 씨는 이제 좀 신중해졌다.

"당신은 나서지 마. 당신이 그와 말을 하다 화라도 내면 그와 나 사이도 공연히 틀어질 수 있어. 그 꼬마 선생이 얼마나 영리한지는 당신도 잘 알지 않소?"

"영리하기는 뭐가 영리해요? 엘리자의 청혼을 거절했잖아요. 그런 굴러 들어온 복덩이를……. 하긴 엘리자가 몰래 발르노 씨 댁에 드나드는 것 같아 거절한다고 하긴 하더군요."

"뭐야, 엘리자가 발르노와 내통을 해? 이런 나만 모르고 있었군."

"어머, 그건 지나간 얘기예요. 발르노, 그 사람하고 나하고 이렇다 저렇다 소문이 돌던 때 일인걸요."

"나도 그런 소문을 들었지. 그런데 당신 내게 그런 얘기 하나도 안 했잖아?"

"공연히 당신과 그 사람 사이를 틀어지게 만들 게 뭐 있어요? 더욱이 그 사람한테 그런 편지 안 받아본 사교계 여자가 어디 있나요?"

"그럼 당신도 받았단 말이야?"

"꽤 많지요."

"그래 그게 어디 있어?"

"내 책상 서랍에요."

레날 시장은 단숨에 부인의 방으로 달려갔다. 그러고는 급한 마음에 쇠꼬챙이로 값비싼 책상서랍을 부수고 말았다. 서랍 안에는 발르노가 부인에게 보낸 편지들이 그득했다.

레날 부인은 계단을 올라 비둘기장으로 갔다. 그리고 흰 손수건을 꺼내 작은 창문 쇠창살에 비끄러맸다. 그녀는 눈물을 글썽이며 숲 쪽을 바라보았다. 그러고는 아직 화가 나서 펄펄 뛰고 있는 남편에게 돌아왔다.

"발르노가 당신에게 보낸 편지들과 이 익명의 편지 종이가 같잖아."

그러자 부인이 말했다.

"여보, 당신은 이 지방 최고의 귀족이에요. 당신은 국왕 폐하의 신임을 얻으면 나중에 귀족원에 들어갈 수도 있어요. 공연히 시끄러운 일 만들지 마세요. 발르노 씨에게 그 익명 편지 이야기를 꺼내면 브장송까지도 소문이 다 날 거예요."

시장은 아직 분이 풀리지 않았다. 그는 아무 쓸모없는 이야기를 부인에게 두 시간이나 더 늘어놓았다. 그러더니 이윽고 진이 다 빠져 버렸다. 그는 결국 쥘리앵을 베리에르에 휴가 보내는 것으로 일을 마무리 지었다.

베리에르에 도착한 쥘리앵은 레날 씨 저택에 머물렀다. 베리에르에 온 그가 제일 먼저 한 일은 셸랑 신부의 책장을 짜준 일이었다. 셸랑 신부는 자유주의자들이 제공해준 안락한 거처를 모두 거절하고 방 두 칸짜리 집에 세 들어 살았다. 방 둘 모두 책들이 사방에 널려 있어 너무 비좁았다. 쥘리앵은 아버지 제재소로 가서 널판들을 보란 듯이 직접 져 날랐다. 성직자의 행동을 사람들에게 보여주기 위해서였다. 그는 직접 연장을 빌려서 책장을 만들고 셸랑 신부의 책을 가지런히 정돈

했다. 노신부는 눈물을 글썽이며 기뻐했다. 쥘리앵이 세속적으로 타락하지 않았음을 확인한 것이다.

그가 베리에르에 도착한 지 사흘째 되는 날 모지롱 군수가 찾아왔다. 쓸데없는 긴 이야기 끝에 그는 쥘리앵에게 새로운 가정교사 자리를 제안했다. 어느 부유한 관리로서 연 800프랑을 매 사분기 석 달 치씩 주겠다는 제안을 한 것이다. 쥘리앵은 자신의 위선을 연습할 좋은 기회라고 생각하고 장광설을 늘어놓았다. 모지롱 군수는 얼이 빠졌다. 쥘리앵이 청산유수처럼 그럴듯한 말은 계속 늘어놓고 있었건만 도무지 언질 하나 얻어낼 수 없었다.

얼이 빠진 군수를 배웅하고 나서 쥘리앵은 미친 사람처럼 웃기 시작했다. 그리고 레날 씨에게 아홉 장에 달하는 긴 편지를 썼다. 자신이 받은 제안을 낱낱이 주워섬기고는 공손하게 레날 씨의 충고를 청했다.

모지롱 군수는 끝끝내 제안을 한 장본인 이름은 밝히지 않았다. 쥘리앵은 속으로 생각했다. '빤하지 뭐. 분명 발르노일 거야. 자신이 보낸 편지가 효과를 발휘해서 내가 베리에르로 쫓겨난 거로 생각하겠지.'

편지를 부친 그날이었다. 셸랑 신부를 잠깐 만나고 오는 길에 쥘리앵은 길에서 발르노 씨의 하인을 만났다. 오찬 모임 초대장을 들고 쥘리앵을 찾아 온 시내를 헤매던 길이었다.

쥘리앵은 12시 반에 수용소장의 집에 들어섰다. 오찬은 1시로 예정되어 있었지만 일찍 얼굴을 내미는 게 더 정중하게 보이리라는 생각에 일찍 갔다. 하지만 속으로는 이 천박한 사내를 몽둥이로 잔뜩 두들겨주면 좋겠다는 생각뿐이었다.

집 안에 들어서니 온통 돈으로 치장한 천박한 가구들이 들어서 있었다. 빈민들에게 가야 할 돈이 모두 이렇게 집 안을 천박하게 치장하는 데 사용되고 있었다. 모든 가구에서 훔친 돈 냄새가 물씬 풍겼다.

곧이어 세무관, 간접세 징수관, 헌병 장교와 관리 몇 명이 부부동반으로 들어섰다. 잠시 후 부유한 자유주의자들도 몇 명 왔다. 오찬이 시작되었다. 쥘리앵은 이미 기분이 상할 대로 상해 있었다.

'이 식당 벽 저쪽에 빈민 수용자들이 있잖아. 집 안을 가득 메운 이 고약한 취향의 사치품들을 사들이느라 저 사람들에게 가야 할 고깃덩어리를 횡령했을 테지. 그 탓에 저들은 지금

배를 주리고 있겠지.'

쥘리앵은 목이 메어 왔다. 음식을 먹을 수 없었다. 하지만 그는 곧 정신을 차렸다. 말없이 생각에나 잠겨 있으라고 이 번 듯한 인사들의 오찬에 초대된 것은 아니지 않은가? 마침내 기회가 왔다. 두 군데 아카데미 회원이라는 어느 인물이 쥘리앵이 『신약성경』에 정통하다는 소문을 들었는데 정말인지 확인하고 싶다며 『신약성경』을 꺼내 든 것이다.

쥘리앵의 암기력은 틀림이 없었다. 그 사람이 아무렇게나 펼쳐 들고 읽은 쪽의 뒷부분을 쥘리앵은 정확히 라틴어로 암송했다. 게다가 그 암송한 부분을 즉석에서 불어로 번역했다. 인기를 끈 정도가 아니라 완전한 승리였다. 부인네들의 얼굴이 찬탄으로 붉게 달아올랐다.

6시까지 이어진 그 오찬에서 쥘리앵은 네다섯 건의 만찬 초대를 받았다. 쥘리앵은 대문을 나서며 "아, 천한 자들, 아, 천한 자들"이라고 나지막이 부르짖었다. 그러고는 신선한 공기를 흠뻑 들이마셨다. 이 순간에는 오히려 자신이 귀족이 된 것 같았다. 그들의 천한 모습을 보니 레날 시장 집의 공기가 새삼 돋보였다.

'레날 씨는 최소한 횡령은 안 하지 않는가? 그는 깨끗한 사람 아닌가? 그건 그만두더라도 레날 씨가 손님들에게 포도주를 권하면서 일일이 그 값을 말한 적이 한 번이나 있었던가? 어휴, 저들이 훔친 재산의 절반을 내게 떼어준다 해도 저들과 함께 살고 싶지는 않아. 아무리 참고 지내려 해도 언젠가는 폭발하고 말 테니까.'

하지만 레날 부인과의 약속이 있었다. 그는 비슷한 종류의 만찬에 몇 번 참석해야만 했다. 그는 인기를 끌었다. 얼마 되지 않아 베리에르 사람들의 관심은 온통 이 박학한 젊은이를 차지하기 위한 싸움에서 최종 승자는 누가 될 것인가에 쏠리게 되었다. 과연 레날 시장일까, 빈민 수용소장일까? 이 두 사람은 새롭게 주임신부가 된 마슬롱 신부와 더불어 삼두체제가 되어 이 도시를 주무르고 있었다.

쥘리앵은 아이들 숙제 검사도 게을리 하지 않았고 정말 내키지 않았지만 아버지도 종종 찾아갔다. 한 마디로 말해서 자신의 새로운 평판을 착착 쌓아가고 있었다.

쥘리앵은 베리에르에서 몇 주일을 지냈다. 물론 그사이에 한두 번 레날 부인과 아이들이 찾아와 즐겁게 재회하곤 했다.

쥘리앵은 베리에르에서 쌓은 평판과 함께 또 한 가지 소득을 얻고 베르지로 돌아갔다. 베리에르의 레날 씨 집에서 혼자 고즈넉하게 지낸 몇 주 동안이 자신에게 정말 행복한 시간이었다는 사실을 깨달은 것이다. 만찬회에 초대를 받아갔을 때만 잠시 기분이 나빠졌을 뿐이었다. 그 호젓한 집에서 방해받을 염려 없이 책을 쓰고 글을 읽고 생각에 잠길 수 있었다. 위선적인 행동이나 말을 해서 상대방을 속여 넘기느라 애쓸 필요가 없었다.

'행복이 이렇게 가까운 곳에 있을 수도 있다니…….'

그는 새삼 놀랐다. 하지만 그는 마음을 다시 다잡았다.

'그렇지만 이런 식으로 인생을 낭비하는 건 어리석은 일이야. 마음이 내키면 엘리자와 결혼할 수도 있고 푸케와 동업할 수도 있어……. 하지만 가파른 산을 올라본 자만이 꼭대기에 앉아 쉬는 기쁨을 느낄 수 있는 법이야. 낮은 곳에 주저앉아 쉬면서 진정한 행복을 느낄 수는 없어.'

가을은 쏜살같이 지나갔고 벌써 겨울에 접어들었다. 이제 베르지 숲을 떠나야 했다.

베리에르 상류사회 사람들은 자신들이 아무리 맹렬하게 비난을 퍼부어도 레날 씨가 아무 반응도 보이지 않는 것에 대해 분개하기 시작했다. 발르노가 새롭게 일자리를 구해준 엘리자는 예전 교구 주임신부 셸랑과 새 주임신부 마슬롱에게 고해를 했다. 쥘리앵의 연애를 고해바친 것이었다.

쥘리앵이 베리에르에 도착한 어느 날 셸랑 신부가 쥘리앵을 불러서 말했다.

"너에게 아무것도 묻지 않겠다. 부디 나에게 아무 말도 하지 마라. 사흘 내로 브장송의 신학교로 떠나라. 아니면 네 친구 푸케의 집으로 가든지. 떠나는 것 말고는 길이 없다. 1년이 지나기 전에는 베리에르로 돌아올 생각일랑 마라."

쥘리앵은 다음 날 답을 해드리겠다고 한 후 레날 부인에게 갔다. 부인은 절망에 빠져 있었다. 방금 남편과 이야기를 나눈 뒤였던 것이다. 레날 씨는 아내가 결백하다고 생각하기로 작정하고 있었다. 천성이 나약한 데다, 부인이 브장송의 친척에게서 물려받을 유산에 대한 기대가 컸기 때문이었다. 하지만 그도 여론을 마냥 무시할 수는 없었다. 그는 베리에르의 여론이 심상치 않다고 부인에게 털어놓았다. 시샘하는 자들이 부풀려놓은 게 틀림없지만 어쨌든 그냥 두고 볼 수는 없지 않느냐는 게 남편의 걱정거리였다.

레날 부인은 한시적이나마 쥘리앵과 떨어져 지내는 수밖에는 없다고 결론 맺었다. 그녀는 물론 두려웠다.

'쥘리앵은 나와 떨어져 있으며 자기 야망에만 빠져 있을 거야. 그러면 곧 나를 잊겠지.'

하지만 어쩔 수 없었다. 부인은 눈물을 참으며 쥘리앵이 떠나는 수밖에 없다고 그에게 말했다.

마침내 쥘리앵은 베리에르를 떠났다. 하지만 사흘 후 레날 시장 몰래 다시 돌아왔다. 쥘리앵이 단둘이 정식 작별 인사를 하겠다며 부인에게 약속했던 것이다. 숱한 위험이 도사리고 있었지만 쥘리앵은 결국 부인의 방에 무사히 들어올 수 있었다.

부인에게는 단 한 가지 생각밖에 없었다.

'내가 이 사람을 보는 건 이제 마지막이구나.'

연인의 뜨거운 숨결에도 그녀는 차가운 송장 같았다. 그에게 사랑한다는 말조차 나오지 않았다. 의심 많은 쥘리앵이 부인은 벌써 자신을 잊은 거라고 착각할 정도였다.

"어쩜 이럴 수가 있어요?"

쥘리앵이 원망의 말을 했다.

"이보다 더 불행할 수는……. 차라리 죽어버렸으면……. 심장이 얼어붙는 것 같아……."

그녀가 할 수 있었던 가장 긴 말이었다.

날이 밝아오기 시작했다. 이제 정말 떠나야 할 시간이었다. 이별의 순간이 되자 레날 부인의 눈물은 완전히 말라버렸다.

숨만 쉬다 뿐이지 죽은 사람이나 마찬가지인 부인에게서 억지로 작별의 키스를 받으면서 마침내 쥘리앵도 가슴이 저려왔다. 그녀의 입맞춤에 살아 있는 온기라고는 없었다.

먼 길을 가는 동안 쥘리앵에게는 아무 생각도 떠오르지 않았다. 마음만 아플 뿐이었다. 산을 넘어가기에 앞서 그는 자꾸만 뒤를 돌아다보았다. 그때마다 베리에르 성당의 종루가 눈에 들어왔다.

제7장 신학교

나는 이 지상에 홀로인 존재, 그 누구도 내 생각을
하지 않지. 내 눈에 보이는 출세한 자들은 모두 뻔뻔하고
냉혹한 자들뿐. 그들은 내가 착하다고 나를 미워하지.
아, 나는 곧 죽고 말 거야. 굶주려서든,
그런 냉혹한 인간들을 봐야만 하는 고통에서든.
_영

쥘리앵은 도중에 푸케의 집에 들러
평복을 빌려 입은 후 브장송으로 갔다. 브장송은 베리에르보
다 훨씬 큰 도시였다. 그곳에서 그는 정말 촌뜨기였다. 그는
카페에 들러 차 한 잔 마신 후 곧장 신학교로 향했다. 멀찍이
문 위에 금박을 입힌 쇠 십자가가 보였다. 이제 이 지상의 지
옥에 갇히게 되는구나! 두 다리에 힘이 빠졌지만 그는 마음을
다잡고 초인종을 눌렀다.

핏기 없는 얼굴의 문지기가 문을 열어주었고 그는 곧장 신
학교 교장 피라르 신부 앞으로 안내되었다. 가구가 전혀 없는
어두침침한 방이었다. 피라르 신부는 낡아서 거의 누더기가

된 옷을 입고 무언가 쓰고 있었다. 그가 고개를 들었다. 자신을 쏘아보는 그 무서운 눈초리에 쥘리앵은 너무 겁이 나서 꼼짝도 할 수 없었다.

그가 쥘리앵에게 가까이 오라고 한 후 이름을 물었다.

"쥘리앵 소렐입니다."

그가 서랍을 열더니 편지 한 장을 꺼냈다.

"셸랑 신부가 자네를 추천했지. 그분은 이곳 교구에서 가장 뛰어난 분이고 덕망도 높지. 나와는 30년 지기일세."

그런 후 그는 셸랑 신부의 편지를 소리 내어 읽었다. 쥘리앵의 집안 이력과 그가 뛰어난 기억력과 이해력을 갖고 있다는 내용, 그에게 장학금을 주었으면 하는 내용이었다.

"이곳에는 성스러운 일에 종사하기를 바라는 학생이 321명이야. 그중에서 셸랑 신부 추천을 얻어서 들어온 사람은 고작 여덟 명뿐이야. 그러니 자네는 아홉 번째가 되는 셈이네."

이후 대화는 라틴어로 계속되었다. 신부의 눈빛에 부드러운 표정이 어렸지만 쥘리앵은 마음을 놓지 않았다. 그는 생각했다.

'이 사람도 마슬롱 신부처럼 사기꾼인지도 몰라. 가진 돈을

전부 장화 속에 감추어놓기를 잘 했지.'

피라르 신부는 쥘리앵의 신학 지식을 시험해보고 그의 박식함에 놀랐다. 그리고 그의 답변들이 명료하고 정확한 것을 보고 마음에 들었다. 그는 쥘리앵에게 장학금을 주겠다고 말한 후 자신의 허락 없이는 어떤 단체나 비밀 수도회에 가입해서는 안 된다고 일렀다. 그런 후 문지기를 불러 쥘리앵을 103호실로 데려다주라고 했다.

103호실은 건물 제일 꼭대기에 있는 방이었다. 그 방으로 들어서면서 쥘리앵은 방의 창문이 성벽 쪽으로 나 있는 것을 알았다. 성벽 너머로는 두 강을 경계로 하여 도시 밖으로 아름다운 들판이 펼쳐져 있었다. 멋진 풍경이었다. 쥘리앵은 감탄했다. 하지만 그 풍경을 감상할 힘이 그에게는 없었다. 그는 창문 옆 의자에 털썩 주저앉았다. 그 의자가 방 안의 유일한 가구였다. 그는 곧장 깊은 잠에 빠져들었다. 저녁 식사 종소리도 예배 종소리도 듣지 못하고 내쳐 잤다. 브장송에 온 지 얼마 되지 않는 시간 동안 너무나 많은 것을 느끼고 생각하느라 기력이 다한 탓이었다. 사람들도 그가 새로 들어왔다는 사실을 잊고 있었다.

다음 날 아침 그가 눈을 뜨자 쥘리앵은 서둘러 옷에 손질하고 아래로 내려갔다. 정해진 시각보다 늦어 있었다. 조교 한 명이 그를 무섭게 야단쳤다.

모두들 이 신입생에게 호기심을 보였다. 하지만 쥘리앵은 321명의 동료들을 모두 적으로 간주했다. 신학생들 중에 3분의 1 정도는 신앙심이 깊다고 볼 수도 있었다. 하지만 나머지는 그저 온종일 라틴어만 주절주절 외고 다닐 뿐 그 뜻조차 모르는 무지렁이들이었다. 동료들에 대한 관찰이 끝난 후 쥘리앵은 기왕에 신학교에 들어온 것, 한시라도 빨리 두각을 나타내야겠다고 생각했다.

'어느 분야건 똑똑한 사람이 필요한 법이잖아.'

하지만 쥘리앵이 모르는 사실이 있었다. 교리, 교회의 역사 등 신학교 교과목에서 일등을 한다는 것은 그들의 눈에는 엄청난 죄악으로 비칠 뿐이라는 사실이었다. 당시 프랑스 가톨릭교회는 책이며 지식이야말로 교회의 진정한 적이라는 사실을 깨닫고, 무엇보다 중요한 것은 마음에서 우러나온 복종이라고 보았다. 따라서 아무리 성스러운 공부라 할지라도 학업에서 두각을 나타내는 것은 의혹의 대상이 된다. 쥘리앵은 동료 학생들에게 자유주의자로 비쳤고, 권위에 순종하는 대신 스스로 생각하고 판단하는 죄악을 짓는 것으로 여겨졌다. 그들은 쥘리앵을 유심히 관찰했고 그런 만큼 적의 숫자가 늘어났다.

쥘리앵은 우울했다. 열심히 공부했지만 그 지식들이 거짓으로 보였기에 흥미가 가지 않았다. 게다가 신학교의 형편없는 음식이 그의 건강을 해치기 시작했다. 쥘리앵은 '생각하는' 버릇을 없애기 위해 부단히 노력했다. 그리고 묵주 기도와 금욕적 신앙 수련에 몰입했다. 하지만 몇 달이 지나도 그의 '생각하는' 기색을 지워버리지 못했다.

그는 큰 바다 한가운데 내던져진 나룻배 같은 신세였다. 그들을 위선적으로 속아 넘기는 것도 별 의미가 없어 보였다. 모든 것이 추악하게만 보였다. 이때가 아마 쥘리앵의 인생에서 가장 혹독한 시련기라고 볼 수 있을 것이다.

쥘리앵은 노력했지만 소용이 없었다. 자신을 아무리 초라하고 어리석게 보이려 애써도 동료들의 마음을 얻지 못했다.

그러던 어느 날이었다. 정말 뜻밖에 푸케가 그의 방으로 찾아왔다. 언제나 위력을 발휘하는 5프랑짜리 은화 두 닢의 힘으로 안으로 들어올 수 있었던 것이다. 두 친구는 반갑게 이런 저런 이야기를 나누었다. 그러던 어느 순간 쥘리앵의 안색이 변했다. 푸케가 다음과 같은 말을 꺼냈던 것이다.

"그런데, 네가 가르친 아이들 어머니가 아주 독실한 신앙인이 되었더군. 이야기를 듣자 하니 순례를 떠날 예정이라더군. 고해를 하려고 디종이나 브장송까지 간다지 뭐야."

"부인이 브장송까지 온다고!"

쥘리앵이 얼굴을 붉히면서 외쳤다.

"아주 자주 온대."

푸케는 친구의 반응에 의아한 표정을 지었다. 쥘리앵은 그가 전해준 이야기의 충격에서 벗어나지 못했다.

친구가 돌아가고 난 며칠 후 피라르 신부가 그를 불렀다.

"내일은 성체 축일이다. 샤 베르나르 선생이 성당을 장식하는 일에 자네 도움이 필요하다고 하신다. 가서 도와드려라. 이 기회를 이용해서 시내를 좀 돌아보고 다녀도 좋다."

샤 신부는 성당 의식을 담당하고 있었다. 아주 사람 좋은 신부였다.

다음 날 새벽 일찍 쥘리앵은 성당으로 갔다. 쥘리앵은 성당의 9미터 높이의 고딕 기둥들을 붉은 천으로 감아올리는 일을 기술자들이 혀를 내두를 정도로 아주 능숙하게 해냈다. 쥘리앵의 아버지 눈에는 그가 아무짝에도 쓸모없이 보였지만 어쨌든 그는 목수의 아들이었으며 목수 수업을 받은 셈이었으니 그런 일에 능숙할 수 있었다. 게다가 그의 미적 감각이 한몫했다. 그가 일을 마치고 사다리에서 내려오자 샤 신부가 그를 얼싸안고 소리쳤다.

"최고야, 최고! 주교님께 말씀드리겠네."

샤 신부가 기뻐하는 것도 무리가 아닌 것이 그는 자신의 성당이 이렇게 아름답게 장식된 것을 본 적이 없었던 것이다.

11시 50분이 되자 성체 행렬이 시작되었다. 행렬은 더없이 화창한 날씨 속에서 브장송 시내를 천천히 행진했다. 행렬이 시작되자 성당은 적막에 싸였다. 성당 대기 중에는 은은한 장미꽃 향기가 여전히 배어 있었다. 쥘리앵은 그 고요를 즐기며 성당 안에 있었다.

고요함과 깊은 고독감에 젖어 쥘리앵은 감미로운 몽상에 빠져 들었다. 샤 신부는 반대편에서 성당을 지키고 있었으므로 그의 몽상이 방해받을 염려는 없었다.

그때였다. 빼어나게 차려입은 두 여인의 모습이 그를 몽상에서 반쯤 끌어냈다. 한 여인은 고해대에 꿇어앉아 있었고 다른 여인은 가까이 있는 의자 위에 두 팔을 올려놓고 있었다. 그는 딱히 주의를 기울이는 것은 아니면서 그냥 두 여인 쪽으로 눈길을 돌렸다.

'이상한 일이네. 믿음이 깊은 사람들이라면 행렬이 지나가는 휴게소 앞에서 무릎을 꿇고 있어야 하는 거 아닌가? 옷은 정말 잘 차려입었네.'

그는 두 여인에게 막연한 시선을 주면서 천천히 걸음을 옮겼다. 사방이 고요한 가운데 쥘리앵의 발소리가 들리자 고해대에 꿇어 앉아 있던 여인이 머리를 조금 들었다. 그 여인은 갑자기 나직한 비명을 지르며 일어나더니 비틀거렸다. 지탱할 기운을 잃은 것 같았다. 가까이 있던 친구가 달려와 그녀를 부축했다.

그때 쓰러지는 여인의 어깨가 쥘리앵의 눈에 들어왔다. 굵고 섬세한 진주알로 엮은 목걸이가 보였다. 그는 한눈에 그 목걸이를 알아보았다. 그 머리카락도 알아보았다. 그의 놀라움이란! 레날 부인이었던 것이다! 친구는 데르빌 부인이었다.

쓰러지는 레날 부인을 부축하려다 데르빌 부인도 함께 쓰러질 판이었다. 쥘리앵은 정신없이 달려들어 두 사람을 떠받쳤다. 레날 부인의 창백한 얼굴이 그의 눈앞을 가득 채웠다. 의식을 잃은 듯 아무 표정 없는 얼굴을 축 늘어뜨리고 있었다.

데르빌 부인이 쥘리앵의 얼굴을 알아보고 소리쳤다.

"저리 가요, 선생. 저리 가라니까요!"

데르빌 부인의 목소리에는 분노가 서려 있었다.

"당신 모습이 이 친구에게 보여서는 안 돼요. 당신을 보면 분명히 몸서리를 칠 거예요. 아, 당신을 만나기 전에는 얼마나 행복했던 친구였는데! 당신이 얼마나 잔인한 짓을 저질렀는지 알기나 해요! 당신에게 조금이라도 염치가 있다면 다시는 얼굴을 내보이지 말아요!"

그 기세에 쥘리앵은 물러설 수밖에 없었다. 그는 마음도 몸도 나약해 있었다. 그는 속으로 중얼거렸다.

'그래, 데르빌 부인은 언제나 날 미워했지.'

그때 찬송가 소리가 성당 안으로 밀려들어 왔다. 행렬 선두에 선 신부들이 흥얼거리는 소리였다. 행렬이 돌아오고 있었던 것이다. 샤 베르나르 신부가 그를 몇 번이나 부르고 있었다. 그에게는 그 소리가 들리지 않았다. 신부가 쥘리앵을 발견하고 그의 팔을 붙잡았다. 쥘리앵은 넋이 나간 모습으로 어느 기둥 뒤에 숨어 있었던 것이다. 신부는 그를 주교에게 데리고 가서 인사를 시키려고 그를 부른 것이었다.

신부가 말했다.

"안색이 안 좋군. 일이 너무 힘들었던 게야. 주교께서 모습을 보이시려면 아직 한 20분은 기다려야 해. 그사이 기운을 차리게."

하지만 주교가 지나갈 때도 쥘리앵이 몸을 심하게 떨고 있어서 신부는 그를 주교에게 소개해주겠다는 생각을 접어야만 했다.

그날 저녁 신부는 신학교 예배당에 양초 10파운드를 보내왔다. 촛불을 맡아 관리하던 쥘리앵이 의식이 끝난 다음 재빨리 불을 끈 덕분에 절약한 것이라는 설명이 붙어 있었다. 하지만 정작 촛불이 꺼진 신세가 된 것은 바로 쥘리앵 자신이었다. 레날 부인을 보고 난 뒤, 그의 머릿속은 텅 비어버려 아무런 생각도 할 수 없게 되었다.

제8장 쥘리앵, 신학교를 떠나다

레날 부인을 성당에서 본 뒤로 쥘리앵은 혼자만의 깊은 상념에 잠겨 지냈다. 그러던 어느 날 엄격한 피라르 신부가 그를 불렀다.

"샤 신부께서 자네를 칭찬하는 편지를 보냈네. 자네에게는 그냥 덮어두기에는 아까운 자질이 있어. 나는 15년 동안이나 일해온 이 학교를 곧 떠나야 할 것 같아. 떠나기 전에 자네에게 뭔가 해주고 싶어. 자네를 『신약성경』과 『구약성경』 복습 교사로 임명하네."

쥘리앵은 고마움으로 가슴이 북받쳤다. 그는 피라르 신부의 손을 잡고 입을 맞추었다.

"이게 무슨 짓인가? 이런 세속적인 짓을!"

신부는 화난 어조로 소리쳤다. 하지만 쥘리앵의 진정어린 눈을 보고 그도 본마음을 드러내고 말았다.

"그래, 인정하마. 나는 네게 애착을 느끼고 있어. 공정해야 하는 나로서는 안 될 감정이지. 아무튼 너는 힘든 인생을 살아가야 할 거야. 너에게는 천박한 자들의 눈에는 거슬리는 그 무언가가 있어. 네게는 시기와 중상모략이 따라다닐 거고 네 동료들의 미움을 받게 될 거다. 이겨낼 방법은 단 한 가지뿐이다. 오로지 하느님께 의지해라. 하느님께서는 네 오만함을 벌주기 위해 사람들에게 미움받게 하신 거다. 불순한 행동을 삼가도록 해라. 네가 구원받을 방법은 그것뿐이다."

쥘리앵이 다정한 목소리를 들은 것은 너무 오랜만이었다. 그는 마음이 약해져 눈물을 쏟았다. 피라르 신부가 두 팔을 벌려 그를 감싸주었다. 두 사람 모두에게 충만한 감동이 넘쳐흐르는 순간이었다.

쥘리앵은 기쁨으로 날아오를 것 같았다. 자신의 힘으로 이룩해 낸 최초의 승진이었다. 그 승진에 따른 혜택은 아주 컸다. 이제 쥘리앵은 다른 신학생들보다 한 시간 늦게 식사할 수 있게 되었다. 무엇보다 그 시간에 혼자 있을 수 있었다. 정원 열쇠도 손에 넣을 수 있었기에 혼자 산책을 할 수도 있었다.

그 대신 쥘리앵은 동료들로부터 더 미움을 받으리라는 각오를 했다. 하지만 놀라운 일이었다. 동료들이 전보다 그를 덜 미워하게 된 것이다. 동료들은, 혼자 있고 싶어 하는 그의 기질을 전에는 거만함의 표시로 보았었다. 하지만 이제는 그의 품위에서 나오는 자연스러운 행동으로 간주했다. 특히 그에게 『성경』을 배우게 된 어린 학생들은 더 했다. 쥘리앵은 그들을 매우 정중하게 대해주었다. 그를 옹호하는 사람들도 조금씩 생겼다.

사냥철이 되자 푸케가 쥘리앵의 친척이 보내는 것처럼 꾸며서 사슴 한 마리와 멧돼지 한 마리를 신학교에 보내왔다. 그 선물로 인해 쥘리앵의 집안은 존경받을 만한 상류층으로 분류되었다. 우수한 신학생들이 쥘리앵에게 한결 살갑게 대했다.

시험 기간이 되었다. 쥘리앵은 시험관의 질문에 아주 명석하게 대답했다. 시험관들은 고명한 프릴레르 부주교가 임명한 신부들이었다.

시험 첫째 날 시험관들은 곤혹에 빠졌다. 피라르 신부의 애제자로 알려진 쥘리앵 소렐을 계속해서 일등의 자리에 올려놓을 수밖에 없었기 때문이었다. 아무리 깎아내려도 2등 아래로 내려놓을 수 있는 과목이 없었던 것이다. 신학교 내에서는 쥘리앵이 수석을 차지할 것이냐 아니냐를 놓고 사람들이 내기들을 걸고 있었다. 수석을 차지한 학생은 주교관으로 가서 주교와 함께 식사하는 영광을 얻을 수 있었다.

교부들에 관한 시험이 끝나갈 무렵이었다. 고심하던 시험관들 중 한 수단 좋은 신부가 꾀를 냈다. 그는 성 히에로니무스에 대해 질문하더니, 성 히에로니무스께서 키케로를 무척 좋아했던 것을 아느냐고 쥘리앵에게 물어보았다. 그러고는 호라티우스와 베르길리우스 등 세속적인 작가들에 대한 이야기를 연달아 꺼내었다. 쥘리앵은 동료들 몰래 그 작가들의 작품 구절들을 많이 외워놓고 있었으며 그들을 매우 좋아했다. 쥘리앵은 시험을 잘 치른 기분에 그것들을 신나게 암송했다. 시험관은 그가 미끼를 제대로 물었다고 생각하고는 20분 동안 그를 가만 내버려 두었다. 그런 후 그런 속된 것들만 머릿속에 집어넣느라 시간을 얼마나 낭비했느냐, 제대로 신앙심을 키울 수 있었겠느냐고 거세게 몰아붙였다.

결국 프릴레르 부주교는 마음먹은 일은 무슨 수를 써도 해내는 그 손으로 쥘리앵의 이름 옆에 198등이라는 석차를 써넣을 수 있었다. 그는 자신의 적인 피라르 신부에게 타격을 가할 수 있어서 너무 기뻐했다. 프릴레르 부주교는 지난 10년간, 피라르 신부를 신학교에서 쫓아내기 위해 무척 공을 들여온 터였다.

피라르 신부는 자기 학교의 영예로 알아온 학생 이름 옆에 198등이라는 숫자가 적힌 것을 보고 일주일 동안이나 앓아누웠다. 너무나 엄격한 그의 성격에서 단 한 가지 위안으로 삼을 게 있었다면 어떤 수를 써서라도 쥘리앵을 제대로 가르치고 바른길로 인도하는 것이었다. 그는 쥘리앵이 분노하지도 않고, 복수할 뜻을 내비치지도 않는 것에 안도했고, 그가 기죽지 않는 것을 보고 기뻐했다. 그는 자리를 털고 일어났다.

그로부터 몇 주가 지났다.

쥘리앵은 편지 한 통을 받고 몸이 부르르 떨릴 만큼 놀랐다. 어떤 사람이 그의 친척을 자처하면서 보낸 편지 속에

500프랑의 어음이 들어 있었던 것이다. 편지를 보낸 사람의 이름은 폴 모렐이라고 되어 있었다. 생전 처음 듣는 이름이었다. 그 사람은 쥘리앵이 훌륭한 라틴 작가들에 대한 공부를 계속하여 성과를 보인다면 같은 금액을 매년 송금해주겠다는 말을 덧붙여놓았다. 쥘리앵은 감격했다.

'레날 부인이구나, 부인의 선물이야! 그런데 어째서 다정한 말 한 마디 적어놓지 않은 거지?'

하지만 그것은 쥘리앵의 오해였다. 부인은 모든 행동을 데르빌 부인의 충고에 따르고 있었다. 그리고 자신의 지난날을 뼈저리게 후회하고 있었다. 때로는 자기의 삶을 온통 뒤엉키게 만든 쥘리앵 생각을 하기도 했지만 편지를 보내는 일은 기어이 하지 않았다.

쥘리앵이 이렇게 500프랑을 받은 일은 기적이었다. 하늘이 교구 부주교인 프릴레르를 도구로 삼아 쥘리앵에게 선물을 내려준 것이다. 그 사연은 다음과 같다.

12년 전 프릴레르 신부는 작고 초라한 옷가방 하나만을 들고 브장송에 첫발을 내디뎠다. 시작은 그렇게 미미했지만 이제는 도내에서 가장 부유한 지주 가운데 한 사람이 되었다. 그가 이 지역 출신 귀족인 라 몰 후작과 토지 소유권을 놓고 소송을 벌이는 일이 벌어졌다.

라 몰 후작은 파리에서도 드높은 권세를 누리고 있었지만 프릴레르 신부와 소송을 벌이는 게 부담스러웠다. 소송 상대인 부주교의 위세가 지사 자리를 좌지우지할 정도라는 소리를 들었기 때문이었다. 하지만 그 때문에 동시에 기분이 상했다. 기분만 상하지 않았다면 5만 프랑 정도의 소송쯤이야 프릴레르 신부에게 그냥 양보할 수도 있었다. 그는 그 소송에서 자신이 정당하다고 생각했다. 정당한데 소송을 포기하다니 천만의 말씀!

하지만 1심에서 라 몰 후작은 프릴레르 신부에게 지고 말았다. 주교를 등에 업고 판사를 매수했다는 소문이 나돌았지만 사실 확인은 할 수 없는 노릇이다. 하지만 세상 돌아가는 일과 비슷한 일이 벌어졌던 것은 틀림이 없다. 라 몰 후작은 전부터 가까웠던 셸랑 신부에게 조언을 부탁했다. 그래서 셸랑 신부는 후작에게 피라르 신부를 소개하게 된 것이다.

피라르 신부는 철저한 사람이었다. 그는 사건을 면밀히 검토해본 결과 후작이 정당하다는 것을 알았다. 그는 나는 새도

「베드로에게 천국의 열쇠를 건네는 예수 Entrega de las llaves a San Pedro」

이탈리아 화가 피에트로 피르지노의 1481~1482년 작품. 신부(神父) 또는 사제(司祭)는 가톨릭 성직자를 가리키는 말로서, 프랑스어로는 프레트르(prêtre)나 아베(abbé) 또는 페르(Père), 영어로는 레버런드(Reverend)나 프리스트(Priest) 또는 파더(Father)라고 한다. 서유럽 로마가톨릭 성직자 제도는 교황(教皇, papa, pope)을 정점으로 주교(主教, bishop), 신부 또는 사제, 그리고 부제(副祭, deacon)로 구성되는데, 사제는 주교와 신부를 함께 일컫는 말이기도 하다. 사제의 기원은 유대교와 관련이 깊다. 『구약성경』에서는 하느님이 어떻게 자신의 백성을 "신성한 민족과 사제들의 왕국"으로 만들었는지 묘사한다. 이스라엘 열두 부족 중 레위족을 제사장(사제)에 임명한 것이다. 한편 『신약성경』에 나오는 예수의 열두 제자는 더 직접적인 사제의 기원이다. 기독교 공동체 규모가 커지고 각지에 교회가 세워지자 주교와 사제, 부제 역시 늘어났다. 그리고 유럽 각국이 기독교 나라가 되면서, 교회와 성직자는 갈수록 막강한 권력을 휘두르고 엄청난 부를 누리게 되었다.

제8장 쥘리앵, 신학교를 떠나다

떨어뜨린다는 프릴레르 부주교에 맞서 공개적으로 라 몰 후작을 옹호했다. 피라르 신부와 라 몰 후작은 이 사건 때문에 자주 편지를 주고받았다. 후작은 곧 피라르 신부의 인품을 알아보았다. 사회적 지위로 보면 아주 격차가 있는 두 사람이었지만 편지의 어조에는 우정이 배어 있었다. 신부는 자신에게 모욕감을 안겨 사직하지 않을 수 없게 만드는 음모가 있음을 그 편지에서 이야기하곤 했다.

피라르 신부는 쥘리앵이 시험관의 농간으로 함정에 빠진 일도 편지에 썼다. 후작은 피라르 신부를 위로하겠다는 마음에 금전적 보답을 하려 했다. 하지만 신부는 소송에 소요된 우편 요금조차 받으려 하지 않는 사람이었다. 그래서 후작은 신부의 애제자가 누구인지 몰래 알아보고 쥘리앵 소렐의 이름을 알아냈다. 그런 후 쥘리앵 소렐에게 500프랑을 보낼 생각을 해낸 것이다. 물론 피라르 신부는 그 사실을 모르고 있었다. 이것이 느닷없이 쥘리앵에게 500프랑짜리 어음이 오게 된 전말이었다.

얼마 후 결국 피라르 신부는 신학교 교장직을 사임했다. 그는 학교를 사랑했지만 프릴레르 부주교의 음모로 교장직에서 쫓겨나는 것은 시간문제였다. 그런 중에 라 몰 후작이 파리 근교의 교구를 그에게 맡아달라고 제안했다. 사흘간 망설이던 신부는 결국 그 제안을 받아들였다. 고통스럽지만 피할 수 없는 외과수술을 제안받은 것과 같았다. 신부는 받아들일 수밖에 없었다.

피라르 신부는 쥘리앵을 불렀다. 주교에게 제출할 사직서를 쥘리앵 편에 들려 보내기 위해서였다. 쥘리앵은 머릿속이 텅 빈 것처럼 아무 말도 할 수 없었다. 그는 겨우 몇 마디 웅얼거렸다.

"선생님께서는 오랫동안 교장으로 계시면서 모아두신 돈이 조금도 없다고 들었습니다. 저에게 600프랑이 있습니다."

쥘리앵은 눈물이 솟구쳐 더 말을 이을 수 없었다. 신부는 이렇게 말했을 뿐이었다.

"자네의 그 말을 기억해두지."

그러면서 쥘리앵의 등을 떠다밀었다.

"주교관으로 가봐. 벌써 시간이 늦었어."

한마디로 말하자. 주교와 만난 쥘리앵은 대성공을 거두었다. 일흔다섯이 넘은 주교는 뛰어난 고전 문학 연구가였다. 주교는 쥘리앵에게 고전 문학에 대해 질문을 했고 쥘리앵은 마음껏 실력 발휘를 했다. 쥘리앵은 주교와 함께 식사하는 영광까지 누렸다. 그뿐이 아니었다. 주교는 쥘리앵에게 호화롭게 장정된 여덟 권짜리 타키투스 전집 한 질을 가져오게 한 후 손수 헌사를 쓰고는 쥘리앵에게 주었다. 주교가 신학교에 선물한 것이다.

쥘리앵은 자정이 되어서야 주교관에서 나와 학교로 돌아왔다. 다음 날 아침 쥘리앵은 자신을 대하는 동료들의 태도가 눈에 띄게 달라진 것을 느꼈다. 그는 올 것이 왔다고 생각했다. 내가 피라르 신부의 애제자인 건 다 알지. 신부님이 사직하신다는 걸 알았으니, 이제부터 나를 모욕하려는 걸 거야.

하지만 그의 짐작은 빗나갔다. 그들은 입을 열자마자 앞다투어 쥘리앵에게 찬사를 늘어놓았다. 영광스럽게 주교와 몇 시간 동안 이야기를 나누고, 거기다 타키투스 전집까지 선물로 받다니! 동료들은 그를 향해 비굴한 아첨을 퍼부었다. 부교장인 카스타네드 신부도 그에게 다가와 그의 팔을 잡고는 식사에 초대했다. 전날까지만 해도 쥘리앵을 거의 무시하던 사람인데……. 아마 주교가 쥘리앵에게 한 말까지 그들 귀에 들어간 모양이다. 쥘리앵이 정말 마음에 든 주교는 그에게 이런 말까지 했던 것이다.

"젊은이, 앞으로 자네가 분별 있는 처신을 보인다면 장차 내 주교구에서 제일 번듯한 주임신부 자리를 얻게 될 거야. 하지만 분별 있게 처신해야 하네."

쥘리앵은 그들이 비굴한 모습을 보이자 즐거운 마음이 들기는커녕 혐오감을 느꼈다.

정오 무렵 피라르 신부는 신학생들을 모아놓고 작별을 고했다. 15년간 신학교 교장 일에 헌신해온 그의 수중에는 520프랑밖에 없었다. 그는 자신을 박해하는 세상과 금전의 힘으로 싸워온 것이 아니라, 오로지 진정성과 성실로 맞서왔다는 것을 세상 사람들은 제대로 알고 있지 못했다.

피라르 신부가 주교의 만찬 초대에 응하고 있을 때 파리로부터 뜻밖의 소식이 전해졌다. 피라르 신부가 파리에서 16킬로미터 밖에 떨어지지 않은 N교구의 주임신부로 서임되었다는 소식이었다. 사람 좋은 주교는 그를 진심으로 축하해주었다.

피라르 신부는 파리로 가자 라 몰 후작을 만났다. 후작은 격식은 모두 걷어치우고 솔직하게 말했다.

"제 주변에는 믿을 만한 사람이 없습니다. 파리 사람들은 먹고살 일을 해결하고 나면 오로지 사교 생활에만 관심을 기울입니다. 제게는 제가 보내야 할 편지를 대신 작성하고, 또 자기가 무슨 일을 하고 있는지 진지하게 생각하는 사람이 필요합니다. 각설하고 본론을 말씀드리겠습니다.

저는 신부님을 존경합니다. 직접 뵌 것은 오늘이 처음이지만 신부님께 애정을 느낍니다. 신부님, 제 비서 일을 해주지 않으시겠습니까? 보수는 연봉 8,000프랑, 아니 그 두 배도 드릴 수 있습니다. 그래도 제게 더 이익일 테니까요. 신부님 교구는 그대로 내버려두었다가 신부님이 언제고 맡으실 수 있게 해놓겠습니다."

신부는 간곡히 그 청을 거절했다. 대화가 끝나갈 무렵, 후작 옆에서 일을 도와줄 사람이 정말 필요하다는 사정을 알아차리고는 신부에게 문득 한 가지 생각이 떠올랐다.

"신학교에 두고 온 학생이 한 명 있습니다. 내 생각대로라면 거기서 혹독한 박해를 받게 될 것입니다. 저는 그 학생이 장차 큰일을 할 수 있다고 봅니다. 나는 그를 주교님 밑으로 보낼 생각을 하고 있었습니다. 후작님 마음에도 들리라 생각합니다."

"어디 출신인가요?"

"우리 산골 고장 목수 아들이라고 하더군요. 하지만 누군가 부유한 사람의 사생아인 것 같기도 합니다. 그 자신도 모르는 사람에게 500프랑짜리 어음이 날아온 것을 보면……."

"아하, 쥘리앵 소렐이라는 젊은이 말이군요."

"아니, 그의 이름을 어떻게 아십니까?"

신부가 놀라서 물었다.

후작은 얼버무렸다. 그러자 신부가 말했다.

"그를 아신다니 잘 되었습니다. 그를 시험 삼아 비서로 써 보십시오. 활기도 있고 분별력도 있는 청년입니다."

후작은 즉석에서 1,000프랑짜리 수표 한 장을 내놓으며 그 돈을 여비 삼아 당장 그를 파리로 오게 해달라고 했다. 그리고 그를 보내주라는 편지를 장관 명의로 브장송 주교관에 보내게 하겠다고 말했다. 피라르 신부는 마지막으로 말했다.

"그 젊은이는 아주 자존심이 강한 친구입니다. 자존심이 상하면 머리가 꽉 막혀버려서 후작님께 도움을 드릴 수도 없을 겁니다."

"그거 마음에 드는군요. 내 아들에게 그와 친구로 지내라고 하겠습니다. 그 정도 대우면 충분하겠지요?"

얼마 후 쥘리앵은 낯선 필적의 편지 한 통을 받았다. 봉투를 열어보니 지체 없이 파리로 올라오라는 내용의 쪽지와 어음 한 장이 들어 있었다. 서명은 가명으로 되어 있었으나 편지를 받아본 쥘리앵은 기쁨의 탄성을 내질렀다. 쪽지의 글 중, 열세 번째 단어에 커다란 잉크 자국이 나 있었던 것이다. 바로 피라르 신부와 미리 약속해둔 신호였다.

채 한 시간도 되지 않아 그는 주교관에 불려갔다. 주교는 쥘리앵에게 진심으로 축하의 말을 건넸다. 쥘리앵은 푸케를 만나 하루 지낸 뒤 다음 날 정오 베리에르에 도착했다. 더없이 행복한 기분이었다. 그는 레날 부인을 만나리라는 기대에 부풀어 있었다. 하지만 그는 우선 셀랑 신부를 찾았다. 신부는 그에게 더없이 현명한 충고를 해주었다.

"자, 나와 함께 점심을 들자. 그사이 네가 타고 갈 말 한 필을 빌려올 테니, 그 길로 곧장 베리에르를 떠나도록 해라. 아무도 만날 생각 말고…….”

"말씀대로 하겠습니다.” 쥘리앵은 얌전하게 대답했다. 하지만 그는 셸랑 신부의 현명한 충고를 따르지 않았다.

쥘리앵은 말에 올랐다. 하지만 베리에르를 즉시 떠나는 대신 숲으로 갔다. 해 질 무렵 그는 농부 한 사람에게 말을 맡겨 역참으로 보냈다. 그리고 한 농가로 들어가 두둑이 돈을 주고 사다리를 하나 샀다.

숲에 숨어 기다리던 그는 새벽 1시가 되자 사다리를 둘러 메고 레날 씨 주택을 가로지르는 계곡으로 내려섰다. 급류 양편으로는 3미터 높이의 돌 축대가 솟아 있었다. 그는 사다리를 이용해 축대 위로 올라섰다. 개들이 짖으며 그에게 달려왔다. 그가 나지막이 휘파람을 불자 개들은 그를 알아보고 꼬리를 흔들었다. 1차 관문은 넘은 셈이었다.

그는 테라스로 기어올라 쉽사리 레날 부인의 침실 창문까지 왔다. 지상에서 채 3미터가 안 되는 높이였다. 방 안의 불은 꺼져 있는 것 같았다. 그는 작은 조약돌을 집어 들고 덧창을 향해 던졌다. 부인을 만나보든지 죽든지 둘 중 하나라고 굳게 마음먹었다.

아무 응답이 없었다. 그는 사다리를 창문 옆에 걸쳐 세우고 올라가서 덧창을 두드렸다. 여전히 아무 응답이 없었다. 그는 덧창에 하트 모양의 구멍이 있었던 것을 생각해냈다. 그 구멍에 손을 집어넣고 더듬자 이내 철사 줄이 손에 잡혔다. 덧창을 잠가놓은 걸쇠로 이어진 줄이었다. 철사를 잡아당기자 이내 걸쇠가 풀렸다. 그는 덧창을 비죽이 열어 머리를 밀어 넣고는 소리를 낮춰 몇 번이고 되풀이해 말했다.

"나예요, 당신의 몽 아미."

귀를 기울여 보았지만 여전히 침묵뿐이었다. 그는 대담하게 유리 창문을 손으로 두드렸다. 대답이 없었다. 더 세게 두드렸다. 그러자 칠흑 같은 어둠 속에서 무언가가 언뜻 보였다. 하얀 그림자가 방을 가로지르고 있었다. 그림자는 아주 천천히 다가오는 것 같았다. 별안간 누군가의 뺨이 눈에 들어왔다. 그 사람은 쥘리앵이 눈을 바싹 대고 있는 유리창에 얼굴을 기댔다.

그가 다시 "나예요"라고 말했다. 그러자 흰 그림자가 사라져버렸다.

쥘리앵이 다시 말했다.

"문을 열어줘요. 꼭 할 말이 있어요. 나는 너무 불행하단 말이에요."

그는 에라 모르겠다, 하는 기분으로 유리창이 깨져라 꽝꽝 두들겼다. 달그락하는 소리가 났다. 창문 걸쇠를 벗기는 소리였다. 그는 창문을 열고 방 안으로 가볍게 뛰어내렸다.

여인이 짤막한 비명을 질렀다. 그녀가 레날 부인이라는 것을 확인하자 쥘리앵은 가슴이 북받쳤다. 그는 부인을 품에 끌어안았다. 부인은 몸을 바르르 떨었다. 그리고 겨우 힘을 내서 쥘리앵을 떠다밀었다.

"이 나쁜 사람! 이게 도대체 무슨 짓이에요?"

부인은 떨리는 목소리로 겨우 그 말을 했을 뿐이었다. 목소리에 노여움이 배어 있었다.

"열네 달 동안이나 부인과 떨어져 있다가 떨리는 마음으로 만나러 온 겁니다."

"나가요! 당장 떠나요!"

부인은 그를 계속 떠다밀었다. 생각 외로 완강한 힘이었다.

"내가 저지른 죄가 후회스러워요. 다행히 하늘이 일깨워주었죠. 나가요, 떠나라고요!"

"열네 달을 참담한 심정으로 기다려왔는데……. 이대로 떠날 수는 없어요. 도대체 부인에게 무슨 일이 있었던 거지요? 어서 말해줘요."

쥘리앵은 부인을 열정적으로 끌어안았다. 그녀가 벗어나려고 하자 두 팔로 꽉 조여 버둥거리지 못하게 했다. 그러고는 그녀를 품에 안은 채 팔을 조금 풀어주었다.

부인은 정말 화를 내며 말했다.

"정말 안 나가겠어요? 내가 당신에게 품었던 감정을 비겁하게 이용하지 말아요. 이제 내게는 그런 감정이 더는 남아 있지 않아요. 더 이상 무슨 말이 필요해요? 내 말 아시겠지요, 쥘리앵 선생?"

쥘리앵은 사다리를 끌어올려 방 안에 놓았다. 그리고 무심코 예전 말투로 그녀에게 말했다.

"당신 남편이 이곳에 있는 거지?"

"내게 그런 식으로 말하지 말아요. 정말로 남편을 부를 거예요. 당신을 단번에 쫓아내지 못했으니 나는 또 죄를 지은 셈이에요. 나는 당신을 정말 불쌍하게 생각하고 있어요."

부인은 쥘리앵의 자존심을 건드리려고 일부러 그를 불쌍하다고 말했다. 그러면 그가 화가 나서 등을 돌리고 나가버리리라는 것이 부인의 생각이었다.

달콤한 재회를 그렸던 쥘리앵은 그녀가 완강하게 거부하자 격정이 더 솟구쳤다. 그는 절망에 빠져 중얼거렸다.

"아, 당신이 이제 나를 사랑하지 않는다니……."

그러면서 눈물을 흘렸다.

가슴 깊은 곳에서 솟아 나오는 그 탄식을 듣고 그 누구도 냉정함을 유지하기 힘들었으리라. 쥘리앵은 말할 기운조차 잃어버린 것 같았다.

"아, 나를 사랑해주던 단 한 사람마저 나를 완전히 잊었단 말인가! 내가 더 살아서 무엇 할까."

그는 오랫동안 말없이 울었다. 부인은 그가 흐느끼는 소리를 듣고 있었다. 그는 손을 뻗어 부인의 손을 잡았다. 부인은 바르르 떨며 손을 몇 번이고 빼내려 했다. 하지만 결국 부인은 그 손을 쥘리앵의 손에 맡기고 말았다. 방 안은 짙은 어둠에 싸여 있었다. 두 사람은 레날 부인의 침대에 나란히 걸터앉았다.

쥘리앵이 조심스럽게 말했다.

"무슨 일이 있었는지 말해줘요."

"당신이 떠났을 때 내가 저지른 짓이 온 시내에 알려졌어요. 절망에 빠진 내게 셸랑 신부님이 찾아오셨어요. 나는 그분께 모든 것을 고백했어요. 그분은 나를 꾸짖지 않으셨어요. 나와 함께 슬퍼하셨지요. 하느님의 은총으로 나는 깨달을 수 있었어요. 내가 하느님과 아이들과 남편에게 얼마나 큰 죄를 지었는지. 내가, 내가 그런 죄를 지은 건…… 남편이 당신처럼 나를 사랑해준 적이 없었기 때문이지요."

순간 쥘리앵은 부인의 품속으로 몸을 던졌다. 아무런 계산도 없었다. 자신이 무슨 행동을 하는지도 몰랐다. 그러자 부인이 그를 밀어내며 말했다.

"제발 이러지 마요. 그동안 행복까지는 몰라도 더없이 평온하게 살아왔어요. 이 삶을 흩뜨리지 마요. 제발 내게 친구로 남아줘요……. 가장 좋은 친구로……."

쥘리앵은 부인의 두 손을 키스로 뒤덮었다. 그는 여전히 울고 있었다.

"울지 마세요. 내 마음을 너무 아프게 해요. 이제 당신이 어떻게 지냈는지 이야기해줘요."

쥘리앵은 말을 할 수가 없었다. 하지만 부인이 한 번 더 신학교 이야기를 해달라고 하자 떠듬떠듬 이야기를 시작했다. 이런저런 이야기를 하면서 그는 차츰 침착성을 되찾았다. 그리고 본래의 모습으로 돌아왔다. 그러자 그는 도대체 오늘 밤이 일을 어떻게 마무리해야 할지에 온통 신경이 쏠렸다. 그는 팔은 부인의 허리를 감고 있었고 부인은 간간히 "여기서 나가줘요"라고 메마르게 되풀이하고 있었다.

쥘리앵은 생각했다. 이렇게 쫓겨난다면 얼마나 수치스러운 일인가! 평생 후회에 짓눌려 살게 될 거야. 내가 이 고장에 다시 돌아올 기약도 없잖아! 이 순간 쥘리앵의 마음에서 맑고 순수한 것은 모두 사라져 버렸다. 그는 격렬히 흐느끼는 부인 앞에서 또다시 차가운 전략가가 되고 말았다. 그의 머릿속은 계산하느라 바빴고 그의 가슴은 차갑게 내려앉았다.

그는 다시 냉정한 전략가가 되어 베리에르를 떠난 뒤 자신의 삶이 얼마나 불행했는지 늘어놓았다. 부인은 생각했다.

'이 사람은 여기를 떠난 뒤 오로지 베르지에서 보낸 행복한 나날들만 떠올리고 있었구나. 그러는 동안 나는 이 사람을 잊으려고만 하고 있었지.'

부인의 흐느낌이 한층 커졌다. 쥘리앵은 자신의 이야기가 효과를 거두었음을 눈치챘다. 이제 최후의 작전을 실행에 옮길 때가 되었다.

"주교님께 마지막 인사를 드리고 왔어."

그 말은 즉시 효과가 있었다.

"어머, 브장송으로 다시 돌아가는 게 아니란 말이야? 영영 여기를 떠난다고?"

그녀는 어느새 친근한 어투로 돌아와 있었다.

"그래, 가장 사랑했던 사람까지 나를 버린 곳인데……. 여기를 떠나서 다시는 돌아오지 않을 거야. 파리로 가서……."

"파리로 간다고요!"

레날 부인이 소리쳤다. 목소리가 무척 높아져 있었다.

쥘리앵은 이제 마지막 일격을 가해야 한다고 생각했다. 그는 몸을 일으키며 차갑게 말했다.

"그래요, 부인. 나는 부인 곁을 영원히 떠날 겁니다. 부디 행복해요. 안녕히."

그는 창문을 향해 몇 걸음 떼어놓았다. 그가 창문을 열려는 순간 레날 부인이 달려와 그에게 몸을 내던졌다. 부인이 그의 어깨에 머리를 파묻었다. 부인은 그를 두 팔로 끌어안고 자신의 뺨을 그의 뺨에 갖다 댔다. 쥘리앵은 원하던 승리를 손안에 넣은 것이다.

새벽빛이 밝아 오고 있었다. 베리에르 동쪽 산등성이 전나무 숲이 뚜렷이 윤곽을 드러냈다. 사랑의 쾌락에 취한 쥘리앵은 떠나고 싶지 않았다. 쥘리앵은 낮 동안 방에 숨어 있다가 밤이 되면 떠나겠다고 부인에게 말했다. 부인이 대답했다.

"안될 게 뭐 있어? 난 또다시 돌이킬 수 없는 죄악을 저질렀는걸. 이제 자존심이고 뭐고 다 잃었어."

그러면서 부인은 쥘리앵을 가슴에 꼭 안았다.

얼마 안 가 집안사람들이 깨어나 움직이는 소리가 들려왔다. 그러자 레날 부인이 말했다.

"하녀가 이 방에 들어와서 사다리를 보면 어떻게 하지? 그래 헛간에 갖다 두어야겠어."

부인은 초인적인 힘을 내어 사다리를 번쩍 들어 올렸다. 헛간으로 가려면 하인의 방을 거쳐 가야 했다. 그녀는 사다리를 복도에 내려놓고 하인을 불렀다. 그를 심부름 보내고 사다리를 들고 갈 생각이었다. 하인이 옷을 입고 나오기를 기다리면서 그녀는 잠시 비둘기장으로 올라갔다. 다시 복도로 와보니 사다리가 보이지 않았다. 레날 부인은 사다리를 찾아 사방으로 뛰어다녔다. 마침내 지붕 밑에서 그걸 찾아낼 수 있었다. 하인이 들어다 거기 숨겨놓은 것이다. 하인이 보았다면 큰일은 큰일이었다. 하지만 부인은 초연했다. 그녀는 생각했다.

'스물네 시간 후에 무슨 일이 벌어지건 아무러면 어때. 어차피 쥘리앵은 떠난 후인걸. 내게 남은 거라곤 고통과 후회뿐일 텐데……'

방으로 돌아온 그녀는 쥘리앵의 품속으로 뛰어들어 그를 껴안으며 몸을 바르르 떨었다.

"아! 죽고 싶어. 이대로 그냥 죽고 싶어!"

하지만 그녀는 밖으로 나가야 했다. 그녀 모습이 보이지 않으면 사방으로 그녀를 찾아다닐 게 뻔했다. 그녀는 쥘리앵을 전에 데르빌 부인이 묵었던 방에 숨겨놓았다. 그리고 낮에 먹을 것을 가져다주었다.

마침내 밤이 되었다. 레날 씨는 카지노로 갔다. 쥘리앵은 더없이 열정적으로 부인을 가슴에 꼭 끌어안았다. 부인이 그 어느 때보다 아름답게 보였다. 그는 생각했다.

'파리에 가더라도 이렇게 훌륭한 품성을 지닌 여자는 만날 수 없을 거야.'

새벽 2시쯤 되었을 때였다. 부인의 방문을 세차게 두드리는 소리가 났다. 꽤 큰 목소리로 이야기를 나누고 있던 두 사람은 말을 뚝 그쳤다. 레날 씨였다.

"문 열어. 어서 빨리. 집에 도둑놈들이 들어와 있어! 생장이 오늘 아침 그놈들의 사다리를 봤대!"

레날 부인이 쥘리앵의 품에 몸을 내던지며 말했다.

"이제 다 끝났어. 저 사람은 우리 둘 다 죽일 거야. 도둑이 아니라는 걸 알면서 저러는 거야. 하지만 당신 품에서 죽을 수 있다면 사는 것보다 더 행복해."

부인은 화가 나서 문밖에서 펄펄 뛰고 있는 남편에게는 대답 한마디 하지 않고 쥘리앵에게 뜨겁게 키스했다.

그러자 쥘리앵이 부인에게 말했다.

"스타니슬라스의 어머니는 살아 있어야 해."

그의 눈빛은 마치 명령을 내리는 것 같았다.

"나는 화장실 창문으로 뛰어내려 정원으로 도망가겠어. 내

옷가지들을 뭉쳐서 빨리 정원으로 던져줘. 그러는 사이 문을 부수건 말건 내버려둬. 절대로 털어놔선 안 돼. 명심해야 해."

"뛰어내리다가 죽을지도 몰라."

이것이 그녀의 유일한 대답이자 유일한 두려움이었다.

부인은 쥘리앵을 따라 화장실 창문까지 갔다. 그런 다음 그의 옷들을 감추었다. 그리고 남편에게 방문을 열어주었다. 남편은 화가 머리끝까지 솟구쳐 식식댔다. 그는 말 한마디 없이 방 안을 둘러보고 화장실까지 둘러본 다음 밖으로 나갔다. 부인은 쥘리앵의 옷가지들을 뭉쳐서 밖으로 던졌다. 쥘리앵은 옷가지들을 집어 들고 정원 아래쪽 강을 향해 빠르게 내달렸다.

그가 정신없이 달려가고 있는데 총성이 울리더니 탄환이 귓전을 스치는 소리가 들렸다. 그는 생각했다.

'레날 씨가 쏘는 게 아냐. 이렇게 총을 잘 쏠 리가 없지.'

쥘리앵은 테라스 돌담을 뛰어내려 담에 몸을 바짝 붙인 채 50걸음쯤 걷다가 반대 방향으로 냅다 달리기 시작했다. 고함 소리들이 들려왔다. 하인이 총을 쏘는 모습이 분명히 보였다. 평소에도 자신을 미워하던 하인이었다. 소작인 한 명도 가세해서 정원 반대편 끝에서 총을 쏘아댔다. 하지만 쥘리앵은 이미 강기슭에 도착해 있었다. 그곳에서 그는 옷을 입었다.

한 시간 후 쥘리앵은 이미 베리에르에서 4킬로미터쯤 떨어진 곳에 와 있었다. 제네바로 향하는 길 위였다. 쥘리앵은 길을 가면서 생각했다.

'지금쯤 아마 파리로 가는 길을 열심히 쫓아가고 있겠지.'

제
2
부

제1장 파리 생활

오, 전원이여, 내 언제 다시 너를 볼 수 있을 것인가!
_베르길리우스

독자 여러분은 지금부터 나와 함께 아주 이상하면서도 아름다운 이야기 속으로 들어가게 될 것이다. 우리는 철천지원수에게 복수하는 통쾌한 이야기는 자주 들을 수 있지만 그 원수를 용서하고 화해하는 이야기에는 별로 익숙하지 않다. 지금부터 여러분에게 내가 들려줄 이야기가 바로 그런 이야기다.

멀리서 파리의 모습이 쥘리앵의 눈에 들어오기 시작했다. 처음 보는 파리인데도 그다지 감흥이 일지 않았다. 베리에르에서 보낸 바로 전 스물네 시간에 대한 추억이 온통 그를 사로잡고 있었다. 그는 속으로 다짐했다.

'공화정이 되어 귀족들이 박해받는 날이 오더라도 나는 반드시 레날 부인의 아이들을 지켜줄 거야.'

마차가 멈추는 바람에 쥘리앵은 행복한 몽상에서 깨어났다. 마차는 장 자크 루소 거리의 역참 마당으로 들어서고 있는 참이었다. 그는 우선 나폴레옹이 조세핀과 함께 지냈던 말메종으로 갔다. 그리고 감격해서 울었다. 그리고 저녁에는 극장에도 들어가 보았다. 하지만 그는 경계심에 너무 사로잡혀 있어서 파리를 제대로 감상할 수 없었다. 그는 파리에 들어서면서 줄곧 한 가지 생각에 빠져 있었다.

'나는 지금 음모와 위선의 중심지에 와 있는 거야. 프릴레르 부주교의 배후 세력들이 여기서 활개를 치고 있는 거야.'

파리에 도착한 지 사흘째 되는 날 그는 피라르 신부를 만나러 갔다. 둘이 반갑게 인사한 후 함께 삯마차를 타고 후작 저택으로 가면서 신부는 라 몰 후작 댁에서 그가 어떤 생활을 하게 될 것인지 냉정한 어조로 설명했다.

"후작은 프랑스 최고 귀족 가운데 한 분이다. 자네는 검은 옷을 입고 지내야 할 거야. 성직자 복장이 아니라 그냥 상중에 입는 옷 비슷하면 돼. 내가 신학교를 소개해줄 테니 일주일에 세 번 신학 수업을 듣도록 해.

매일 오후에는 후작의 서재에 가 있어야 하네. 후작이 자네를 고용한 건 소송이나 여타 다른 일들의 편지 쓰는 일을 맡기기 위해서야. 나는 장담했네. 석 달 후에는 자네가 작성한 편지 대부분을 그냥 서명만 해도 좋을 정도가 될 거라고. 저녁 8시에는 서재를 정돈하게. 그러고 나서 열 시 이후에는 자유롭게 시간을 보내도 좋아. 만약 몇 달 후에 자네가 쓸모없어지면 자네는 브장송 신학교로 돌아가면 되네. 아주 당당한 태도로 말이야.

이상한 건 후작이 자네를 안다는 사실이야. 나도 영문을 모르겠어. 후작이 자네 봉급으로 우선 100루이(2,000프랑)를 주겠다고 하더군. 자네 일솜씨에 만족하면 자네 연봉은 8,000프랑까지 올라갈 수 있을 거야. 하지만 명심하게. 후작이 자네에게 그 돈을 주는 건, 자네가 예뻐서가 아니야. 그만큼 쓸모있게 일을 해야 해. 가능한 한 입을 놀리지 말고.

아 참, 후작의 가족 이야기를 해주겠네. 후작에게는 남매가 있네. 아들은 열아홉 살이네. 아주 멋쟁이야. 늘 들떠 있긴 해도 재기도 있고 용기도 있는 친구야. 후작은 자네가 아들인 노르베르 백작의 친구가 되어주길 바라고 있어. 겉으로는 자네에게 예의 바르게 대할지 몰라도 속으로는 경멸할 거야. 놀림감이 되지 않게 조심해야 할 거야. 백작 곁에 붙어 아부하는 친구들도 견뎌야 할 거고.

자네가 마주치게 될 사람이 또 하나 있어. 바로 라 몰 후작부인이지. 체구가 크고 금발인데 신앙심이 아주 깊어. 거만한 사람이지만 완벽한 예절을 보여주지. 암튼 귀족 특유의 편견에 가득 차 있다고 보면 된다네. 남들을 다 낮게 보고 자기가 존경받아야만 한다고 생각하지. 하지만 성직자에게는 조금 나을 거야. 자네를 성직자로 생각하고 있으니."

"신부님, 아무래도 저는 파리에서 오래 버티지 못할 것 같습니다."

"그럴지도 모르지. 자네는 타협할 줄 모르니까. 하지만 대귀족을 등에 업지 않으면 출세고 뭐고 없다는 걸 잊지 말게. 나를 한번 보게. 나는 신학교에 뼈를 묻을 작정이었어. 그런데 결과가 어떤가! 쫓겨날 판이었고 수중에는 딱 520프랑뿐이었지. 마음 나눌 친구도 없었고. 그런데 한 번 만난 적도 없는 후작이 나를 그런 곤경에서 구해준 거야. 그의 말 한마디에 내

앞에 교구 하나가 떡하니 대령되더군. 내가 받는 보수가 너무 과분해서 부끄러울 정도야.

암튼, 후작 부인의 거만함이나 그 댁 아들의 조롱 때문에 도저히 견디기 어려우면 파리에서 120킬로미터 떨어진 신학교에 들어가 학업을 마치면 돼. 내가 보좌 신부 자리를 자네에게 줄 수도 있어. 내가 브장송을 떠날 때 자네가 내게 보여준 호의를 생각한다면 당연히 할 일이지. 그때 내게 520프랑의 돈이 있었으니 망정이지 만일 빈털터리였다면 자네의 그 호의에 기대야만 했을 거야."

언제나 그렇듯이 신부의 말투는 처음에는 매정했다. 그러나 어느 사이엔가 아주 누그러져 있었다. 부끄럽게도 쥘리앵은 눈물이 솟구치는 걸 느꼈다. 신부의 품에 뛰어들고 싶은 충동이 이는 걸 가까스로 참고 그는 애써 씩씩한 태도로 말했다.

"저는 태어나면서부터 아버지에게 미움을 받았습니다. 그러나 더는 그런 운명을 한탄하지 않겠습니다. 이제 선생님께서 저의 아버지가 되어주셨으니까요."

"됐어, 됐어, 그런 말은 그만둬!"

신부는 당황해서 쥘리앵의 말을 끊었다.

그들이 거기까지 이야기를 나누었을 때 삯마차가 생제르맹 가의 어느 으리으리한 집 앞에 멈춰 섰다. 라 몰 후작의 저택이었다.

쥘리앵은 마당 한가운데 멈춰 서서 넋을 놓고 사방을 두리 번거렸다. 너무 정갈하고 아름다운 정원이었다. 안으로 들어 서자 으리으리한 거실들이 그의 눈을 사로잡았다. 그는 얼이 빠져 생각했다. 이처럼 화려한 곳에서 사는 데도 불행한 사람 이 있을까! 피라르 신부가 체면 좀 차리라고 충고하자 그는 겨우 제정신이 들었다.

두 사람이 안내받아 들어간 곳은 이 호사스러운 저택에서 가장 우중충한 방이었다. 대낮인데도 햇살이 들어올락 말락 하는 침침한 방이었다. 방에 들어서니 체구가 작고 깡마른 남 자가 눈에 들어왔다. 후작이었다. 눈매가 예리했다. 하지만 태 도는 아주 공손했다. 접견은 3분도 채 걸리지 않았다. 피라르 신부의 추천으로 이미 마음을 정하고 있던 후작이었으니 접 견이랄 것도 없었던 것이다.

밖으로 나온 신부는 쥘리앵을 양복점으로 데리고 가서 옷을 맞추었다. 그리고 쪽지를 하나 내밀며 적힌 주소로 찾아가 장화, 셔츠, 모자를 주문하라고 일렀다. 후작이 직접 적어준 주소였다. 신부는 이틀 후 새 옷으로 단장한 후 다시 만나자고 말하고 헤어졌다.

이틀 후 정오에 쥘리앵은 정장을 하고 피라르 신부 앞에 모습을 드러냈다. 신부는 몰라볼 정도로 맵시 있는 쥘리앵의 모습을 잠시 유심히 쳐다보았다. 그들은 다시 후작의 저택으로 갔다. 후작은 몸소 우리 주인공이 거처할 방을 직접 정해서 보여주었다. 저택의 넓은 정원이 보이는 아담한 지붕 밑 방이었다. 후작은 쥘리앵에게 석 달 치 봉급을 건네준 뒤, 나이든 하인 한 사람을 불러 말했다.

"자네가 앞으로 소렐 씨 시중을 들어주게."

쥘리앵은 하인의 안내로 자신의 사무실 겸 서재로 안내되었다. 그곳에서 그는 꽂혀 있는 책들을 반갑고 기쁜 마음으로 응시했다. 그가 책들을 바라보고 있는데 후작이 들어섰다. 후작은 쥘리앵을 금빛으로 치장된 살롱으로 데려가서 후작 부인에게 소개했다. 피라르 신부의 말대로 키 크고 위세가 당당했다. 그리고 사람을 낮춰 보는 구석이 있었다. 후작 부인은 그를 잠깐 훑어보고 그만이었다.

살롱에는 손님들이 와 있었다. 쥘리앵이 보기에 그들은 어딘가 우울하고 부자연스러운 면이 있는 것 같았다. 6시 30분쯤 콧수염을 기른 미남 청년 한 명이 살롱에 들어섰다. 얼굴빛이 창백했고 체구는 늘씬했다. 청년이 후작 부인의 손을 잡고 입을 맞추자 부인이 말했다.

"너는 언제나 사람들을 기다리게 만드는구나."

쥘리앵은 바로 그 청년이 라 몰 백작임을 알 수 있었다. 척 보기에도 아주 호감이 가는 인상이었다.

'저 청년이 나를 모욕해서 이 집에서 쫓아낼지도 모른다고? 신부님이 잘못 아신 거지. 말도 안 돼!'

모두들 식탁으로 옮겨 앉았다. 그때 후작 부인이 누군가를 꾸짖는 소리가 들렸다. 제법 큰 목소리였다. 쥘리앵이 고개를 들어보니 맞은편에 앉아 있는 한 여자의 모습이 눈에 들어왔다. 눈부신 금발에 아름다운 몸매를 가진 여자였다. 쥘리앵은 별로 마음이 끌리지 않았다. 하지만 눈만은 정말로 아름답다고 생각했다. 그러나 그 아름다운 눈에서는 차가운 빛이 감돌았다. 쥘리앵은 그 눈에서 권태의 빛도 읽을 수 있었다.

'레날 부인의 눈도 정말 아름다웠지. 모두들 찬사를 보내곤 했는데. 그렇지만 부인의 눈과 저 눈은 전혀 닮은 데가 없어' 라고 쥘리앵은 생각했다. 사람들이 그녀의 이름을 부르는 걸 듣고 이름이 마틸드라는 것을 알 수 있었다. 그는 '눈 속에 별이 있구나'라고 생각했다.

두 번째 요리가 나올 무렵 후작이 아들에게 말했다.

"노르베르, 내 참모가 될 쥘리앵 소렐 씨에게 친절히 대해 주기 바란다."

그러자 모두 쥘리앵을 바라보았다. 쥘리앵은 노르베르를 향해 조금 과하다 싶을 정도로 머리를 숙였다. 식탁에 앉은 누군가가 쥘리앵을 시험해 볼 요량으로 호라티우스에 대해 질문을 던졌다.

쥘리앵은 당황하지 않고 침착하게 대답했다. 그는 대답하면서 자기만의 생각을 정리했고, 그러면서 수줍음을 떨어낼 수 있었다. 조심스럽게 대답하는 그의 두 눈은 아름다웠다.

'저 친구가 뭔가 아는 게 있기는 있군.' 후작은 생각했다.

쥘리앵에게 질문을 던진 사람은 라틴어를 공부한 아카데미 회원이었다. 그는 쥘리앵이 고전문학에 식견이 있다는 것을 알아차렸다. 그는 상대를 궁지로 몰아넣을 수도 있는 까다로운 질문을 던졌다. 논쟁이 달아올랐다. 논쟁에 몰두하게 되자 쥘리앵의 눈에는 식당의 으리으리한 장식도 전혀 들어오지 않았다. 그는 자신 있게 로마 시인들에 대해 자신만의 독창적인 견해를 내놓았다. 상대방은 신사답게 이 젊은이에게 찬사를 보냈다.

후작 부인은 비로소 쥘리앵에게 눈길을 던졌다. 부인은 남편을 즐겁게 해주는 사람에게는 언제나 감탄할 준비가 되어 있었다. 부인 옆에 앉아 있던 그 아카데미 회원이 부인에게 말했다.

"저 젊은 친구는 몸가짐은 어색해도 대단한 학식을 지니고 있는 것 같습니다."

이후로 후작 부인은 '몸가짐은 어색해도 대단한 학식을 지닌 사람'이라는 평가를 쥘리앵에 대한 자신의 견해로 삼았다. 그녀가 지닌 재기란 남이 한 말을 자기 것인 양 따라 해보는 정도였던 것이다.

그날 이후 모든 사람들이 쥘리앵에게 친절하게 대했다. 그렇지만 쥘리앵은 자신이 이 집에서 고립되어 있는 것만 같았다. 이 집의 당연한 일상사들이 쥘리앵에게는 모두 낯설었고 그렇다 보니 자주 실수를 저질렀다. 그가 실수를 저지를 때마다 하인들은 즐거워했다.

피라르 신부는 그런 쥘리앵을 내버려두고 자신의 교구로 가버렸다. 그를 그곳에 두고 가면서 신부는 생각했다.

'그저 연약한 존재라면 꺾여 시들어버리겠지. 용기가 있는 친구라면 혼자 힘으로도 잘 이겨나갈 거고.'

라 몰 저택이 쥘리앵에게 낯설게만 여겨진 만큼, 창백한 얼굴에 검은 옷을 입은 이 청년 역시 이 집 사람들에게 무척이나 특이한 인물로 비쳤다. 라 몰 부인은 중요한 인사들이 만찬에 오는 날에는 '몸가짐이 어색한' 그를 어디 다른 곳에 심부름 보내는 게 낫지 않겠냐고 후작에게 제안하기도 했다. 하지만 후작은 쥘리앵이 자존심이 강하다는 피라르 신부의 말을 생각하고 부인의 말을 듣지 않았다.

라 몰 후작은 부인을 위해 자기 집 살롱이 손님들로 끊임없이 북적거리게끔 신경을 썼다. 후작 부인의 살롱에서는 정치 이야기만 아니면 무슨 이야기든 자유롭게 할 수 있었다. 오로지 즐기기 위해 사람들은 그 살롱에 드나드는 것 같았다. 그래서 후작이 어쩌다 살롱에 모습을 보이기라도 하면 모두들 달아나듯 가버리곤 했다. 약간의 비판 정신도 그곳에서는 상스러워 보였다. 모두들 완벽한 예절을 구사하면서 어떻게든 유쾌한 사람으로 보이고 싶어 했다. 하지만 그들의 얼굴에는 어딘지 모르게 권태로운 기색이 흐르고 있었다.

'이곳에 익숙해지려면 드나드는 사람들 이름을 적어 둘 필요가 있어'라고 쥘리앵은 생각했다. 그는 살롱에 자주 드나드는 사람들을 관찰했다. 그가 내린 결론은 간단했다.

'겉으로는 화려하지만 정말 따분한 모임이로군. 들을 만한 이야기가 하나도 없어. 여기서 오가는 대화에 진지하게 귀를 기울이는 건 정말 어리석은 짓이야.'

그래도 쥘리앵은 가끔 끝까지 살롱에 남아 있었다. 자정 무렵에 나오는, 샴페인 곁들인 야식이 맛이 있어서였다.

어느 날 아침이었다. 피라르 신부가 후작의 서재에서 쥘리앵과 함께 서류를 뒤적이고 있었다. 끝없이 이어지는 프릴레르와의 소송 문제에 관한 서류였다.

갑자기 쥘리앵이 신부에게 물었다.

"신부님, 저는 매일 저녁 식사를 후작 부인과 함께 해야 합니다. 그걸 제 의무로 받아들여야 하나요, 아니면 제게 베푸는 호의로 받아들여야 하나요?"

신부는 무슨 말도 안 되는 소리를 하느냐는 표정으로 그를 바라보며 대답했다.

"두말할 것 없이 대단한 영광이지. 자네와 이야기를 나눈 그 아카데미 회원 있지? 이 집 문턱이 닳도록 드나들며 비위를 맞춘 지 15년이나 되었어. 하지만 자기 조카는 아직 여기 발걸음도 못 해. 자네는 대단한 특전을 얻은 거야."

"그 특전이 제게는 고역입니다, 선생님. 신학교에서도 이보다는 덜 지루했어요. 라 몰 양도 가끔 하품하더군요. 저는 아예 잠들어버릴까 봐 걱정입니다. 선생님, 허름한 주막의 몇 푼짜리 식사라도 좋으니, 어디 다른 곳에 가서 식사할 수 있도록 허락을 받아주세요."

피라르 신부는 쥘리앵은 설득하려고 애썼다. 그때였다. 뭔가 스치는 소리가 들렸다. 두 사람이 고개를 돌렸다. 라 몰 양이 두 사람의 이야기를 듣고 있었다. 쥘리앵은 얼굴을 붉혔다. 그녀는 소설책을 가지러 왔다가 두 사람의 대화를 들은 것이다. 이 일로 그녀는 쥘리앵을 다시 보게 되었다. '저 사람은 굽실거리는 천성을 타고 난 건 아닌가 봐'라고 그녀는 속으로 생각했다.

　몇 달간의 시련의 시간이 지났다. 쥘리앵은 라 몰 가의 집사에게 세 번째 사분기 봉급을 받았다. 그 어색한 살롱을 겨우 견뎌냈지만 소득이라고는 노르베르 백작과 소원해졌다는 것밖에 없었다. 백작의 친구가 던지는 농담에 쥘리앵이 발끈하는 걸 여러 번 본 후 백작은 그에게 쌀쌀맞게 대했다. 쥘리앵은 라 몰 양과는 아예 이야기를 나누지 않기로 마음먹었다. 또 어떤 실수를 하게 될지 모르겠기 때문이었다. 그렇더라도 그가 라 몰 저택에서 받는 대접은 언제나 정중한 것이었다고 보는 것이 옳다.

　라 몰 후작은 쥘리앵에게 노르망디에 있는 자기 영지의 관리 상태를 점검하게 했고 이 일 때문에 쥘리앵은 자주 그 지역에 다녀오곤 했다. 또한 그는 프릴레르 신부와 벌이고 있는 소송 건과 관련된 편지 왕래도 도맡아 처리하고 있었다. 그는 후작이 간단하게 메모해준 것을 참조해서 답신을 작성했다.

그가 쓴 편지는 대개 아무 문제 없이 후작의 서명을 받을 수 있었다.

쥘리앵은 모든 일에 열의를 가지고 매달렸다. 일 자체에 대한 열의에서라기보다는 야망의 무게가 그를 무겁게 짓누르고 있었기 때문이었다. 그러다보니 시골에서 갓 올라왔을 때의 그 생기 있던 안색은 곧 사라지고 말았다. 게다가 반복되는 일의 무미건조함에 권태감이 밀려오기도 했다. 그가 유일하게 낙으로 삼은 것은 호신술 익히기였다. 그는 매일 권총 사격 연습을 했고 검술을 익혔다. 잠시 여유가 생기면 승마 연습장으로 달려가 제일 사나운 말 등에 오르곤 했다. 매번 어김없이 땅에 내동댕이쳐지곤 했지만 오히려 속이 후련했다.

라 몰 후작은 쥘리앵을 쓸모 있는 사람으로 여겼다. 그의 눈에 쥘리앵은 끈기 있게 노력하는 젊은이였고, 과묵하면서 총명한 사람이었다. 차츰 후작은 해결하기 까다로운 일이다 싶으면 모두 쥘리앵에게 맡기게 되었다.

후작 부인은 언행을 꽤나 절제하는 성격이었지만 여전히 쥘리앵을 가끔 비웃곤 했다. 귀부인들이란 민감한 감수성이 빚어내는 '돌발 반응'을 싫어한다. 예법에 어긋나기 때문이었다. 후작 부인이 쥘리앵을 비웃을 때면 가끔 후작이 그를 옹호해주었다.

"그 친구가 살롱에서는 어설픈지 몰라도, 책상에 앉아 있을 때는 훌륭하다오."

한 가지만 독자들에게 더 알려줄 게 있다. 무슨 사연인지 쥘리앵이 라 몰 후작과 절친하게 지내는 어느 친구의 사생아라는 이야기가 퍼졌다. 그 이야기는 라 몰 후작의 귀에도 들어갔다. 그가 쥘리앵에게 말했다.

"오, 그러니까 자네가 나와 절친한, 프랑슈콩테의 어느 부유한 귀족의 사생아란 말이지?"

"그럴 리가 있습니까? 전 목수의 아들이 분명합니다. 왜 그런 소문이 퍼졌는지 정말 모르겠습니다."

그러자 후작이 그의 말을 가로막았다.

"됐어, 됐어. 내가 그 소문에 날개를 달아주지. 그 소문은 내게도 쓸모가 있거든. 그러려면 한 가지 부탁을 들어줘야 해. 자네 오페라 극장에 자주 가도록 하게. 극장 매표소에서 이름만 밝히면 표를 주게 해놓았으니까. 그런데 시작 30분 전에 극장에 가도록 하게. 상류사회 인사들이 드나드는 출입구에 서서 사람들을 지켜보라고. 자네에게서 아직 때때로 촌티가 보여서 하는 말이야. 그 촌티를 벗을 필요가 있어. 게다가 유명 인사들을 눈으로나마 알아두는 게 나쁘진 않아."

후작은 6주 전부터 통풍이 도져 집 안에만 틀어박혀 지내고 있었다. 라 몰 양과 후작 부인은 부인의 친정어머니인 숀 공작 부인의 영지 이에르에 가 있었다. 노르베르 백작은 아버지를 보러 왔다가는 금방 일어서곤 했다. 부자는 사이가 좋았지만 서로 주고받을 이야깃거리는 없었다. 라 몰 후작의 이야기 상대가 되어줄 사람은 쥘리앵뿐이었다.

후작은 쥘리앵이 의외로 풍부한 발상을 지닌 것에 놀라곤 했다. 그는 쥘리앵에게 신문을 읽어달라고 했다. 이 젊은 비서는 흥미로운 기사만 가려낼 수 있었다. 후작은 로마 시대 역사가 리비우스의 저서들을 읽어달라고 하기도 했다. 그러고는 쥘리앵이 그 책의 라틴어 문장들을 즉석에서 불어로 번역해내는 것을 보고 즐거워하기도 했다.

어느 날 후작이 늘 검은 옷을 입고 있는 쥘리앵에게 말했다. 거북할 정도로 깍듯한 말투였다.

"친애하는 소렐 군. 자네에게 푸른 정장을 한 벌 선사해줄까 하네. 받아주기 바라네. 자네가 그 옷을 입으면 내 친구인 노 공작 아들로 보일 걸세."

이후 그가 푸른 옷 정장을 입고 후작 앞에 나타나면 후작은 그를 아주 정중하게 대해주었다. 그리고 둘 사이에 아주 즐거운 대화가 오갔다. 후작은 쥘리앵과 이야기를 나누면 나눌수록 흥미를 느꼈다. 그는 속으로 생각했다.

'이 젊은이는 분명 특이해. 시골뜨기들은 대개 파리에 오면 감탄하느라 정신이 없지. 그런데 이 친구는 모든 것에 반감을 느끼고 있단 말이야. 다른 시골뜨기들은 자기를 너무 부풀리고 꾸며서 탈인데 이 친구에게는 그런 가식이 없어. 그러니 바보들 눈에는 이 친구가 더 바보로 보일 수밖에.'

자신의 비서를 신임하게 되자 후작은 그에게 매일 새로운 일을 시켰다. 쥘리앵은 후작에게 건의하여 서기 한 사람을 자기 곁에 두게 했다. 그리고 후작의 각종 사업과 관련된 사항을 별도의 장부에 기록하게 했다. 처음에는 무슨 귀찮은 일을 하는가, 하고 생각하던 후작도 이 방법이 아주 유용하다는 것을 깨닫게 되었다. 후작은 자신이 벌이고 있는 사업을 일목요연하게 파악할 수 있게 되었고 덕분에 두세 건의 새로운 투자를 할 수 있었다. 그리고 그동안 번번이 돈을 빼돌려왔던 대리인을 일에 끌어들이지 않게 되었다. 후작은 기분이 좋았다.

쥘리앵이 푸른 옷의 정장을 입고 있을 때면, 후작은 절대로 일 이야기를 꺼내지 않았다. 후작의 호의는 늘 곤두서 있는 우리 주인공의 자존심을 어루만져주었다. 나이 든 군의관이 세상을 떠난 후 그처럼 친절한 말투로 그에게 말을 걸어온 이는 없었다. 쥘리앵은 자신도 모르게 이 상냥한 노인에게서 애정을 느꼈다.

쥘리앵의 자존심이 이 귀족을 즐겁게 한 일이 있었다. 아침에 검은 옷을 입은 차림으로 후작과 대면하여 사업상 용무를 처리한 뒤였다. 후작은 자신의 명의 대리인이 증권거래소에서 가져온 돈을 얼마간 쥘리앵에게 주려고 했다. 그러자 쥘리앵이 말했다.

"죄송하지만 이 돈은 받을 수 없습니다. 후작님께서는 이 돈을 검은 옷을 입은 사람에게 주시는 거지요? 검은 옷을 입은 사람이 이 돈을 받는다면 푸른 옷을 입은 사람은 후작님께 이전과 같은 태도를 보이기가 어려울 것입니다."

쥘리앵은 정중히 몸을 숙여 인사한 후, 후작을 쳐다보지도 않고 방을 나갔다. 후작은 그의 행동이 귀족의 행동처럼 여겨졌다. 그리고 그를 진정으로 귀족으로 만들어주어야겠다고 생각했다. 얼마 후에 몸이 회복되어 외출이 가능해진 후작이 쥘리앵을 불러서 말했다.

"두 달쯤 런던에 가서 지내도록 하게. 내게 온 편지들을 특별 우편으로 자네에게 보낼 테니, 거기서 답신을 작성해서 보내주면 돼. 계산해보니, 그렇게 하더라도 답신이 닷새 정도 늦어질 뿐이니 아무 문제 없을 거야."

쥘리앵은 후작의 지시대로 영국에 다녀왔다. 칼레행 우편마차를 타고 가면서 쥘리앵은 의아해했다. 후작이 자신을 런던으로 파견하면서 지시한 사업상 일이라는 게 해도 그만 안 해도 그만이었으니 말이다. 후작은 쥘리앵에게 영국의 귀족 신사의 물을 들이려 했던 것이다. 런던에서 그는 귀족들과 사귀면서 '고상한 거만함'이란 어떤 것인지 깨달았다. 그들은 쥘리앵에게 말하곤 했다.

"소렐 씨, 당신은 타고난 사람이에요. 당신은 천성적으로 그 냉정한 표정, 현실을 초연한 표정을 지을 수 있어요. 우리

A FAUT ESPERER Q'EU°JEU LA·FINIRA BEN TOT

「세 계급 Trois ordres」

작자 미상의 1789년 정치 풍자 작품. 프랑스 봉건사회 세 계급의 지위를 묘사했다. 평민이 성직자와 귀족을 등에 업고 가는 중이다. 귀족은 왕족 바로 아래 계급으로 나머지 하위 계급보다 훨씬 많은 특권과 훨씬 높은 지위를 누렸다. 중세 기사도의 신조인 노블레스 오블리주(noblesse oblige)는 말 그대로 '귀족의 의무'라는 뜻으로, 귀족의 특권이 평생 사회적 책임(명예로운 행동, 일상적인 봉사, 리더십 등)의 준수를 동반하는 것임을 설명해준다. 역사적으로 귀족 구성원과 그들의 특혜는 군주나 정부의 승인 또는 규제를 받았다. 이에 따라 소유 재산, 생활양식, 소속이 나머지 집단과 뚜렷이 구별되었다. 그럼에도 귀족 자체가 고정불변의 것은 아니었다. 권력과 부와 군사력과 왕실의 지지를 충분히 얻어내면 평민도 귀족으로 신분 상승을 할 수 있었다. 귀족은 보통 다섯 등급으로 나뉘는데 공작(公爵, duke), 후작(侯爵, marquis), 백작(伯爵, count), 자작(子爵, viscount), 남작(男爵, baron) 순이었다. 또 그 아래로 준남작(準男爵, baronet), 기사(騎士, knight), 신사(紳士, gentleman) 등이 있었다.

적과 흑

는 애써 연마해야 지을 수 있는데⋯⋯."

쥘리앵이 런던에서 만나 비교적 가깝게 지낸 러시아 귀족 코라소프 공작이라는 사람은 쥘리앵에게 이런 말을 했다.

"이 시대의 진짜 계율은 이것 하나지요. '언제나 남들이 기대하는 것과 정반대로 행동하라.'"

그는 코라소프 공과 자주 어울리며 지냈다.

쥘리앵이 돌아오자 후작이 쥘리앵과 이런저런 이야기를 나눈 뒤에 뜻밖의 말을 했다.

"꽤 정확히 보고 왔군. 그런데 아무래도 자네는 내가 자네를 영국에 보낸 진짜 목적이 뭔지는 잘 모르는 것 같군."

"⋯⋯."

후작이 말을 이었다.

"자네에게 이 훈장을 주고 싶어서라네. 자네의 검은 옷을 벗길 생각은 없지만 푸른 옷을 입은 자네와 즐거운 시간을 보내는 게 내 습관이 되었어. 자네가 이 훈장을 달고 있는 한 자네는 내 친구 레츠 공작의 막내아들 대접을 받게 될 거야."

쥘리앵이 감사의 표시를 하려 하자 후작이 엄격하게 덧붙였다.

"잊지 말게. 내가 자네 신분을 바꿔주려는 건 아냐. 그런 일은 자네에게나 내게나 불행이거든. 자네가 내 일을 도와주는 데 싫증이 나거나, 내가 더 이상 자네를 내 곁에 두고 싶은 마음이 없어지면 자네에게 좋은 교구를 하나 주선해주겠네. 하지만 피라르 신부의 교구 이상은 안 돼."

말을 맺는 후작의 어조는 무척 쌀쌀맞았다.

훈장 덕분에 쥘리앵의 자존심도 약간 여유가 생겼다. 그의 말수도 늘어났다. 남들이면 그냥 듣고 넘길 만한 말에 공연히 기분 상하는 일도 줄어들었다.

제2장 마틸드

> 그녀의 아름다움은 나를 감탄하게 하지만
> 그녀의 재치는 나를 겁먹게 한다네.
> _메리메

얼마간 시간이 흘렀다.

쥘리앵은 이제 멋쟁이가 된 데다 파리 생활의 기교를 깨우친 상태였다. 그는 라 몰 양에 대해서는 변함없는 태도를 유지했다. 언제나 냉정하고 무관심했다. 그런 라 몰 양의 눈에 쥘리앵은 더 크고 창백해진 것처럼 보였다.

그녀는 불행했다. 이유는 간단했다. 그녀가 다른 친구들보다 재기가 있었기 때문이었다. 그녀는 주변 친구들이 자연에 대해, 시에 대해 아무리 그럴듯한 말을 늘어놓아도 모두 자기가 예상할 수 있는 이야기일 뿐이었다. 그녀는 권태로웠다. 그녀의 아름다운 눈에는 어디에서도 즐거움을 찾을 수 없다는 절망감이 어려 있었다.

그날은 레츠 공작 집에서 무도회가 열리는 날이었다. 그날 쥘리앵은 빌키에 영지에서 돌아와 곧바로 살롱으로 내려오는 길이었다. 후작은 그 영지를 특별한 관심을 기울여 관리하고 있었다. 후작 소유 영지 가운데 조상 대대로 내려온 유일한 땅이었기 때문이었다.

마틸드는 레츠 공작 집에서 열릴 무도회 생각을 하고 하품이 터져 나올 것 같은 느낌이었다. 눈빛에 권태로운 기색이 역력했다. 그러다 문득 쥘리앵에게서 눈길이 멈추었다. 적어도 그만은 다른 사람들과 뭔가 다를 것 같았다.

"소렐 씨."

마틸드는 분명하고 짤막한 어조로 그를 불렀다.

"소렐 씨, 오늘 밤 레츠 씨 집에서 열리는 무도회에 갈 생각 없어요?"

"아가씨, 저는 아직 그 공작님께 소개받는 영광을 입지 못한 처지입니다."

"그분이 오빠에게 당신을 데리고 오라고 당부했어요. 무도회에서 빌키에 영지에 대해 자세한 이야기를 해주세요. 봄에

그리 갈지 말지 생각해봐야 하니까요. 다른 사람들 말은 믿을
수가 없어요."

쥘리앵은 대답하지 않았다.

"오빠와 함께 무도회에 와요."

마틸드는 못을 박듯 건조하게 말했다.

쥘리앵은 공손히 허리를 굽혔다. 그는 멀어져 가는 마틸드
의 뒷모습을 보면서 생각했다.

'제멋대로 오라 가라 명령이로군. 이 집 식구들 모두에게
봉사하라는 건가? 내가 비서지 하인인가? 이건 꼭 군주의 궁
정에 들어온 꼴이군. 그냥 바보가 되어야 하니 말이야. 아무튼
저 지체 높은 아가씨는 정말 마음에 거슬려.'

그때였다. 노르베르 백작이 쥘리앵에게 다가왔다.

"소렐 씨, 레츠 공작이 당신을 무도회에 꼭 데려오라고 신
신당부하더군요. 우리 함께 가고 싶은데 자정에 어디서 만날
까요?"

노르베르 백작까지 자신이 정식으로 초청받았다고 말하는
데 마냥 거절할 수만은 없는 노릇이었다.

밤이 되어 쥘리앵은 무도회에 갔다. 그는 레츠 저택의 화려

함에 놀랐다. 우아함의 극치를 보는 것 같았다. 집 안에 멋진 숲이 펼쳐져 있었으며 마차가 다니는 길에는 모래가 깔려 있었다. 우리의 시골뜨기 눈에는 이 모든 것이 황홀한 별천지였다. 상상도 못 해본 화려함이었다. 화려함이 강하면 질투도 시기도 사라지고, 삐딱한 비판 정신도 사라지는 법이다. 쥘리앵의 상상력은 부풀어 올라 끝없이 내달렸다. 불쾌하던 기분은 말끔히 사라지고 없었다.

쥘리앵은 사람들이 춤을 추고 있는 첫 번째 살롱으로 들어섰다. 설레다 못해 겁이 날 정도였다. 그는 사람들에 밀려 저절로 두 번째 살롱으로 들어섰다.

그때 콧수염을 기른 한 청년이 어깨로 쥘리앵의 가슴을 밀고 들어오면서 말했다.

"저 아가씨가 오늘 무도회 여왕인걸. 두말할 필요도 없어."

그러자 옆 사람이 대답했다.

"저 푸르몽 양도 자신이 뒷전으로 밀려난 걸 알아차린 모양이야. 겨울 내내 최고 인기였는데……. 저걸 봐, 아주 뚱한 표정을 짓고 있잖아."

"저, 라 몰 양을 보게. 이래도 넘어오지 않을 거냐고 하는 것 같아. 독무를 추면서 지어 보이는 저 미소를 좀 봐. 정말로 일품이로군.”

“자기가 사람들을 다 사로잡았다는 걸 알고 있어. 그러면서 승리의 기쁨을 함부로 드러내지 않잖아. 저게 바로 유혹의 기술이지.”

“저 눈부신 마틸드에게 어울리는 남자는 도대체 어떤 사람일까?”

“보통 사람으로 되겠어? 왕자 신분에 잘 생기고 머리도 좋고 체격도 근사해야지. 아니면 스물도 안 된 나이에 전쟁에서 공을 세운 영웅?”

“러시아 황제의 사생아는 어떨까? 그녀 덕분에 왕위를 물려받을 수도 있게 될 거야.”

문 앞이 조금 트여서 쥘리앵은 안으로 들어갈 수 있었다. 그는 생각했다.

‘그녀가 저 얼간이들 눈에 그렇게 아름다워 보인단 말이지. 어디 나도 유심히 살펴볼 필요가 있겠는데.’

저들이 어떤 걸 완벽한 아름다움이라고 하는지 알 수 있을 테지, 하는 심산이었다. 쥘리앵이 마틸드를 눈으로 더듬더듬

찾고 있는 순간 자신을 바라보고 있는 마틸드의 모습이 보였다. 그는 속으로 중얼거렸다.

'뭐야, 나보고 와서 수행이라도 해달라는 거야?'

속으로는 툴툴거리면서도 쥘리앵은 불쾌하지는 않았다. 마틸드는 가슴께가 깊이 파인 옷을 입고 있어 어깨가 훤히 드러나 있었다. 쥘리앵은 그 옷에 호기심이 일어 그녀 쪽으로 발을 내디뎠다. 그와 마틸드 사이에는 대여섯 명의 사내들이 끼어 있었다.

마틸드가 그를 향해 물었다.

"어때요, 이 무도회가 이번 겨울에 열린 무도회 중에 제일 아름답지 않아요?"

그는 대답하지 않았다.

"이 카드리유 춤곡이 마음에 들어요. 저 부인들 춤 솜씨도 좋고요."

아니, 마틸드가 저렇게 열심히 말을 거는 친구가 도대체 누구야, 하는 호기심에 사내들이 쥘리앵을 향해 고개를 돌렸다. 그런데 돌아온 것은 시큰둥한 대답일 뿐이었다.

"제가 그걸 어떻게 판단할 수 있나요? 저는 책상에만 붙어

지내온 걸요. 이런 화려한 무도회는 처음입니다."

그의 심드렁한 태도에 콧수염을 기른 청년들은 바짝 약이 올랐다.

그러자 마틸드가 이어서 말했다.

"당신은 지혜로운 사람이지요, 소렐 씨. 당신은 이 모든 무도회의 놀이들을 장 자크 루소 같은 철학자의 눈으로 보고 있어요. 이런 우스꽝스러운 짓들을 보고 당신이 즐거워할 리는 없겠지요."

이 한마디는 부풀어 오르던 쥘리앵의 상상력에 찬물을 끼얹었다. 그는 입가에 조금 과장된 경멸의 미소를 머금고 이렇게 말했다.

"장 자크 루소는 상류사회를 판단하는 데는 바보에 불과합니다. 그는 상류사회를 몰랐습니다. 그는 벼락출세한 하인의 눈으로 상류사회를 바라보았지요."

그의 눈길은 냉랭하기 그지없었다. 마틸드는 그가 내보이는 냉랭한 태도에 깜짝 놀랐다. 평소에는 그녀가 그런 태도로 남들을 주눅 들게 해왔는데 말이다. 그만큼 그녀의 놀라움은 더 컸다.

그 순간 필립 드 크루아즈누아 후작이 서둘러 라 몰 양 쪽으로 다가왔다. 그는 라 몰 양과 사실상 약혼한 사이였다. 그는 무리 지어 막아선 사람들을 뚫지 못한 채 그녀로부터 세 걸음 정도 떨어진 곳에 멈춰 섰다. 마틸드는 후작과 그와 함께 온 사람들을 바라보며 소리 없이 중얼거렸다.

'정말 하나같이 평범해 빠진 남자들뿐이잖아. 나랑 결혼하겠다고 나대는 크루아즈누아만 해도 그래. 순하고 예의 바른 사람이긴 해. 장점도 많아. 나를 권태롭게 한다는 것만 빼놓으면 좋은 사람이지. 저 사람하고 결혼해서 일 년쯤 됐다고 쳐. 마차며 말이며, 우리가 살게 될 성하며, 나무랄 게 하나도 없이 훌륭할 테지. 모두들 부러워할 거야. 하지만 그다음엔?'

후작이 옆으로 다가와 말을 걸었지만 그녀의 눈길은 쥘리앵을 뒤좇아 갔다. 그는 그녀에게 공손히 인사하고 멀어져가는 중이었다. 그녀의 눈에 구석에 서 있는 한 사람이 눈에 들어왔다. 조국 스페인에서 사형선고가 내려진 자유주의자 알타미라 백작이었다. 그 이런저런 연줄 덕분에 프랑스에서 수도원 경찰 조직의 눈을 피해 지낼 수 있었다. 그를 보면서 그녀는 생각했다.

'사형선고를 받은 사람만이 남들과 특출한 인물이 될 수 있어. 그것만이 돈으로 살 수 없는 유일한 거잖아.'

그녀는 그 생각을 하고는 스스로 놀랐다.

'아, 그냥 해본 말인데 정말 멋진걸! 아까 사람들하고 이야기할 때는 왜 그 생각이 안 났지? 암튼 저 사람이 꾸민 음모는 어처구니없는 거였지만 행동을 하긴 한 거야. 남자다운 남자지.'

이런저런 생각에 젖어 있는 그녀에게 크루아즈누아가 갤럽 춤을 추자고 했다. 실은 오래전부터 졸라대고 있었지만 그녀는 다른 생각만 하고 있었다. 그녀는 결국 그의 요구에 응했다. 그리고 엉켜버린 상념을 떨쳐버리려고 한껏 고혹적인 모습을 보여주려 했다. 후작은 좋아서 어쩔 줄 몰랐다.

그녀는 그날 밤 최고의 인기를 한 몸에 끌어모았다. 그녀는 무도회의 여왕이었다. 그 사실을 그녀도 의식하고 있었다. 하지만 그녀의 기분은 우울하기만 했다. 그녀의 마음은 싸늘하게 식어 있었다.

'도대체 나는 어디서 기쁨을 찾아야 하지? 나는 최상층 사람들에 둘러싸여 있어. 운명은 내게 모든 것을 주었지. 뛰어난 가문, 재산, 젊음, 그 모든 것을! 게다가 나는 아름다워. 그렇지만 행복만은 주지 않았어. 모든 것이 지겨울 뿐이야.'

생각을 이어갈수록 그녀는 점점 더 침울해졌다.

'내 성을 크루아즈누아로 바꾼다 해서 뭐가 달라지겠어? 맙소사! 저런 사람이 소위 완벽한 사람이라는 거 아냐? 그래, 이 시대 교육이 빚은 최고의 작품이긴 해. 누구에게나 좋은 인상을 주고 심지어 총명하다는 소리도 듣지. 용감하기도 해. 하지만 그래서? 그런데 저 소렐이라는 사람은 참 묘해.'

생각이 쥘리앵에게 미치자 그녀의 눈빛이 우울함에서 노여움으로 바뀌었다.

'내가 할 이야기가 있다고 미리 말해두었는데도 코빼기도 비치지 않잖아.'

마틸드가 잔뜩 얼굴을 찌푸리고 있는 것을 본 후작 부인이 그녀를 나무랐다.

"무도회에서 그러면 못 쓴다고 내가 일러줬잖니?"

"너무 더워서 머리가 좀 아픈 것뿐이에요."

그녀는 다시 춤을 추었다. 그런 후 다시 쥘리앵의 모습을 찾았다. 그의 모습이 눈에 들어왔다. 그는 다른 방에 있었다. 그런데 놀랍게도 그가 그 냉담하고 무관심한 표정을 짓고 있지 않았다. 뻣뻣하던 태도도 훨씬 부드러워져 있었다. 그는 알타미라 백작과 이야기를 나누면서 마틸드가 있는 곳으로 다가오고 있었다.

마틸드는 그런 그의 모습을 뚫어지게 응시했다. 그에게 영예로운 사형수가 될 자질이 있는지 찾아보기 위해서였다. 그러고는 "정말 잘생겼어"라고 자신도 모르게 중얼거렸다.

그들은 마틸드 앞을 지나 비교적 조용한 곳으로 가서 이야기를 나누었다. 마틸드는 붐비는 사람들을 헤집고 그들 가까이 붙어 섰다. 그리고 그들의 대화에 귀를 기울였다.

알타미라 백작은 파티에 온 사람들을 비난하고 있었고 쥘리앵은 그의 말에 한껏 공감을 표하고 있었다.

"저런 자라면 저 훈장 하나 받기 위해 한 도시 주민 전체를 목매달았을 거요. 아니면 자유주의자 혐의를 받는 부유한 지주 서른 명가량을 강물에 처넣었겠지."

가슴에 훈장을 달고 있는 사람을 향해서 알타미라가 말하면 쥘리앵이 맞장구쳤다.

"더러운 놈!"

둘은 완전히 의기투합해서 정치 이야기를 나누고 있었고 비열한 귀족들을 비난해댔다.

라 몰 양은 이제 체면일랑 완전히 접어버리고 두 사람 사이 한가운데 파고 들어와 있었다. 그러던 어느 순간 그녀는 자기도 모르게 그들의 이야기에 끼어들었다.

"맞아요. 옳은 말씀이세요."

알타미라 백작은 놀란 눈으로 그녀를 쳐다보았지만 쥘리앵은 눈길조차 주지 않았다. 알타미라 백작은 자기가 주동했던 혁명이 성공하지 못한 이유에 대해 계속 말을 이었다. 그러고는 세상일이라는 게 그저 체스 한판 같은 거라고 말을 맺었다.

"그때는 당신이 체스 두는 법을 몰랐을지 모르지만 지금은……."

쥘리앵은 불꽃이 이는 눈으로 맞받았다. 그런데 어느 순간 그의 눈과 마틸드의 눈이 마주쳤다. 하지만 쥘리앵의 눈길은 그녀의 눈길을 받고도 온화하게 바뀌기는커녕 경멸감이 한층 짙어졌다.

'나를 보고도 저런 눈빛을 하다니…….'

마틸드는 기분이 상할 수밖에 없었다. 하지만 바로 그 때문에 쥘리앵은 그녀에게 잊으려 해도 잊을 수 없는 사람이 되고 말았다. 그녀는 너무 분한 마음에 곁에 있던 오빠의 팔을 잡아 끌고 그 자리를 떠났다. 그러고는 분한 마음을 춤으로 풀었다. 동틀 무렵까지 쉬지 않고 춤을 춘 그녀는 기진맥진해서 무도회장을 떠났다. 돌아오는 마차 안에서 그녀는 오로지 한 가지 생각에만 몰두해 있었고 그 생각 때문에 더욱 우울했고 불행했다. 쥘리앵에게 경멸당했다는 것이 분하기도 했지만 그럼에도 불구하고 자신이 그를 경멸할 수 없다는 사실이 견디기 어려웠다.

그 순간 쥘리앵은 그를 바래다주는 백작의 마차 안에서 한껏 행복한 기분에 젖어 있었다. 알타미라 백작이 그를 칭찬했기 때문이었다.

"낡아빠진 당신네 상류사회는 허례적인 예의범절에 얽매여 있소. 용기라고 해봤자 군인의 용기밖에 발휘하지 못해요. 진지함이 빠져 있어요. 그건 오히려 사람들을 경박하게 만들지요. 그런데 당신에게는 프랑스 인의 경박함이 없어요."

쥘리앵은 백작의 칭찬에 으쓱해졌다. 한껏 고무되어 집으로 돌아온 그는 혁명 시절의 역사 기록을 읽으면서 남은 밤을 지새웠다. 그의 머릿속에는 온통 어떻게 하면 세상을 제대로 바꿀 수 있을까 하는 생각뿐이었다.

　다음 날 그는 서재에서 편지를 작성했다. 그러면서도 머릿속은 여전히 알타미라 백작과 나눈 대화 속에서 헤매고 있었다. 그는 스페인 자유주의자들이 모반에 성공하지 못한 이유가 민중을 혁명에 끌어들이지 못한 데 있다고, 그들도 자만심에 가득 찬 어린아이에 불과하다고 비웃었다. 그러다가 문득 그들은 그래도 일단 용감하게 행동에 나섰던 사람들 아닌가, 지금 자기 꼴로 어떻게 그들을 비웃을 수 있단 말인가, 하며 자신을 질책하기도 했다.

　그때 갑자기 라 몰 양이 서재로 들어섰다. 쥘리앵의 생각은 중단될 수밖에 없었다. 그는 너무 자기 생각에 몰두해 있어서 그녀를 그냥 멍하니 바라볼 뿐 인사도 건네지 않았다. 마침내 그녀의 모습을 알아보게 되자 그의 커다란 두 눈 속에서 일렁이던 불꽃도 사그라지고 말았다.

　그녀가 그에게 벨리의 『프랑스사』 한 권을 꺼내달라고 부탁했다. 그는 큰 사다리를 가져와 높은 선반 위에 있던 책을 꺼내 그녀에게 주었다. 그러면서도 그는 여전히 그녀에게 무심했다. 정신을 다른 데 팔고 있던 그는 사다리를 다시 들어 옮기려다가 팔꿈치로 책장 유리 하나를 쳤다. 유리가 마룻바닥에 떨어져 산산조각이 났다. 그는 그제야 제정신이 난 듯 그녀에게 사과했다. 마틸드는 자신이 그를 방해했다는 것을 또렷이 알 수 있었다. 자기가 나타났는데도 그는 자신이 오기 전의 생각에만 몰두해 있다는 것을 알 수 있었다. 그녀는 그를 물끄러미 쳐다보고 나서 천천히 자리를 떠났다. 쥘리앵은 걸어 나가는 그녀의 뒷모습을 바라보고 있었다.

제3장 마틸드, 쥘리앵에게 끌리다

두서없는 몇 마디 말, 우연한 만남들도
사랑에 빠진 사람의 상상력 속에서는
뚜렷한 사랑의 징표가 된다.
_실러

그날 이후 쥘리앵과 라 몰 양은 화창
한 날들이 이어지는 봄철 내내 정원을 산책하면서 자주 긴 이
야기를 나누는 사이가 되었다. 함께 산책하면서 그녀는 쥘리
앵에게 자신이 읽고 있는 책 이야기들을 했다. 쥘리앵은 우쭐
한 기분이 되었다. 누구에게든 귀엽게 대접받는 여인이, 게다
가 온 가족을 좌지우지할 정도라는 여인이 친밀한 태도로 자
신에게 말을 걸어오고 있지 않은가.

그렇지만 쥘리앵은 곧 생각을 고쳤다.

'내가 착각한 거야. 그 여자는 나와 친하게 지내자는 게 아
냐. 나를 그저 이야기 들어주는 사람으로 삼은 거지. 말 상대

가 필요한 거겠지. 나는 이 집에서 꽤 박식한 사람으로 통하니까. 그녀가 말한 책들을 읽어봐야겠어. 한마디쯤은 걸고 넘어갈 수 있어야 해. 그저 이야기나 들어주는 역할에서는 벗어나야지.'

쥘리앵은 자유분방한 그녀와 대화를 나누면서 차츰 흥미를 느끼기 시작했다. 그녀는 거만하기는 했지만 박식하고 논리도 정연했다. 그녀와 신분이 다르다는 데서 오는 반항적인 마음도 차츰 줄어들기 시작했다. 그녀와 나누는 이야기는 저 살롱 같은 데서 나누는 따분하기 짝이 없는 이야기들과는 거리가 멀었다. 게다가 그녀는 쥘리앵이 해주는 이야기에 몰입해서 아주 솔직한 모습을 보이기까지 했다. 평소의 그 도도하고 차가운 태도와는 너무 거리가 멀었다.

그녀의 솔직한 태도에 쥘리앵도 자신의 생각을 솔직히 털어놓았다. 자신의 처지가 얼마나 초라한지, 고상한 문제들에 대해 생각하는 것조차 자신에게는 사치처럼 보인다는 이야기를 털어놓은 것이다. 그처럼 부유한 여자에게 자신이 가난하다는 것을 드러내자니 낯이 화끈거렸다. 그는 자신이 그 무언가를 요구하기 위해 그런 말을 하는 것이 아님을 보여주려 애썼다. 그러다 보니 어조가 오만해졌다. 그런 쥘리앵의 모습이 마틸드의 눈에는 더없이 귀엽게 비추었다. 게다가 그런 말을 할 때는 평소와 달리 자신의 민감한 감수성을 드러내기도 했고 무엇보다 솔직했다.

그로부터 한 달이 채 지나지 않은 어느 날이었다. 쥘리앵은 생각에 잠겨 라 몰 저택 정원을 거닐고 있었다. 이제 그의 얼굴에서는 끊임없는 열등감 때문에 억지로 드러내 보였던 매정하고 거만한 표정이 사라지고 없었다. 그는 발이 삔 라 몰 양을 살롱 문까지 부축해서 데려다주고 다시 정원으로 나온 길이었다. 그는 생각했다.

'정말이지 야릇한 태도로 내 팔에 몸을 기대어 오던걸. 내가 공연히 부풀려 생각하는 걸까, 아니면 그녀가 정말로 내게 마음이 있는 걸까? 그녀는 내가 불만을 털어놓을 때도 아주 다정하게 귀를 기울여주거든. 다른 사람들에게는 그토록 도도한 그녀가! 그녀가 그 표정을 살롱에서도 보인다면 다들 놀랄걸.'

쥘리앵은 그녀가 보여주는 이 묘한 우정을 과장하지 않기로 했다. 언제 다시 무기를 들고 싸우게 될지 모르는 상황에서 잠시 휴전한 것으로 생각하기로 했다. 매일 그녀를 만날 때마

다 그는 자문했다. '이 여자는 우군인가, 적군인가?'

그는 마틸드와 이야기를 나눌 때 특히 어조와 말하는 방식에 신경을 썼다. 내용은 아무래도 상관없었다. 그는 잘 알고 있었다. 이 거만한 아가씨에게 조롱받을 빌미를 제공하고, 그녀의 빈정거림에 아무 반격도 못 하게 되는 순간, 그것으로 모든 것이 끝장이라는 것을.

'나를 만만하게 볼 틈을 조금이라도 주기만 하면 그녀는 내게 경멸의 말들을 퍼부을 거야.'

그는 생각했다.

'그녀가 나를 사랑하고 있다면 재미난 일이겠는걸! 하지만 그러거나 말거나 상관없어. 어쨌든 나는 재기 넘치는 여자, 온 집안 식구뿐 아니라 저 크루아즈누아 후작을 자기 앞에서 절절매게 만드는 여자를 친근한 말벗으로 삼은 거잖아. 무엇 하나 빠질 것 없는 그 청년이 그녀 앞에서는 꼼짝도 못 한단 말이야. 그에 비하면 정말 보잘것없는 나는 이렇게 당당하게 그녀와 대화를 하잖아. 그녀가 정말 내게 마음이 있는 걸까? 혹시 나 혼자 착각하는 건 아닐까? 하지만 내가 정중하게 대하면 대할수록 나와 가까워지려고 안달하는 게 훤히 보이는데.

아니야, 다 계획된 걸 거야. 그러리라 작정해놓고 그런 시늉만 하는 걸 거야. 그렇지만 내가 불쑥 나타났을 때 그녀의 눈이 반짝이는 건 확실해. 파리 여자들은 다 그런 연기에 능숙한 건가? 아무러면 어때. 겉모습만 즐기면 되지. 정말이지 그 여자는 아름다워!'

문득 의심이 드는 날이면 쥘리앵은 생각을 바꾸었다.

'저 처녀는 나를 조롱하는 거야. 자기 오라비와 짜고서 나를 골리려는 속셈이지. 아냐, 그녀는 오빠를 활기가 없다고 비웃기도 했는데 그럴 리가 없어. 하지만 라 몰 양이 나를 빤히 바라보면서 묘한 표정을 지을 때마다 노르베르 백작은 자리를 피하곤 한단 말이야. 누이가 자기 집 하인을 각별히 대할 경우 화를 내는 건 당연한 거 아냐? 라 몰 양의 외할아버지인 숀 공작이 나를 가리켜 하인이라고 하는 소리를 들은 적도 있는데……. 어쨌거나 그 여자는 예뻐! 그녀를 내 것으로 만들거야. 그런 다음 달아나버리면 그만이지 뭐.'

쥘리앵은 온통 그런 생각에 사로잡혀 지냈다. 다른 생각은 아무것도 할 수 없었다. 뭔가 진지한 일에 몰두하려 하다가도 다시 몽상 속에서 헤맸다. 그러다가는 번득 정신이 들면 야심으로 고동치는 심장과 혼란스러운 머리로 또다시 자문해보았다.

'혹시 그녀가 나를 사랑하는 걸까?'

마틸드는 농담을 좋아했다. 하지만 그녀가 내뱉는 농담은 남들을 즐겁게 하기 위한 것이 아니었다. 라 몰 양은 누구든 심사를 거스르는 사람이 있으면 그에 대한 징벌로 그에게 농담을 던졌다. 겉보기에는 예의에 어긋나지 않는 온건한 농담이었다. 하지만 듣는 당사자의 입장에서는 아픈 구석에 가차 없이 날아와 박히는 화살이었으며, 생각하면 생각할수록 더 큰 상처를 입히는 흉기였다. 그렇게 예리하게 날이 선 말을 던지는 것이 그녀에게는 하나의 오락이자 즐거움이었다. 그것이 그녀에게는 일상의 권태에서 벗어나는 방법이었다.

마틸드는 크루아즈누아 후작, 케일뤼스 백작을 비롯해 좋은 가문에 뛰어난 자질을 갖춘 두세 명의 청년에게 은근한 태도를 보였다. 그녀의 행동에 그들은 희망을 가졌다. 하지만 그것은 더 재미난 장난감을 갖고 싶다는 생각에서였을 뿐이었다. 친척들이나 다른 아첨꾼들보다는 이 귀족 청년들을 놀리는 일이 더 재미있었던 것이다. 마틸드에게 이 청년들은 날카로운 조롱을 실험해볼 대상에 불과했다. 그녀는 그 재미를 위해 그들에게 은근한 내용의 편지를 보내기도 했다. 조신한 처녀로서는 보여서는 안 될 그런 무분별한 행동 자체를 즐긴 것이다. 대체 그녀가 더 바랄 것이 뭐가 있겠는가? 재산, 가문, 재기, 게다가 누구나 감탄하는 미모! 운명의 손은 이 모든 것을 그녀 앞에 차곡차곡 쌓아놓은 것이다.

그런 그녀가 쥘리앵의 오만함에 놀랐다. 이 소시민층 청년의 뛰어난 재주에도 감탄했다. 그녀는 생각했다.

'이 사람은 모리 신부처럼 주교가 될 인물이야. 모리 신부도 가난한 구두 수선공 아들로 태어나 추기경이 되었잖아.'

또한 쥘리앵은 마틸드의 어떤 생각들에 대해 노골적으로 반감을 드러내 보이기도 했다. 겉으로만 그러는 게 아니라 진지하게 반감을 드러내는 그의 모습에서 그녀는 흥미를 느꼈다.

그러던 어느 날이었다. 문득 한 가지 생각이 그녀의 머리를 스치듯 지나갔다.

'내가 지금 사랑의 행복에 취해 있는 거야.'

그녀는 그렇게 중얼거리더니 갑자기 기쁨에 젖었다.

'그래, 나는 사랑에 빠진 거야! 내 나이 또래의 예쁘고 똑똑한 여자가 짜릿한 느낌을 받았다면 그게 사랑이 아니고 뭐야? 크루아즈누아나 케일뤼스나 고만고만한 이들에게서는 느끼지 못하던 거야. 그들은 완벽해. 너무 완벽해. 그래서 지루해.'

그녀는 자신이 읽은 책 속에서 묘사된 열정적인 사랑을 하나하나 머리에 떠올려보았다. 뜨겁고 강렬한 열정을 지닌 영웅적 사랑이었다. 그녀는 쥘리앵과의 사랑을 일종이 영웅적이고 위대한 행동으로 여겼다. 그녀는 생각했다.

'나의 행복은 내게 어울리는 것이라야 해. 이제부터는 하루하루를 전처럼 밋밋하게 보내지는 않을 거야. 나보다 사회적 지위가 엄청 낮은 남자를 사랑한다는 것 자체가 이미 위대하고 대담한 거잖아. 하지만 그가 내 사랑을 받을 만한 남자 자격을 계속 지니고 있을 수 있을까? 그래, 그건 상관없어. 지금은 그런 자격이 있잖아. 그에게 뭔가 약점이 보이면 즉시 그를 버리면 되는 거지. 나 같은 여자가 질질 끌려가는 바보가 될 수는 없지.

내가 만일 크루아즈누아 후작을 사랑한다면 그게 바로 그런 바보 노릇을 하는 셈이야. 남들과 똑같아지는 거잖아. 후작이 내게 무슨 말을 할지, 내가 무슨 대답을 할지 훤하게 내다

보이거든. 하품이 나오는 사랑을 하는 바보가 어디 있어. 차라리 수녀원에 들어가버리는 게 낫지.

쥘리앵과 나 사이에서라면 결혼 계약서도 필요 없고 공증인도 필요 없어. 우리 둘 사이에서라면 모든 게 영웅적인 게 될 거야. 모든 게 정해진 틀을 벗고 이루어질 거야. 쥘리앵은 혼자 행동하길 좋아하지. 그에게는 특별한 재능이 있어. 그래서 남들에게 의지하거나 도움을 받을 의사가 전혀 없어. 그는 남들을 경멸해. 그는 영웅이 될 수 있어. 나는 그를 경멸할 수 없어. 우리의 사랑에는 극복해야할 엄청난 난관이 있고 불안이 있어. 그게 더 멋있어.'

어느 날 라 몰 양은 자기만의 멋진 상념에 빠진 나머지 크루아즈누아 후작과 자기 오빠 앞에서 자기도 모르게 쥘리앵을 극구 칭찬했다. 그녀가 너무 열을 올려 쥘리앵을 칭찬해대니 두 사람의 기분이 좋을 리 없었다. 그녀의 오빠가 대꾸했다.

"그처럼 정열이 넘치는 젊은이라면 아주 조심해야겠는걸. 우리를 언제 단두대에 세우려 들지 모르잖아."

마틸드는 그들을 겁쟁이라고 놀려댄 후 두 사람 곁을 떠났다. 그러고는 생각했다.

'오빠와 저들은 걸핏하면 쥘리앵 험담을 해대지. 하지만 그건 그이가 가장 뛰어난 사람이라는 걸 증명해주는 게 아니겠어? 결점이 좀 있다고 해도 무엇보다 위대한 기상이 있잖아. 저들은 그걸 샘을 내고 있는 거야.

그래, 그건 정말 사실이야. 자기들 딴에는 상대방 허를 찌르는 재치 있는 말을 던졌다 싶을 때면 어김없이 쥘리앵 눈치를 찔끔찔끔 보잖아. 하지만 쥘리앵이 그들에게 먼저 입을 여는 적은 없어. 질문을 받아야만 그저 예의에 어긋나지 않는 대답을 할 뿐이지. 그가 먼저 말을 거는 건 나밖에 없어. 그는 내가 뛰어난 영혼을 갖고 있다고 생각하는 거야. 게다가 아버지가 쥘리앵을 높이 평가하시잖아. 아버지는 그를 탁월한 분이라고 칭찬하는데……. 모두들 쥘리앵을 미워할지 몰라도 그를 경멸할 수는 없어.'

하지만 그녀가 불안한 것이 있었다. 정작 쥘리앵의 마음을 알 수 없었기 때문이었다. 그러자 쥘리앵이 던지는 말 한마디, 한마디가 그의 마음을 짐작해볼 새로운 실마리가 되었다. 그녀는 쥘리앵의 마음을 읽으려고 매 순간 자신에게 묻고 대답했다. 그러다 보니 이전까지 그녀를 사로잡고 있던 권태는 씻은 듯 사라져버렸다. 그녀는 '아, 내가 드디어 위대한 사랑을 하게 된 거야' 하며 스스로를 대견해했다. 그리고 그 사랑을 축복했다.

마틸드가 그런 열정에 흔들리고 있는 동안 쥘리앵은 자신을 향한 마틸드의 시선에 의아해하고 있었다. 쥘리앵은 노르베르 백작이 자신을 한층 더 쌀쌀맞게 대한다는 것과 케일뤼스, 뤼즈, 크루아즈누아가 새삼스레 자신 앞에서 오만한 태도를 보인다는 것도 알 수 있었다. 하지만 그들은 전에도 그런 적이 자주 있었으니 크게 신경 쓸 것 없었다. 그가 신경 쓰는 건 마틸드의 눈길이었다.

'그래, 라 몰 양이 나를 묘한 눈길로 바라본다는 건 감출 수 없는 사실이야. 하지만 그 아름다운 푸른 눈 속에는 냉정함과 심술궂음이 함께 들어 있어. 늘 뭔가를 시험하는 것 같아. 그런 눈길을 사랑이라고 할 수 있을까? 레날 부인의 눈길과는 너무나 다르단 말이야.'

어느 날 저녁 식사가 끝난 후 쥘리앵이 정원으로 산책을 나왔을 때였다. 마틸드가 오빠를 비롯해 케일뤼스, 크루아즈누아, 뤼즈 등과 함께 이야기를 나누고 있었다. 아직 쥘리앵의 모습을 보지 못한 마틸드가 큰 목소리로 자기 오빠를 몰아세우고 있었다. 그녀의 말 중에 쥘리앵의 이름이 두 번이나 튀어나왔다. 쥘리앵이 모습을 보이자 갑자기 싸늘한 침묵이 흘렀다. 케일뤼스, 크루아즈누아, 뤼즈, 그리고 또 다른 친구 하나는 쥘리앵에게 얼음장처럼 차가운 눈길을 보냈다. 쥘리앵은 그 자리에서 물러났다.

그런데 그다음 날도 쥘리앵은 노르베르와 마틸드가 자신에 대해 이야기하고 있는 장면과 맞닥뜨리게 되었다. 그가 모습을 보이자 남매는 전날처럼 입을 꾹 다물었다. 쥘리앵은 의혹이 걷잡을 수 없이 커지는 것을 느꼈다.

'둘이 무슨 음모를 꾀하고 있는 걸까? 나를 골탕 먹일 계획을 세우고 있는 건 아닐까? 솔직히 말해 라 몰 양이 가난한 비서 따위에게 애정을 품는다는 게 가당키나 해? 저들은 내 언변이 좋으니까 나를 시기해서 골탕 먹일 생각을 하고 있는 거야.'

그런 의심이 들자 쥘리앵의 마음이 완전히 바뀌었다. 혹시 그녀가 나를 사랑하는지 모르고 자신도 그녀를 사랑하고 있는 건 아닐까 하는 생각이 완전히 사라져버린 것이다. 사랑이

싹트자마자 금방 꺾여버린 것이다. 그리고 그건 당연했다. 애당초 그의 사랑이 마틸드의 외모, 더 정확히 말한다면 그녀의 대단한 미모, 여왕 같은 거동과 그녀를 향한 사람들의 태도에 대한 감탄에서 싹튼 것이었으니 말이다. 쥘리앵은 결코 마틸드의 성격에 반한 것이 아니었다. 그도 마틸드의 성격이 종잡을 수 없다는 정도는 알고 있었다. 하지만 그 외에는 아무것도 몰랐다. 그가 그녀에 대해서 확실히 알고 있는 건 오로지 겉으로 비친 그녀의 모습뿐이었다. 그를 이끌고 가는 것은 사랑이라기보다는 일종의 환상이었다. 쥘리앵은 생각했다.

'그래, 저들 남매와 크루아즈누아 셋이 한패가 되어 나를 놀리는 건지 몰라.'

마틸드의 눈길을 받아넘기는 그의 눈이 냉랭하고 침울해졌다. 라 몰 양은 당황해서 몇 번인가 그에게 다정하게 다가가 보았지만 그는 빈정거리며 그녀를 떠밀어냈다.

마틸드는 쥘리앵의 느닷없는 태도 변화에 애가 달았다. 그녀는 천성적으로 냉정한 성격인데도 불구하고 본래 열정적인 여자이기나 한 듯이 한껏 달아올랐다. 하지만 그녀는 자존심이 강했다. 자기 아닌 다른 사람이 자기 행복을 좌지우지하고 있다는 느낌이 들자 그녀는 우울하고 서글퍼졌다. 그녀는 전처럼 야회를 즐기지도 않았고 다른 여흥도 시들해졌다. 오히려 그런 것들을 피하는 것 같았다.

쥘리앵은 마틸드가 아무리 관심을 보이는 척해도 절대 속아 넘어가지 않겠다고 단단히 다짐하고 있었다. 그러나 그 결심을 무색하게 할 정도로 그녀가 아주 노골적으로 마음을 드러내 보이는 날도 있었다. 아직 젊은 쥘리앵은 그때마다 그녀가 너무 아름답게 보이는 바람에 당황하곤 했다.

쥘리앵은 생각했다.

'저 상류사회 젊은이들의 끈질긴 술수에 나처럼 경험 없는 사람이 안 넘어갈 수는 없어. 여기를 잠시 떠나 있는 게 좋겠어. 그래서 이 모든 계략을 끝장내야 해.'

그런데 정말로 그런 기회가 왔다. 점점 쥘리앵을 신임하게 된 후작은 남부 랑그도크 지방 여러 곳에 있는 작은 소유지와 가옥 관리를 쥘리앵에게 맡겼다. 그리고 마침 그곳으로 다녀올 필요가 생겼던 것이다. 후작의 명으로 쥘리앵은 여행 준비를 했다.

여행 채비를 하면서 쥘리앵은 생각했다.

'그들은 결국 나를 함정에 빠뜨리는 데 실패했어. 나를 가지고 놀려고 했던 거지? 목수의 아들을 골려주려는 게 아니라면 라 몰 양의 행동을 어떻게 이해할 수 있겠어? 암튼 재미있었어.'

쥘리앵은 자신이 여행을 떠날 것임을 아무에게도 밝히지 않았다. 하지만 마틸드는 그 사실을 알고 있었다. 다음 날이면 그가 파리를 떠나 며칠 동안 돌아오지 않을 것임을 알고 있었다. 그녀는 살롱 공기가 답답해 머리가 아프다며 정원을 거닐었다. 그녀는 늘 가까이하던 청년 패거리들을 신랄하게 조롱을 퍼부어 쫓아버렸다. 쥘리앵을 바라보는 그녀의 눈길이 묘했다.

이제 정원에는 쥘리앵과 그녀 단둘뿐이었다. 쥘리앵은 그녀의 눈길과 심상치 않은 숨결도 연극이려니 생각하고 심드렁했다. 대화는 자꾸 어색하게 끊기기만 했다. 쥘리앵이 자신에게 아무런 감정도 없다는 것을 확인한 마틸드는 정말 비참한 기분이었다,

쥘리앵이 인사를 하고 곁을 떠나려는 순간 그녀가 그의 팔을 힘주어 꼭 잡았다.

"오늘 밤에 내가 편지를 보낼게요."

평소의 그녀와는 전혀 다르게 꽉 잠긴 목소리였다. 그러자 쥘리앵도 뭔가 모르게 마음이 흔들렸다.

그녀가 재차 말했다.

"아버지는 당신이 곁에 있어야 도움이 된다는 걸 잘 아세요. 내일 떠나면 안 돼요. 뭔가 구실을 찾아봐요."

말을 마친 후 그녀는 뛰어 달아났다. 그녀의 몸매는 매혹적이었다. 달려가는 그녀의 아름다운 모습을 쥘리앵은 홀린 듯 바라보았다.

한 시간이 지나자 하인이 편지 한 통을 쥘리앵에게 가져왔다. 단도직입적으로 사랑을 고백하는 편지였다. 쥘리앵은 마음을 진정시키려고 편지의 문체에 대해서만 생각하려 했다. 그리고 짐짓 태연한 척하려 했다.

'문장이 억지로 멋을 부리지 않고 담백하군.'

하지만 가슴속에 솟구치는 뜨거운 감흥을 어쩌지 못했다. 그는 속으로 소리쳤다.

'드디어, 드디어 내가 가난한 시골뜨기 주제에 넘보기 어려운 귀족 여인에게서 사랑 고백을 받은 거야!'

그는 애써 기쁨을 억누르면서 편지를 한 자씩 뜯어보기 시작했다. 그는 감동적인 문구를 나지막이 되뇌었다.

당신이 떠난다고 하니 이렇게 고백할 수밖에 없어요…….
당신이 곁에 없다면 난 견딜 수 없을 거예요.

그는 너무나 기뻤다. 그래, 나는 크루아즈누아 후작을 이긴
거야. 무슨 이야기든 심각하게 할 줄밖에 모르는 촌놈이 그런
세련된 귀족을 이긴 거야. 그는 미친 듯이 흥분해서 이리저리
정원을 쏘다녔다.

그는 정신을 차리고 집무실에 들렀다가 라 몰 후작에게 갔
다. 쥘리앵은 노르망디에서 도착한 보고서 몇 통을 내보이면
서 거기 소송 건들을 챙기는 게 랑그도크 일보다 급하다고 말
했다. 그러자 후작이 말했다.

"그래? 사실은 자네가 떠나지 않는 게 나도 좋아. 자네를
곁에 두고 싶거든."

이 말을 들을 쥘리앵은 뜨끔했다.

'저렇게 나를 신임하는데 그 딸을 유혹해도 되나? 그냥 랑
그도크로 떠나버려?'

하지만 그런 갸륵한 생각은 곧 사라졌다. 자신의 처지와 후작 부인의 경멸에 찬 눈길을 생각하며 투지를 불살랐고, 크루아즈누아 후작을 이겼다는 승리감에 그런 도덕심을 완전히 날려버렸다.

쥘리앵은 생각했다.

'그래, 그자가 화가 나서 펄펄 뛰는 꼴을 봐야 해! 그에게 확실한 일격을 날리는 거야.'

그는 실제로 검으로 찌르는 동작을 해 보였다.

'마틸드의 편지를 받기 전까지 나는 일개 피고용인의 처지에 약간의 용기를 부려본 데 불과했어. 하지만 이 편지를 손에 쥐었으니 나와 그는 이제 대등해진 거야.'

쥘리앵은 아무리 해도 기쁨이 진정되지 않았다. 정원으로 뛰쳐나갈 수밖에 없었다. 그의 머릿속에 계속 생각이 맴돌았다.

'나는 쥐라 산맥 산골 촌놈이야. 평생 이런 검은 옷만 입고 다녀야 할 신세라고! 하지만 이 검은 옷은 내게 연봉 10만 프랑과 코르동 블뢰 훈장을 갖다줄 수 있어. 그래, 나는 그들보다 더 영리해. 이 시대가 선호하는 제복을 고를 줄 안다고.'

손으로 편지를 꽉 움켜쥐니 마치 영웅이 된 것 같았다. 그의 야망이 한층 뜨거워졌다. 성직에 대한 애착도 새삼스레 솟구쳤다.

'나보다 낮은 신분으로 태어나 세상을 지배한 추기경들은 많아.'

잠시 후 차분히 마음을 가라앉힌 그는 마틸드에게 써 보낼 편지에 대해 생각했다.

'이건 나를 함정에 빠뜨리려는 결정적 음모인지도 몰라. 그러니까 끝까지 조심해야 돼.'

그는 편지를 쓰기 시작했다. 그 편지의 첫 구절은 이렇게 시작되었다.

　　오, 이런 일이! 라 몰 가문의 고귀한 아가씨께서 쥐라 산
　　골의 변변찮은 목수에게 이렇게 유혹적인 편지를 보내
　　오시다니! 분명히 그 목수의 마음을 희롱하고 있는 것
　　이겠지요.

이렇게 첫 줄을 시작한 쥘리앵은 마틸드의 편지에서 노골적으로 사랑하는 마음이 드러나 있는 구절들을 그대로 골라

베껴 넣었다. 그러면서 그는 자신이 지닌 힘에 도취해 있었다. 평생 느껴보지 못한 새로운 도취감이었다. 시각은 아직 열 시를 가리키고 있었다. 그는 기쁨을 주체하지 못한 채 오페라를 보러 갔다. 그는 그 어느 때보다도 음악에 흠씬 빠져들었다. 이 세상을 모두 자기 손아귀에 쥔 것 같은 심정이었다.

마틸드가 그 편지를 쓰면서 갈등을 겪지 않은 것은 아니었다. 자신의 행동이 크루아즈누아나 케일뤼스 같은 사람들이 가진 고루한 도덕이나 관념에 거스르게 될 것은 조금도 염두에 두지 않았다. 그녀가 걱정하는 것은 딱 두 가지였다. 그 중 하나는 쥘리앵이 자신을 싫어하지나 않을까 하는 걱정이었다. 하지만 그녀의 기질 상 가장 큰 걱정은 따로 있었다. '내가 과연 그 사람을 잘 본 것일까? 그 사람도 겉으로만 비범해 보이는 게 아닐까?' 하는 걱정이었다.

몇 달 전만 해도 마틸드는 절망적이었다. 조금이라도 남들과 다른 사람을 만난다는 게 불가능해보였다. 사교계에 드나드는 몇몇 청년들에게 편지를 써 보낸 게 약간의 기분 전환이 되기는 했다. 하지만 그 뿐이었다. 그녀는 양갓집 규수가 남자

교황과 추기경들

1485~1489년 완성된 프랑스 채색 필사본 『베리 공작의 매우 호화로운 기도서(Très Riches Heures du Duc de Berry)』에 실린 삽화. 추기경(樞機卿, Cardinalis, Cardinal)은 로마가톨릭에서 교황 다음으로 높은 성직자를 가리킨다. 교황을 선출하는 중요한 임무를 담당한다. 원래 교황은 로마 교구의 성직자와 신자가 선출했다. 하지만 중세에 들어서면서 종교 권력과 세속 권력 간 다툼이 심해지는 와중에, 동로마제국과 신성로마제국 황제가 선출된 교황을 승인하고 해임하는 권리를 가지게 되었다. 로마가톨릭교회는 강하게 반발하면서 계속 싸워, 1059년 결국 추기경만 교황 선출 권리를 갖도록 만들었다. 이에 따라 추기경의 지위가 한층 강력해졌다. 교회의 다양한 요직을 추기경들이 차지했으며, 17세기 전반 프랑스 재상으로 활약한 리슐리외 추기경처럼 세속 권력까지 손에 넣기도 했다. 추기경의 수는 13세기에 7명에서 16세기에 70명으로 증가했고, 이 수는 20세기까지 유지되다가 오늘날에는 200명을 넘어섰다.

제3장 마틸드, 쥘리앵에게 끌리다

에게 편지를 보낸다는 모험 자체를 즐겼을 뿐이었다. 무엇보다 그 편지들은 그녀가 먼저 보낸 게 아니라 받은 편지에 대한 답장일 뿐이었다.

그런데 이번에는 그녀가 먼저 사랑을 고백했다! 사회 제일하층 남자에게 그녀가 '먼저'(아, 얼마나 무서운 말인가!) 편지를 써보낸 것이다. 말로 고백을 했더라도 누구나 펄쩍 뛸 일인데 하물며 편지까지 써 보내다니! 그러나, 다시 말하지만 그런 것은 그녀의 고민이 아니었다. 그녀는 그동안 그가 알고 지내던 남자들, 따분하기 그지없는 남자들과는 전혀 다른 남자에게 편지를 보낸 것이다.

바닥을 알 수 없을뿐더러 도무지 종잡을 수 없는 쥘리앵의 성격이 그녀를 겁먹게 했다. 아무것도 알 수 없는 그런 사람에게 사랑을 고백한 것이다. 그런 사람을 애인으로 삼으려 한 것이다. 도무지 알 수 없는 그런 사람에게 자신의 모든 걸 바치게 될지도 모르는 일을 저질러버린 것이다.

하지만 그녀는 그 모든 것을 자존심으로 이겨냈다. 그녀의 자존심은 그녀에게 이렇게 외치고 있었다.

'나 같은 여자가 평범하게 살 수는 없어. 내 운명은 특별한

것이어야 해!'

　다음 날 아침 이른 시각에 쥘리앵은 집안사람들의 눈을 피해 저택을 나왔다. 그러고는 8시가 되기 전에 돌아왔다. 그는 이미 편지를 처음 받았을 때의 흥분에서 멀어져 있었다. 그는 이미 전략가가 되어 있었다. 그는 생각했다.

　'이 모든 일이 저들 남매가 짜고 한 일이 아니라면, 저 대단한 귀족 처녀에게 어떻게 불이 붙었을까? 어떻게 해서 내게 이런 괴상한 사랑을 품게 되었을까? 분명히 내가 냉정한 눈초리를 하고 있기 때문일 거야. 그래 저 금발 인형에게 관심을 보이면 안 돼. 저들의 음모에 말려드는 꼴이 되고 말 거야. 내가 그런 바보 같은 짓을 할 것 같아?'

　이런 생각을 하면서 그는 전보다 더 차갑고 계산적이 되었다.

　그가 저택을 나와 밖에서 지낸 것은 마틸드의 애를 태우겠다는 전략의 일환이었다. 그가 서재로 들어서자마자 곧장 라몰 양이 문간에 나타났다. 쥘리앵은 자신의 답신을 그녀에게 내밀었다. 그녀에게 뭔가 말을 건네는 게 의무라는 생각이 들었다. 하지만 라 몰 양은 그의 말을 들으려 하지 않고 가버렸다. 쥘리앵은 오히려 다행이라고 생각했다. 도무지 무슨 말을 해야 할지 알 수 없었기 때문이었다.

그녀가 가버리자 그는 생각했다.

'자, 이제부터 전투가 시작된 거야. 저 여자가 자기 신분에 대해 가진 자존심, 그게 내가 점령해야 할 고지야. 그 전략 거점을 확보하는 게 무엇보다 중요해.'

아홉 시가 되어갈 무렵 라 몰 양이 서재 문간에 다시 나타났다. 그리고 그에게 편지 한 장을 던지고 달아났다.

"뭐야, 서간체 소설이라도 쓸 모양인가?"

그는 편지를 집어 들며 중얼거렸다. 편지를 열어보니 쥘리앵에게 결단을 내릴 것을 요구하고 있었다. 그 어투가 사뭇 거만해서 쥘리앵은 오히려 재미가 있었다. 그는 즐거운 심정으로 두 장에 걸친 답장을 썼다. 자신을 조롱하는 상대방에게 보내는 편지로 보이기 십상이었다. 게다가 그런 상대방이 애가 탈 만큼 애매모호한 내용으로 되어 있었다. 편지 말미에는 상대방을 놀려줄 심산으로 다음 날 아침 랑그도크로 떠날 것 같다고 썼다.

그는 편지를 들고 정원으로 나갔다. 2층 라 몰 양의 방 창문

아래를 어슬렁거리니 그녀가 유리창 뒤에 나타났다. 쥘리앵은 편지를 든 손을 위로 치켜들었다. 그녀는 그 모습을 보고 고개를 끄덕였다. 쥘리앵은 곧바로 저택으로 들어가서 계단에서 마틸드를 만났다. 마틸드는 웃으면서 아주 태연하게 그의 편지를 받았다.

5시쯤 되었을까 쥘리앵은 세 번째 편지를 받았다. 라 몰 양은 이번에도 서재 문밖에서 편지를 내던지듯 하고는 총총히 사라져버렸다. 쥘리앵은 웃음 지으며 속으로 중얼거렸다.

'대단한 편지광이로군! 정말 편지 쓰는 걸 좋아해.'

그러나 그것도 잠시, 편지를 읽으면서 그의 얼굴이 하얗게 질렸다. 편지는 단 여덟 문장이었다.

오늘 밤에 꼭 할 말이 있어요. 자정이 지나 1시가 되면 정원으로 나와요. 우물가에 긴 사다리가 있어요. 정원사가 늘 그곳에 두는 사다리예요. 그걸 가져와서 내 방으로 올라와요. 오늘 밤에는 달이 밝겠군요. 하지만 무슨 상관이에요.

제4장 사랑의 줄다리기

쥘리앵은 속으로 중얼거렸다.

'문제가 심각해지는걸. 이건 계략임이 분명해. 이 아름다운 아가씨는 언제고 서재에서 나를 만날 수 있어. 후작은 서재에는 좀체 들어오지 않거든. 게다가 후작이나 노르베르나 거의 온종일 집을 비우고 있어. 언제 귀가하는지 쉽게 알 수도 있다고. 그런데 마틸드는 나보고 이런 망측한 짓을 저지르라고 하고 있어. 왕자에게 청혼을 받아도 별 이상할 게 없는 저 여자가 말이야. 너무 뻔해. 내 신세를 망쳐놓으려는 거지. 아니면 웃음거리로 만들거나. 내가 그렇게 멍청한 줄 알아? 제기랄! 휘영청 달 밝은 밤에 8미터나 되는 2층으로 사다리를 타고 올

라오라고! 옆집 사람들에게 좋은 구경거리가 되겠군.'

쥘리앵은 자신의 방으로 올라가 흥얼거리며 짐을 꾸리기 시작했다. 마틸드의 편지에 답장도 하지 않고 여행을 떠나기로 마음먹은 것이다. 하지만 왠지 마음이 편치는 않았다.

트렁크를 닫는 순간 홀연 어떤 생각이 그의 머리를 스쳤다.

'만일 마틸드가 진심이라면! 그러면 나는 그녀 눈에 더할 나위 없는 바보가 되는 거네. 겁이 나서 도망가는 꼴이잖아.'

그는 한동안 방을 서성거리며 생각에 잠겼다.

'바보가 되다니 안 될 말이야. 더욱이 그녀는 상류사회에서도 누구나 알아주는 여자야. 그런 여자를 스스로 놓치다니 안 될 말이지. 저 크루아즈누아 백작을 납작하게 만들 기회도 놓치는 거잖아. 평생 후회하게 될 걸. 그 여자를 놓쳤다고 후회하는 게 아냐. 여자는 얼마든지 많아. 오로지 명예, 바로 그거야. 나는 명예를 잃을지도 모른다고! 좀 위험한 일이라고 뒷걸음질을 쳐? 난 스스로를 경멸하며 살아야 할 거야. 프랑스에서 으뜸가는 가문의 남자와 겨룰 기회가 왔는데 스스로 물러서? 스스로 그자만 못하다는 걸 인정해? 말이 안 돼. 그건 너무 비겁한 짓이야. 하지만 만일 정말 계략이라면? 암튼 부딪

혀보는 거지 뭐.'

그는 주머니에서 피스톨을 꺼냈다. 그는 말짱한 뇌관을 새 것으로 갈아 끼웠다. 아직 몇 시간이 더 남아 있었다. 뭔가 해야만 했다. 그는 푸케에게 편지를 썼다.

편지 한 통을 동봉했어. 내 신상에 뭔가 심상치 않은 일이 일어났을 때 열어봐야 해. 그런 일이 생기면 사람 이름은 빼고 복사본을 만들어 각 지역 신문사로 보내줘. 열흘 뒤에 그 편지를 인쇄해서 그중 하나를 라 몰 후작에게 보내고.

그는 나중에 증거 자료가 되도록 사건을 콩트 형식으로 간단하게 적었다. 가능한 한 라 몰 양을 사건에 끌어들이지 않으면서 자신의 입장을 아주 정확하게 적어놓았다.

'이 일이 만약에 음모라면 나만 당할 수는 없지!'라고 쥘리앵은 생각했다.

저녁 식사를 알리는 종소리가 들렸다. 그의 심장이 사정없이 쿵쾅거렸다. 제복을 입은 하인들도 모두 이 음모에 가담하고 있는 것 같았다. 쥘리앵은 라 몰 양의 눈에서 기미를 읽어 내려고 유심히 살펴보았다. 그녀의 얼굴은 창백했다. 마치 중세 궁정 여인의 얼굴 같았다. 쥘리앵은 그녀가 그토록 귀부인 태를 낸 것을 본 적이 없었다. 더 이상 군말이 필요 없을 정도로 아름답고 위엄이 있었다.

저녁 식사 후 그는 정원을 오랫동안 산책했다. 하지만 아무 소득이 없었다. 라 몰 양은 정원에 코빼기도 비치지 않았다. 그녀와 이야기를 나눌 수 있었다면 마음을 짓누르는 불안을 달랠 수 있었을 텐데……. 두려웠다. 하지만 마음을 다잡았다. 그래. 더 이상 망설일 것 없어. 저지르는 거야. 그는 사다리가 어디 있는지 직접 가서 확인한 후 속으로 중얼거렸다.

'베리에르에서도 그렇더니 사다리와 나는 무슨 운명처럼 묶여 있군!'

11시를 알리는 종소리가 울리자 그는 방에서 나왔다. 그는 온 집 안의 동정을 살폈다. 아무런 기미도 없었다. 그는 정원으로 나갔다. 어두운 구석에 자리 잡고 주위를 살폈다. 그리고 아주 꼼꼼하게 사방을 정찰했다.

'실수를 하면 안 돼.'

그는 다짐하고 또 다짐했다.

밤하늘은 청명했다. 마지막 기대조차 무너진 것이다. 11시쯤 떠오른 달은 12시 반 무렵에는 저택 정면을 훤하게 비추고 있었다. 쥘리앵은 그런 편지를 보낸 그 여자가 미쳤다고 중얼거리기도 했다. 시계가 1시를 알렸는데도 노르베르 백작의 방 창문에서는 여전히 불빛이 새어나왔다. 쥘리앵은 겁이 났다. 그가 그렇게 겁을 먹은 적은 생전 처음이었다. 앞으로 벌어질 일에 대한 흥분도 없었다. 그는 오로지 두려움에만 사로잡혀 있었다. 그에게 힘을 준 것은 오로지 '명예'라는 단어뿐이었다. 아니, 아예 그 생각도 희미해졌다.

쥘리앵은 사다리를 가져와 걸쳤다. 그런 후 5분 정도 기다렸다. 혹시 다 그만두라는 신호라도 있을까 해서였다. 그런 신호라도 있었다면 쥘리앵은 더없이 기뻤을 것이다. 그러나 아무 신호도 없었다. 쥘리앵은 사다리를 마틸드의 창문에 걸쳤다. 손에 피스톨을 든 채 그는 한 발 한 발 사다리를 올랐다. 자기에게 달려드는 자가 없는 것이 이상하다고 그는 생각했다. 창문이 가까워지자 소리 없이 창문이 열렸다.

이윽고 마틸드의 목소리가 들렸다.

"아, 왔군요. 한 시간 전부터 당신을 죽 지켜봤어요."

감정이 듬뿍 담긴 목소리였다.

쥘리앵은 어색하기만 했다. 방으로 들어서긴 했지만 뭘 어떻게 해야 할지 알 수 없었다. 사랑의 감정은 전혀 느껴지지 않았다. 하지만 뭔가 해야 했다. 그는 마틸드에게 입을 맞추려 했다.

"어머!"

그녀가 짧게 외치면서 그를 밀어냈다.

그녀가 거절하자 오히려 안심이 되어 그는 주위를 살펴보았다.

'놈들이 어디 내 눈에 안 띄는 데 숨어 있군.'

어색하긴 마틸드도 마찬가지였다. 그녀는 고통스러웠다. 양갓집 규수라면 자연스럽게 지니고 있는 부끄러움과 수줍음이 되살아나 그녀를 괴롭혔다. 그녀가 말할 거리라도 찾은 듯 말했다.

"주머니에 들어 있는 게 뭐지요?"

"피스톨과 단도를 챙겨 왔지요."

쥘리앵도 뭔가 말할 거리가 생긴 게 반가웠다.

"사다리를 저대로 두면 안 돼요. 바닥에 내려놓아야 해요."

그러면서 그녀는 밧줄을 그에게 주었다.

'참으로 용의주도한 여자로군. 퍽이나 사랑에 빠져 있어. 이렇게 주도면밀하게 준비하면서 정신없이 사랑에 빠졌다고?'

어쨌든 할 일이 생긴 셈이었다. 쥘리앵은 사다리 첫째 단에 밧줄을 묶어 천천히 사다리를 내린 후 요령껏 사다리를 화단에 눕혀놓았다. 그리고 밧줄도 화단으로 던졌다.

"나는 어떻게 나가지요?"

쥘리앵이 마틸드에게 물었다.

"문으로 나가면 돼요."

말을 마친 그녀가 갑자기 그의 팔을 잡았다. 어딘가에서 창문 여는 소리가 들린 것 같아 자기도 모르게 그의 팔을 잡은 것이었다. 쥘리앵은 깜짝 놀라 단도를 꺼내 들었다. 누군가 숨어 있다가 자기를 공격한 줄 알았던 것이다. 두 사람은 숨을 죽인 채 꼼짝 않고 서 있었다. 달빛이 두 사람을 비추었다. 아무 소리도 들리지 않았고 불안감도 가라앉았다.

그러자 다시 어색해졌다. 두 사람 모두 어찌할 바를 몰랐다.

쥘리앵은 공연히 문이 잘 잠겼나 빗장을 어루만졌다. 마틸드도 자신이 처한 상황이 끔찍하기만 했다.

그녀가 용기를 내어 말했다.

"내 편지들을 어떻게 했죠?"

"두꺼운 책 속에 끼워 우편 마차 편으로 멀리 보냈어요."

"어머, 왜 그랬어요?"

이렇게 된 상황에 숨길 게 없다고 생각한 쥘리앵은 자신이 품고 있던 의심을 낱낱이 털어놓았다.

"그래서 당신 답장이 그렇게 냉랭했구나!"

마틸드가 외쳤다. 다정하다 못해 열에 들뜬 목소리였다. 쥘리앵은 놀랐다. 그녀가 느닷없이 친근한 표현을 쓴 것이다. 이것저것 따져 볼 겨를 없이 기분이 확 달아올랐다. 최소한 의심은 다 풀렸다. 열등감은 사라지고 자기가 이제 그녀와 대등한 위치에 선 것 같았다. 그는 그동안 그토록 떠받들어왔던 이 아름다운 여자를 가슴에 끌어안았다. 마틸드는 엉거주춤 그를 떠다밀다 말았을 뿐이었다. 쥘리앵은 기억력을 살려 자신이 읽은 연애 소설에서 가장 멋진 구절들을 읊어 보았다.

그녀는 그가 늘어놓는 미사여구들을 듣는 둥 마는 둥 대꾸했다.

"당신은 남자다워."

마틸드는 격식을 벗어버린 말투를 쓰려고 애썼다. 내용보다는 말투에 더 신경을 쓰는 게 틀림없었다. 쥘리앵은 기쁨을 느꼈다.

'이 거만한 아가씨가 나를 높이 평가하고 있다! 누굴 칭찬할 때도 반드시 꼬투리를 잡아내서 끌어내려야 직성이 풀리곤 하던 이 아가씨가!'

그의 자존심이 한껏 부풀어 올랐다.

하지만 그 기쁨과 즐거움은 레날 부인과 함께 있을 때 느끼던 것과는 달랐다. 지금 그가 느끼는 감정에는 부드러운 다정함이 없었다. 그는 사랑을 쟁취한 기쁨보다는 야심이 이루어진 것 같은 성취감을 느꼈다. 그는 지금 거둔 이 승리를 어떻게 이용할 수 있을 것인가 궁리했다.

마틸드는 쥘리앵이 자기가 시키는 대로 정원 사다리를 타고 올라오면 모든 걸 내맡길 작정이었다고 말했다. 하지만 그처럼 달콤한 사연을 그처럼 싸늘하고 예의 바르게 털어놓을 수도 있는 걸까? 그 순간까지도 두 사람의 만남은 차갑게 굳어 있었다. 만일 그런 것이 사랑이라면 누구나 사랑이라는 말만 듣고도 질겁해서 달아날 정도였다. 젊은 여자들에게는 따끔한 일침이 될 수도 있을 것이다. 이런 순간을 위해 자신의 장래를 망칠 필요가 어디 있는가!

마틸드는 오랫동안 망설이고 있었다. 마치 쥘리앵이 미워서 망설이는 것처럼 보일 수도 있을 정도였다. 그녀의 의지는 쥘리앵을 받아들일 준비가 되어 있었다. 하지만 젊은 처녀로서의 본능이 그녀를 망설이게 만들었다. 하지만 그녀의 의지가 결국 그녀의 본능을 꺾었다. 기나긴 망설임 끝에 마틸드는 마침내 쥘리앵의 사랑스러운 애인이 되었다.

그녀는 그와 사랑을 나누면서 자신과 애인에 대해 의무를 수행하는 것이라고 믿었다. 그의 사랑을 받으면서도 그녀는 생각했다.

'이 남자는 위험을 무릅쓰고 용기를 보여주었어. 그런 그를 행복하게 해주지 못한다면 나는 비겁한 여자가 되는 거야.'

생각은 그렇게 했지만 어쩔 수 없이 처하게 된 이 상황이 너무 잔인했다. 어떤 불행을 감수하고라도 이 잔인한 상황에서 벗어나고 싶은 심정이었다. 하지만 그런 갈등 속에서도 그녀의 말투는 조금도 흐트러짐이 없었으며 더없이 다정했다.

그날 밤 그녀는 후회나 자책감은 조금도 보이지 않았다. 어렵게 의지로 만든 그 상황을 망칠 짓은 하지 않을 정도로 그녀의 자존심은 강했던 것이다.

쥘리앵은 쥘리앵 나름대로 어색했다.

'맙소사! 베리에르에서 보낸 마지막 스물네 시간과는 너무 다르잖아! 파리의 세련된 행동 방식에는 확실히 남다른 게 있어. 모든 걸 망쳐놓는 비법이 있어. 사랑까지도 이렇게 괴상망측하게 변해버리다니!'

좀 심한 평가라는 생각이 들면서도 쥘리앵은 속으로 중얼거릴 수밖에 없었다. 큰 마호가니 옷장 속에서 쥘리앵이 한 생각은 그런 것이었다. 옆방인 라 몰 부인의 방에서 기척이 들리자 마틸드가 쥘리앵을 그 안에 숨게 했던 것이다. 마틸드는 어머니를 따라 아침 미사에 갔다. 쥘리앵은 그사이에 얼른 그곳에서 빠져나왔다.

그날 그는 말을 타고 뫼동 숲 한적한 곳으로 갔다. 기쁨보다는 놀라움이 더 컸다. 꼭 일개 소위가 큰 공을 세워 당장에 연대장이 된 기분이었다. 그는 자신이 까마득히 높은 꼭대기에 올라선 느낌이었다. 전날만 해도 자기와 어깨를 겨루던 것들이 저만치 발아래에 있었다. 말을 달릴수록 행복감도 커졌다.

마틸드는 감미로운 기분을 조금도 느끼지 못했다. 그에게 보여 준 그녀의 모든 행동이 일종의 의무 완수였기 때문이었다. 소설에서 읽은 높은 환희 대신에 불행과 수치심을 느낀 것을 제외하고는 모든 것이 그녀가 계획하고 예상한 대로였다. 그녀는 스스로에게 물었다.

'혹 내가 잘못 생각했던 건 아닐까? 내가 그를 사랑하지 않는 걸까?'

다음 날 마틸드는 저녁 식사 시간에 나타나지 않았다. 밤이 되자 살롱에 잠깐 얼굴을 내밀었을 뿐 쥘리앵에게 눈길조차 주지 않았다. 지난밤 격정적인 환희에 몸을 내맡겼던, 아니 그런 척했던 여자라고는 볼 수 없었다.

다음 날도, 또 그 다음 날도 마찬가지였다. 그녀는 쥘리앵의 존재는 안중에도 없는 듯이 행동했다.

'또다시 정숙해지기로 마음먹은 걸까? 그렇지만 정숙이란 지극히 평민적인 미덕이잖아? 도도한 마틸드와 정숙은 어울

리지 않아.'

쥘리앵은 생각했다.

'혹시 나 같은 비천한 놈이랑 하룻밤을 지냈다고 후회하는 걸까?'

그런 게 아니었다. 마틸드는 다른 생각을 하고 있었다.

'그러니까 나를 한 남자에게 갖다 바쳤단 말이지! 그로서야 영광일 테지. 하지만 그 허영심에 상처를 입힐 수도 없어. 그러면 우리 관계를 세상에 알려서 복수할 거야.'

라 몰 양은 마음을 가라앉히지 못해 방 안을 이리저리 오가며 생각했다. 달콤한 사랑의 추억에 젖는 대신 그녀는 자신이 저지른 일을 되짚어보며 뼈아픈 고통에 빠져들고 있었다. 하지만 쥘리앵의 신분이 낮기에 고통스러운 게 아니었다.

'그는 이제 나를 마음대로 지배할 힘을 얻었어. 내가 이렇게 두려움에 휩싸이게 만들어버렸잖아. 내가 그를 궁지로 몬다면 내게 더 지독한 고통을 안기려 하겠지.'

그 생각만으로도 그녀에게는 투지가 생겼다.

'그래 나를 걸고 일생일대의 한 판 승부를 그와 겨루는 거야. 좋아, 그가 나를 얼마나 힘들게 하는지 보자고!'

그녀는 용기를 북돋웠다. 그와 겨루는 일생일대의 승부! 그 것만으로도 그녀는 권태에 다시 빠질 염려가 없었다.

사흘 째 되는 날도 마틸드가 여전히 자신을 냉랭하게 대하 자 쥘리앵은 그녀를 뒤쫓아 갔다. 그런 그에게 마틸드가 사납 게 쏘아 붙였다.

"이봐요, 나를 당신 마음대로 휘두를 권리라도 생긴 것처럼 행동하지 말아요. 싫다고 분명히 말했는데 이렇게 쫓아오다 니! 정말이지 뻔뻔스러운 사람이군요!"

참으로 흥미진진한 젊은이들이었고 그들의 관계였다. 그 말 한마디로 둘은 금세 서로에 대한 증오심을 불태우는 사이 가 되었다. 둘 다 참을성이란 게 없었고 자존심만 강했다. 두 사람은 곧바로 절교 선언을 했다.

쥘리앵이 말했다.

"끝까지 비밀을 지킬 것은 분명히 약속하지요. 또 한 가지. 앞으로 아가씨에게 절대로 말 한마디 걸지 않겠다는 것도 약 속하지요. 내가 그런다고 아가씨 체면이 깎이는 것도 아니니 까요."

말을 마친 쥘리앵은 정중하게 허리 숙여 인사하고 그 자리를 떠났다.

하지만 묘한 일이었다. 그는 마틸드에 대한 자신의 그러한 행동을 의무로 여겼었다. 그리고 그 의무를 별로 힘들이지 않고 수행했다. 자신이 라 몰 양을 사랑한다고 생각하지도 않았었다. 사흘 전 옷장 안에 숨어 있을 때도 그녀를 사랑한다는 감정은 들지 않았었다. 그러나 그녀와 영영 끝장이라고 생각하자 모든 것이 뒤바뀌어 버렸다. 그는 그녀와 함께 보낸 밤을 마음속에서 세세히 그려내기 시작했다. 그날 밤 그토록 냉정했으면서도 말이다. 그녀와 절교를 선언한 그 다음 날부터 쥘리앵은 자신이 라 몰 양을 사랑한다고, 그것도 거의 미칠 듯이 사랑한다고 스스로 인정할 수밖에 없게 되었다.

그러고 나니 온통 뒤죽박죽이 되었다. 그렇게 일주일이 지났다. 그는 랑그도크 지방으로 떠나있는 게 상책이라고 생각했다. 그는 툴루즈행 역마차 자리를 예약한 후 저택으로 돌아와 후작에게 보고하려 했다. 후작이 외출 중이라 그는 서재로 돌아왔다. 그런데 놀라워라! 거기서 라 몰 양과 맞닥뜨린 것이다. 마틸드의 얼굴은 뭐랄까 심술궂다고 까지 할 묘한 표정을 띠고 있었다. 그 표정을 분명히 읽은 쥘리앵이 그녀에게 말했다.

"그러니까 이제는 나를 사랑하지 않는다는 거지요?"

나약한 마음에서 나오는 다정하기 그지없는 목소리였다.

"아무한테나 나를 내주다니 너무 끔찍해요."

마틸드는 이렇게 대꾸하고는 자신에게 화가 나서 울음을 터뜨렸다.

"'아무한테나'라고!"

쥘리앵은 짤막하게 소리쳤다. 그러고는 서재에 장식으로 걸어놓은 골동품 검을 향해 달려갔다. 중세 때부터 내려온 검이었다. 쥘리앵은 어렵게 칼집에서 칼을 빼 들었다. 순간 마틸드가 거만하게 얼굴을 쳐들고 그를 향해 다가왔다.

그때 쥘리앵에게 불현듯 라 몰 후작의 얼굴이 떠올랐다. 은혜를 베풀어준 사람의 딸을 죽이려 하다니. 이런 배은망덕한 일이! 그는 몸을 부르르 떨며 칼을 내던지려 했다. 순간 그는 마음을 돌렸다.

'이런 신파극 주인공 같은 짓을 보면 마틸드는 분명 웃음을 터뜨릴 거야.'

그 생각에 그는 냉정함을 되찾았다. 쥘리앵은 칼날로 시선을 향하고 한참 동안 들여다보았다. 마치 칼날에 녹슨 데나 있는지 살펴보는 것 같았다. 그런 다음 천천히 칼을 칼집에 넣고는 지극히 태연한 태도로 그것을 고리에 걸었다.

쥘리앵의 움직임이 아주 느렸기 때문에 족히 1분은 걸렸다. 그사이 마틸드는 놀라움에 사로잡혀 그를 바라보고 있었다.

'내가 애인 손에 죽을 뻔했구나!'

그녀의 생각은 어느새 중세의 멋진 세월을 헤매고 있었다.

검을 걸어놓은 후 쥘리앵은 그녀 앞으로 왔다. 그녀는 꼼짝 않고 쥘리앵 앞에 서 있었다. 그녀의 눈에 증오나 경멸의 빛은 사라지고 없었다. 그 순간의 그녀의 모습은 너무나 매혹적이었다. 쥘리앵은 분명 그녀는 보통 파리 인형들(쥘리앵은 파리 여자들을 그렇게 불렀다)과는 다르다고 생각했다. 순간 그녀가 순식간에 그의 앞에서 사라졌다. 그녀는 자기 마음이 다시 약해지는 것을 느끼고 그냥 달아나버린 것이었다.

'아, 어쩜 저렇게 아름다울까!'

달려가는 그녀를 바라보며 쥘리앵이 속으로 중얼거렸다.

'저 여자가 불과 보름 전에 내 품에 뜨겁게 안겼던 바로 그 여자란 말이야? 이제 다시는 그런 순간이 오지 않겠지. 다 내 잘못이야! 그 순간에도 내가 너무 무관심하게 대했던 탓이야.'

순간 후작이 서재로 들어섰다. 쥘리앵은 후작에게 랑그도 크에 다녀오겠다고 말했다. 그러자 후작이 말했다.

"안 돼. 자네가 맡아줘야 할 더 중요한 일이 있어. 떠나긴 떠나야 해. 하지만 랑그도크가 아니라 북쪽으로 가야 해. 군대 식으로 명령하네. 언제든지 자네를 불러올 수 있도록 두세 시 간 이상 자리를 비우지 말고 대기하도록 하게."

그는 인사를 하고 후작 앞을 물러 나와 자신의 방문을 잠그 고 틀어박혔다.

'이제는 멀리 떠날 수도 없단 말이지. 맙소사, 의논할 친구 가 한 사람도 없어. 피라르 신부는 첫 마디만 듣고도 훈계만 늘어놓을 거야. 알타미라 백작은 기분 전환 삼아 모반 음모에 라도 가담해보라고 권할 테지. 아, 아무래도 내 머리가 어떻게 되었나 봐. 아무래도 그런 것 같아. 아, 내게 조언을 해줄 사람 이 누가 없을까? 나는 어쩌면 좋지?'

라 몰 양은 자신이 죽을 뻔했다는 생각을 하면서 행복에 취 해 있었다.

'그 사람, 너무 멋있어. 내 주인이 될 자격이 있어. 글쎄, 나를 죽이려 했다니까! 사교계 청년들 다 합쳐도 그런 열정에는 못 당할 거야. 그 사람이 검을 제 자리에 걸 때 모습은 정말 멋 졌어. 정말 한 폭의 그림 같았거든. 내가 그 사람을 사랑한 건 미친 짓이 아니었던 거야.'

그녀는 그날 하루 내내 쥘리앵을 향한 애정을 키우고 있었 다. 그녀는 쥘리앵과 사랑을 나누었던 순간들을 더없이 매혹 적인 이미지로 덧칠하면서 그 순간들을 그리워하기까지 했다.

그녀는 생각했다.

'나는 그동안 꽤나 별나게 굴었던 거야. 그 사람이 나를 사 랑하는 건 확실해. 그리고 내 사랑을 받을 자격이 있어. 그와 하나가 되면 역사에 남을 큰일을 할 수 있을 거야.'

그런 생각을 하며 그녀는 쥘리앵을 슬쩍 훔쳐보았다. 그의 사소한 동작마저 매력적으로 비쳤다. 그녀는 생각했다.

'나는 저 사람이 당연히 품을 수 있는 생각의 작은 싹마저 꺾어버리려 한 거야.'

골똘히 이런 생각에 잠겨 있다가 마틸드는 뭐라도 하는 척 해야겠다 싶어 연필을 집어 들었다. 아무것도 안 하고 쥘리앵 생각만 하고 있다가는 어머니가 이상하게 생각할 것 같았다.

그녀는 스케치북을 집어 들고 되는대로 사람 얼굴들을 그려 나갔다. 그러다가 그녀는 스스로 깜짝 놀랐다. 쥘리앵의 초상화를 자신도 모르게 그리고 있었던 것이다. 그래, 이건 하늘의 뜻이야! 사랑의 기적이 이런 게 아니고 뭐겠어? 그녀는 황홀한 심정이 되어 얼른 자기 방으로 올라갔다.

방으로 들어간 그녀는 문을 잠그고 이번에는 정말 열심히 쥘리앵의 초상화를 그리기 시작했다. 그러나 결과는 그다지 신통치 않았다. 조금 전 아무 생각 없이 그린 얼굴이 그의 모습과 제일 비슷했다. 그것 역시 마틸드를 기쁘게 했다.

'마음속 깊은 열정은 그렇게 자기도 모르는 사이에 나오는 거잖아!'

얼마 후 후작 부인이 오페라에 가자며 그녀를 찾았기에 그녀는 아래로 내려왔다. 살롱으로 내려오면서 그녀는 쥘리앵의 모습을 찾았지만 그의 모습은 보이지 않았다. 그녀는 어머니와 오페라를 보면서도 오로지 한 남자만 생각하고 있었다. 평소에는 그다지 감흥을 주지 못하던 오페라의 사랑 노래들이 가슴을 파고들었다.

그를 이토록 사모하는 이 마음을 벌해다오.

나 그를 너무나도 사랑하고 있어!

그 노래를 듣는 순간 마틸드에게는 이 세상 모두가 사라진 셈이었다. 누군가 말을 걸어도 귀에 들어오지 않았고 오로지 사랑의 열정에 사로잡혀 흥분해 있었다. 그녀는 노래 사이사이마다 쥘리앵을 생각했다.

집으로 돌아온 마틸드는 열이 난다는 핑계를 대고는 피아노 앞에 앉아 거의 밤새도록 사랑의 찬가들을 되풀이 연주했다. 그리고 그 노래들을 직접 불러보기도 했다.

벌 받아야 해, 벌 받아야 해.

그를 너무나도 사랑하는 거라면.

한편 쥘리앵은 너무 고통스러웠다. 하지만 그는 명예심을 놓지는 않았다. 그는 자신의 첫 번째 의무가 비밀을 지키는 데 있다는 것을 너무 잘 알았다.

밖을 내다보니 마틸드가 오랫동안 정원을 산책하는 모습이 보였다. 그녀가 떠나자 그는 정원으로 내려갔다. 어둠이 짙었다. 라 몰 양은 조금 전 한 청년 장교와 유쾌하게 이야기를 나누고 있었다. 쥘리앵은 그녀가 그 장교를 사랑하는 게 분명하다고 생각했다. 한때 자기를 사랑해 준 적이 있건만 이제는 자신이 아무 가치 없는 인간이라고 여겨졌다.

그는 조금도 의심할 바 없다는 듯 속으로 중얼거렸다.

'그래, 사실 나는 아무 가치도 없는 인간이야! 한마디로 나는 평범하고 천박한 놈이야. 나 자신도 나를 견디기 힘들어!'

그는 자신이 지니고 있는 훌륭한 자질들, 지금까지 그토록 애지중지해온 그 자질들이 죽도록 역겨웠다.

그는 어둠 속에서 마틸드의 방 창문을 바라보았다. 그녀가 불을 껐다는 걸 덧창 너머로 알 수 있었다. 그는 단 한 번 구경했을 뿐인 그 아름다운 방을 머릿속으로 그려보았다.

시계가 1시를 쳤다. 그 소리를 듣는 순간 마치 영감처럼 한 가지 생각이 떠올랐다.

'그래, 사다리를 타고 올라가야 해.'

동시에 그는 생각했다.

'무슨 일이 생기더라도 지금보다 더 불행해지겠어?'

그는 사다리가 놓여 있는 곳으로 뛰어갔다. 쇠사슬에 묶인 사다리가 눈에 들어왔다. 그는 피스톨을 꺼내 쇠고리를 걸고 비틀었다. 쇠고리가 풀어지자 그는 사다리를 마틸드의 방 창문까지 가져와 거기에 걸쳤다.

'마틸드는 분명 화를 낼 거야. 나를 온통 비난하겠지. 아무래도 상관없어? 그녀에게 키스하겠어. 마지막 키스라고 좋아. 그런 다음 내 방으로 가서 죽어버리겠어.'

그는 나는 것처럼 사다리를 올라 덧창을 두드렸다. 잠시 후 마틸드가 덧창을 열었다. 쥘리앵이 방 안으로 몸을 던졌다.

"아, 당신!"

그녀는 쥘리앵의 품속으로 뛰어들며 외쳤다. 그날 둘이 느꼈던 기쁨을 어떻게 말로 표현할 수 있을까? 마틸드는 그를 보자 평상시 그녀의 결심과는 다른 말이 튀어나왔다.

"내 교만을 용서해줘."

그녀는 쥘리앵을 숨이 막히도록 끌어안으며 말했다.

"당신은 내 주인이야. 나는 당신의 노예야. 영원히 나를 지배해줘. 이 노예가 반항하면 가차 없이 벌을 줘"

잠시 후 그녀는 쥘리앵의 품을 빠져나가더니 촛불을 켰다.

쥘리앵은 그녀가 자신의 머리카락 한 귀퉁이를 뭉텅 잘라내려는 걸 힘겹게 말려야만 했다.

"잊지 않기 위해서야. 내가 당신의 노예라는 걸. 내가 다시 당신에게 오만한 모습을 보이면 이걸 보이면서 내게 말해줘. '사랑이 문제가 아냐. 당신은 복종을 맹세했어. 그러니 명예를 걸고 복종해야 해'라고 말해줘."

그때였다. 그녀의 어머니와 하녀 하나가 잠에서 깼다. 별안간 방문 너머에서 마틸드를 부르며 무슨 일이냐고 묻는 소리가 들렸다. 쥘리앵은 한 번 더 마틸드를 끌어안은 뒤 사다리 위로 몸을 던졌다. 눈 깜짝할 사이에 그는 땅 위에 내려와 있었다. 그는 재빨리 사다리를 보리수나무 아래로 옮겼다. 그리고 쇠사슬도 본래 모습으로 회복시켜놓았다.

마틸드가 아래를 내려다보니 쥘리앵은 온통 피로 얼룩진 데다 거의 벌거벗은 몸이었다. 정신없이 사다리를 타고 내려가다가 상처를 입은 것이었다. 쥘리앵이 사다리에 패인 자국을 고르게 하려고 어둠 속에서 흙을 더듬고 있을 때 그의 손 위로 무언가가 떨어졌다. 마틸드가 머리카락 한 뭉텅이를 잘라 던진 것이었다.

그녀가 창문으로 얼굴을 내밀었다.

"당신의 노예가 되었다는 표시야. 난 영원히 당신에게 복종할 거야. 나는 이제 이성은 버렸어. 당신이 내 주인이 되어줘."

그는 행복에 젖어 자기 방으로 돌아왔다. 쉽지 않은 일이었다. 가능한 한 소리를 내지 않고 자신의 방문을 부수어야 했기 때문이었다. 하도 정신없이 도망쳐 나오느라 방 열쇠까지 옷 주머니에 그대로 놓고 온 것이다. '마틸드가 그 위험한 물건들을 잘 숨겨야 할 텐데!' 하고 생각하면서 그는 깊은 잠에 굴러 떨어졌다.

그가 가까스로 눈을 뜬 것은 점심 식사를 알리는 종소리가 울렸을 때였다. 그가 식당으로 들어가자 잠시 후 마틸드가 나타났다. 아름다운 여인의 눈에 사랑의 불꽃이 반짝이는 것을 보고 쥘리앵은 너무 기뻤다. 하지만 그는 곧 질겁했다. 머리카락을 잘라낸 부분이 그대로 눈에 뜨인 것이다. 게다가 식사하는 동안 마틸드는 그녀답지 않게 경솔했다. 쥘리앵을 열렬히 사랑한다는 것을 만천하에 드러내듯이 행동했다. 다행히 그날 후작 부부의 온 신경이, 곧 발표될 코르동 블뢰 훈장에 쏠려 있었기에 아무 눈치도 채지 못했다. 식사가 끝날 무렵 마틸드는 쥘리앵에게 "나의 주인님"이라고 부르기까지 했다.

그런데 그날 마틸드는 종일 혼자 있을 시간이 없었다. 우연인지 의도적이었는지 라 몰 부인이 하루 종일 그녀를 곁에 붙잡아 두었던 것이다. 마틸드는 저녁에 식당에서 살롱으로 건너가면서 잠시 짬을 내서 쥘리앵에게 말했다.

"내 방에서 이제는 못 만나. 내가 핑계를 대는 게 아냐. 어머니가 자기 하녀 하나를 밤새도록 내 방에 붙여놓을 생각인가 봐."

다음 날 점심 식사 자리에서야 쥘리앵은 그녀를 볼 수 있었다. 머리를 아주 정성스레 빗어 올려 머리카락을 잘라낸 자리를 교묘히 감추고 있었다. 그녀는 한두 번 쥘리앵 쪽으로 눈길을 돌렸다. 그런데 그 눈길에 쥘리앵은 놀랐다. 너무나 예의 바르고 침착한 눈길이었던 것이다. 그를 '나의 주인님'이라고 부르던 열정은 눈을 씻고 봐도 찾을 수 없었다. 쥘리앵은 너무 당황해서 숨이 막힐 지경이었다. 아니, 하루 사이에 도대체 무슨 일이 있었던 것일까?

하지만 아무 일도 벌어진 것은 없었다. 단지 마틸드의 마음에 변화가 온 것뿐이었다. 마틸드는 이미 쥘리앵을 위해 자기가 했던 짓들을 후회하고 있었다. 그녀는 곰곰 생각했다.

'쥘리앵이 평범한 인물이 아닌 건 맞아. 하지만 아무리 봐도 내가 한 미치광이 짓에 걸맞은 인물은 아냐.'

말하자면 사랑의 열정에 사로잡혔다고 생각한 지 얼마 지나지 않아 사랑이 시시해지고 지겨워진 것이다. 독자들도 그녀의 이런 모습에 쥘리앵만큼 당황할지 모른다. 하지만 그게 바로 마틸드였다. 그녀가 그 무언가에 열광한다는 것은 곧 그렇게 열광했던 자기 자신이 우스워진다는 것을 뜻하기도 했다. 그녀는 쥘리앵에게 냉정한 평가를 내리고 있다고 생각했겠지만 실은 스스로를 비웃고 있는 셈이었다. 그 무언가에 홀딱 빠졌던 자기 자신을!

그렇게 행복했던 그녀는 곧 불행해졌다. 그리고 자신이 동원할 수 있는 논리를 다 내세워 쥘리앵과의 사랑을 부정했다. 그녀는 정조의 미덕과 자존심을 저버린 게 너무 후회스러웠다.

'하찮은 신부 나부랭이에다 기껏 촌사람의 아들에게 내 모든 권리를 내주다니. 이건 꼭 하인에게 몸을 내맡기고 후회하는 꼴이잖아. 그래 모든 게 끝났어. 큰 교훈을 얻은 셈 쳐야지.'

쥘리앵의 마음속에는 격랑이 일었다. 점심 식사 내내 무서운 의혹과 놀라움과 절망이 차례차례 그를 찾아 왔다. 식탁을 뜨자마자 그는 마구간으로 달려갔다.

'나약한 모습을 보이는 건 수치스러운 일이야! 무슨 일이 있어도 마음을 가라앉혀야 해.'

그는 뫼동 숲을 향해 말을 달렸다.

'도대체 내가 무슨 짓을 했다고, 내가 무슨 말을 잘못했다고 이런 수모를 당해야 하는 거지? 어쨌든 오늘은 아무 짓도 하지 말고 아무 말도 하면 안 돼.'

라 몰 저택으로 돌아오면서 그는 다짐하고 다짐했다. 하지만 그는 살아 있어도 살아 있는 게 아니었다. 단지 죽어버린 몸이 관성적으로 움직이고 있을 뿐이었다. 설사 죽어버린 것이 아니더라도 그는 세상에서 가장 불행한 남자였을 뿐이었다.

제5장 뜻밖의 비밀 임무

내가 하는 이야기는 모두 내가 본 것입니다.
내가 잘못 보았을 수는 있지만
본 것을 잘못 이야기하지는 않았습니다.
_저자에게 온 편지

쥘리앵에게 대기하라고 일러놓았던 후작이 마침내 쥘리앵을 불러서 말했다.

"자네가 기억력이 대단하다고 들었네. 어때, 네 장쯤 되는 내용을 암기해서 한 자도 틀리지 않게 그대로 기억해낼 수 있겠나?"

후작은 한 번도 본 적이 없는 진지한 표정이었다. 쥘리앵이 대답했다.

"후작님께서 허락해 주신다면 내일 아침까지 오늘 신문 전체를 외워보겠습니다."

"그래, 광고까지 말인가!"

"그렇습니다. 단 한 자도 빼놓지 않겠습니다."

"좋아. 참, 내가 어제 자네에게 다짐할 이야기를 빼놓았었네. 자넨 이제부터 듣게 될 이야기를 절대 누설하지 않겠지? 나는 자네를 잘 알아. 서약까지 하라면 자네에게 모욕이 될 거야. 자네를 어느 살롱으로 데려갈 예정이네. 거기서 열두 명이 모임을 갖게 될 거야. 거기서 사람들 발언 내용을 기록하면 돼.

그걸 다 기록하면 스무 장쯤 될 거야. 그런 후 집에 돌아와서 그 스무 장을 네 장으로 요약할 거야. 자네가 암송해야 하는 건 바로 그 요약문 네 장이야. 자네는 그걸 외운 다음 어떤 고위급 인사를 찾아가게 될 거네. 쉽지 않은 일이야. 우리 밀사를 방해하려는 음모가 있을 거거든. 그럴 때를 대비해 위장 추천장을 몸에 지녀야 해. 공작 각하 곁에 가게 되면 그가 자네와 눈이 마주치는 순간을 이용해 이 회중시계를 꺼내게. 자, 받아둬. 자네가 네 장의 내용을 암기하면 공작 각하가 직접 그것을 받아 적을 거야.

파리에서 각하 관저로 가는 길목마다 소렐 신부에게 한 방 먹이려고 기다리는 놈들이 우글거릴 걸세. 여행길 내내 그리 지루하지는 않을 거야. 하지만 조심해야 하네. 오늘 발언을 들

게 될 인사들 중에 자네를 노리며 기다리는 놈들에게 연락을
취할 사람이 있을 수도 있어. 목적지는 때가 되면 알려주겠네.
자, 한 시간 후에 출발하세."

한 시간 후 쥘리앵이 나타났다. 후작이 마차에 오르자고 하
자 쥘리앵이 말했다.

"후작님, 그동안 오늘 자 신문 1면을 다 외웠습니다."

후작은 신문을 받아들었다. 마차 안에서 쥘리앵은 한 글자
도 틀리지 않고 1면을 모두 외웠다. 후작은 생각했다.

'이 젊은 친구 기억력은 정말 믿을 만하군. 어쨌든 신문을 외
우느라 우리가 어느 길을 통해 가는지 제대로 보지 못했겠지.'

두 사람은 어느 집 널따란 살롱에 도착했다. 덩치 큰 집 주
인이 나와 후작과 쥘리앵을 맞이했다. 후작의 눈짓에 따라 쥘
리앵은 테이블 맨 끝자리에 가서 앉았다. 그리고 펜을 꺼내어
다듬기 시작했다. 라 몰 후작을 포함해 모두 일곱 명가량이 모
여 있었다. 이어서 네 사람이 잇따라 도착했다. 쥘리앵의 긴장
감이 극에 달했다. 곧이어 심상찮은 이야기들이 오가기 시작
했다. 그때 하인이 서둘러 들어오더니 고했다.

"XXX 공작님께서 도착하셨습니다."

그러자 공작이 하인을 꾸짖었다.

"입 다물지 못해. 바보 같은 놈 같으니라고."

이제 모두 모인 셈이었다.

그러자 후작이 쥘리앵을 소개하는 소리가 들렸다. 들어오는 사람들 생김새를 관찰하고 있던 쥘리앵은 후작의 말에 얼른 정신을 차렸다.

"여러분께 소렐 신부를 소개합니다. 놀라운 기억력의 소유자입니다. 신문 1면을 한 시간도 되지 않아 다 암기할 정도입니다."

집주인이 신문을 펼치면서 한 번 외워보라고 말했다. 실내에는 깊은 침묵이 흘렀다. 모든 시선이 쥘리앵에게 날아와 꽂혔다. 쥘리앵은 한 글자도 틀리지 않고 외워나갔다. 스무 행쯤 외웠을 때 공작의 말이 들렸다.

"그만하시오. 그걸로 충분하오."

그러자 꼭 멧돼지같이 생긴 사람이 쥘리앵에게 카드놀이용 탁자를 가리켜 보이며 자기 곁으로 들고 오라고 손짓 했다. 그가 이 회의의 의장인 것 같았다. 쥘리앵은 필기도구를 들고 그 탁자 앞에 가서 앉았다.

나는 그 엄숙한 자리에서 오간 중요한 이야기들을 독자들에게 자세하게 소개하고 싶지 않다. 우선 사람들의 발언이 너무 중구난방이었다. 하지만 그보다 더 중요한 이유가 있다. 그 자리에 모인 사람들은 모두 더없이 진지했다. 그들은 중요한 국가 운명에 관련된 중요한 문제들에 대해 발언했다. 하지만 그런 진지한 사람들이 중요하다고 생각하는 문제들이 독자들의 예리한 감수성에는 별다른 감흥을 불러일으키지 못하는 경우가 더 많음을 나는 알고 있기 때문이다. 더욱이 그 내용을 어설프게 소개하다가는 우리의 라 몰 후작에 대해 독자들이 오해를 할 수도 있다.

토론이 절정에 달하자 누군가의 입에서 마침내 ○○○ 공작의 이름이 나왔다. 그 이름을 듣고 쥘리앵은 생각했다.

'마침내 중요한 그 이름이 나왔군. 오늘 밤 나는 ○○를 향해 말을 달리게 되겠군.'

그날 그곳에서의 토론이 마냥 진지하기만 했던 것은 아니다. 보기 민망한 입씨름도 있었고 공개하기 어려운 추한 내용도 있었다. 게다가 수상과 추기경 사이에 오간 논쟁은 사람들의 얼굴을 붉게 만들었다. 그 논쟁은 수상이 자리를 떠서야 겨우 진정되었다.

새벽 3시나 되어서야 쥘리앵은 라 몰 후작과 함께 밖으로 나왔다. 후작은 지쳐 있었다. 그리고 수치스러워했다. 쥘리앵에게 보이기 싫은 추한 꼴을 들킨 것 같았기 때문이었다. 집으로 돌아오자 후작은 쥘리앵이 기록한 스물여섯 장의 조서를 토대로 네 장짜리 비밀 각서를 작성했다. 일이 끝났을 때는 새벽 4시 45분이었다.

다음 날 후작은 쥘리앵을 데리고 어느 외딴 성으로 갔다. 파리에서 제법 멀리 떨어진 곳이었다. 성에는 정체를 알 수 없는 사람들이 와 있었다. 거기서 쥘리앵은 가명으로 된 여권을 받았다. 그리고 이 여행의 진짜 목적을 들었다. 물론 쥘리앵이 미리 짐작하던 것 그대로였다. 그는 혼자서 사륜마차에 올랐다.

그 전에 쥘리앵은 이미 여러 번 각서를 후작 앞에서 암기해 보였었다. 후작은 쥘리앵의 암기력에 대해서는 조금도 걱정하지 않다. 다만 쥘리앵이 도중에 훼방꾼을 만날 것만이 걱정이었다. 쥘리앵이 살롱을 나서는 순간 후작이 다정한 목소리로 말했다.

"겉보기에 무슨 임무를 맡은 것 같은 긴장된 모습을 보이면 안 된다네. 소일 삼아 유랑 길에 나선 한량처럼 보여야 해. 어젯밤 모임에 배신자가 있었는지도 모르니까 말일세."

마차는 빠르게 달렸다. 아주 쓸쓸한 여행이었다. 여행에 나선 지 얼마 되지 않아 쥘리앵의 머릿속에서 비밀 각서고 사명이고 모두 사라져버렸다. 오로지 마틸드에게 경멸당하는 자신의 처지만 머릿속에 떠오를 뿐이었다.

목적지까지 가는 동안 후작의 예상대로 방해꾼이 있었다. 특히 수도원 경찰 조직의 감시가 심했다. 그가 여관에서 잠든 사이 수상한 자들이 짐을 뒤지는 것을 쥘리앵은 눈 감은 채 가만히 지켜보게 된 일도 있었다. 하지만 놈들은 비밀문서가 쥘리앵의 머릿속에 들어 있으리라고는 생각하지 못하고 쥘리앵이 밀사가 아닐 거라는 말과 함께 방을 나갔다.

결국 쥘리앵은 목적지에 도착해서 산책을 하던 문제의 공작을 만났다. 쥘리앵은 공작에게 라 몰 후작이 건네준 회중시계를 슬쩍 보여주었다. 공작은 앞장서서 1킬로미터쯤 가더니 별안간 걸음을 빨리해 근처에 있는 어느 주막 겸 여인숙으로 들어갔다.

그 싸구려 여인숙 구석방에서 쥘리앵은 천천히 암기한 것을 들려주었고 공작은 받아 적었다. 암기 내용을 다 받아 적은 공작이 쥘리앵에게 지시했다.

"다음 역까지 걸어서 가도록 하게. 짐과 마차는 여기 놓아 두고. 한 열흘간 스트라스부르에 가 서 지내도록. 오늘이 10일 이니까, 22일 12시 30분에 이 주막으로 와서 나를 기다리게. 무엇보다 입조심해야 하네."

쥘리앵은 시키는 대로 했다. 그는 이틀 후 스트라스부르에 도착했다. 그는 영락없이 유랑 길에 나선 한가한 군인 행색이 었다.

느닷없이 주어진 스트라스부르에서의 여드레 휴가였다. 그는 라 몰 양과 상관없는 쪽으로 생각을 몰고 가려고 애썼다. 하지만 소용없었다. 예전에 레날 부인과 사랑에 빠졌을 때는 미래의 야심을 생각하며 그 열정에서 벗어날 수 있었다. 이런 정도 사랑 따위에 주저앉을 자신이 아니라며 자존심을 세우 는 것만으로도 갈등에서 벗어날 수 있었다. 하지만 지금은 달 랐다. 미래 생각만 해도 모든 것이 마틸드와 연관되었다.

그의 미래는 아무리 해도 암담하기만 했다. 베리에르에 있을 때는 그토록 자신만만하고 자부심이 강하던 그가 이제는 자기 비하와 비관에 빠져 있었다. 여행의 외로움은 그의 우울한 상상력을 더 부채질했다. 아, 친구가 한 명이라도 있었으면! 하지만 그렇더라도 과연 누가 나와 깊이 공감해줄 수 있을 것인가? 설사 그런 친구가 있다한들 어떻게 이 일을 털어놓을 수 있단 말인가? 한 여인의 명예를 위해 영원히 비밀로 간직할 수밖에 없는 일인데.

그러던 어느 날이었다. 그는 우울한 심정으로 말을 타고 라인 강 연안의 켈 마을을 돌아다니고 있었다. 그가 왼손으로 말고삐를 잡고 지도를 펼치고 들여다보는 순간 누군가가 반가운 환호성을 내질렀다. 쥘리앵은 고개를 들었다.

러시아인인 코라소프 공작이었다. 독자에게도 그 이름이 낯설지 않을 것이다. 몇 달 전 런던에 머물 때 알게 된 사람이었다. 그는 쥘리앵에게 고상하고 거만하게 보이는 방법을 가르쳐준 사람이기도 했다.

여기서 그를 보니 반가웠다. 더욱이 쥘리앵이 지금 처해 있는 상황에서 그를 다시 보니 감탄사가 나왔다. 쥘리앵이 이렇게 생각할 정도였다.

'성격이 어떻게 저렇게 여유로울까. 머리도 정말 우아하게 다듬었네. 아. 내가 저 사람 같았으면 마틸드가 그렇게 쉽게 마음이 변하지는 않을 텐데.'

쥘리앵의 모습을 본 그가 말했다.

"아니, 왜 그렇게 수도사 같은 얼굴을 하고 있는 거요? 되도록 심각한 표정을 하라고 런던에서 충고했더니 너무 지나치게 그 충고를 따랐군요. 그렇게 슬픈 표정을 드러내는 건 옳지 않아요. 권태롭게 보여야 해요. 슬픈 얼굴을 하고 있으면 뭔가 실패했다고 광고하고 다니는 꼴입니다. 자기가 하찮은 존재라는 걸 시인하는 거예요. 따분하다는 표정을 지으면 남들이 자기를 즐겁게 해주려고 했지만 별 소용없다는 뜻이 됩니다."

공작은 말을 마치고는 말을 달리기 시작했다. 쥘리앵은 열심히 그 뒤를 쫓아갔다. 속으로는 감탄을 하고 있었다. 그는 공작이 던지는 조롱의 말에 기분이 상할 수도 있었다. 하지만 그 말에 동조하며 자신을 경멸했다. 그리고 그 조롱에 대해 감탄하려 했다. 그런 조롱을 퍼부을 줄 모르는 자신이 바보 같았다. 쥘리앵으로서는 정말 갈 데까지 간 셈이었다.

스트라스부르로 돌아가는 길에 공작이 물었다.

"이봐요. 당신 아무래도 무슨 문제가 있는 것 같아요. 돈을 몽땅 잃기라고 했나요? 아니면 실연이라도 당한 건가요?"

쥘리앵은 농담 중에 튀어나온 '실연'이라는 단어에 눈물이 핑 돌았다. 그리고 이런 생각이 번개처럼 스쳐갔다. 그래, 이렇게 친절한 사람에게 조언을 구하지 못할 이유가 어디 있어?

쥘리앵이 말했다.

"맞아요. 제가 사랑에 빠졌어요. 그런데 버림을 받았어요. 나를 사흘 동안 열렬히 사랑해주더니 그만 차버리더군요. 그 변심에 저는 괴로워 죽을 지경이랍니다."

쥘리앵은 마틸드의 신분은 밝히지 않고 그녀가 보여준 태도, 그녀의 성격 등에 대해 공작에게 설명했다. 그러자 공작이 즉각 응답했다.

"알만 하군요. 내가 당신을 위해 세 가지 쓴 약을 줄 테니까 지체 없이 복용하도록 해요. 첫째 그 여자를 매일 찾아갈 것……. 그런데 그 여자 이름이 뭐지요?"

쥘리앵은 되는대로 아무 이름이나 말했다.

"뒤부아 부인입니다."

"이름도 참!"

공작은 웃음을 터뜨렸다. 그리고 말을 이었다.

"좋습니다. 뒤부아 부인을 매일 찾아가도록 해요. 뭣보다 조심할 건, 그녀 앞에서 차가운 표정을 짓거나 화난 모습을 보여선 안 된다는 겁니다. '상대방이 기대하는 것과는 반대로 행동하라'는 대원칙을 잊지 않는 겁니다. 부인의 사랑을 받기 전과 똑같이 행동하라는 겁니다."

"아, 그때는 나도 참 침착했는데……."

"그래요, 그 태도를 되찾는 겁니다. 자, 두 번째 약을 처방해 주지요. 그 여자 말고 다른 여자에게 마음을 두고 있는 것처럼 행동하는 겁니다. 물론 뒤부아 부인이 아는 여자라야 합니다."

"그 여자는 보통 똑똑한 여자가 아니랍니다. 내가 무슨 짓을 하건 나는 멍청이로 보일 겁니다."

"아뇨, 진실은 딱 하나예요. 당신이 내 짐작보다 훨씬 깊이 사랑에 빠져 있다는 것. 그런 여자일수록 자기 자신에 몰두해 있어요. 그런 사람은 상대방을 바라보는 대신 자신을 바라보지요. 내가 분명히 말하지만 그녀는 당신의 실체에 대해서는 아무것도 몰라요. 단지 자신이 꿈꾸어 오던 영웅의 모습으로 당신을 바꾸어놓았을 뿐이지요. 이게 바로 문제의 핵심입니다. 그런데 소렐 씨, 문제를 해결할 생각은 않고 그저 철부지 소년처럼 감상에만 젖어 있을 건가요? 그건 그렇고 당신이 마음 있는 척 접근할 여자는 혹시 누구 있나요? 우선 그런 여자를 만들어야 일이 성공할 수 있어요."

쥘리앵은 얼른 페르바크 원수 부인을 머리에 떠올렸다. 아름다운 외국 여자였는데 결혼한 지 1년 만에 원수가 세상을 떠나고 말았다. 그녀는 장사꾼의 딸이었다. 남편이 죽은 후 그녀의 온 관심은 자기가 장사꾼의 딸이라는 사실을 세상 사람들이 잇어버리도록 하는 데 쏠려 있는 것 같았다.

쥘리앵이 그녀를 염두에 두고 말했다.

"아주 정숙한 여자입니다. 대단히 부유한 양말 장사의 딸이지요. 나는 그녀의 눈이 좋아요. 신분이 가장 높은 여자이지만 잔뜩 위엄을 부리다가도 누군가 장사 이야기만 하면 얼굴을 붉히며 당황하지요."

두 친구는 끊임없이 이야기를 나누었다. 쥘리앵은 진심으로 공작에게 감탄했다. 무슨 수를 써서라도 그의 연애 기술을 익히고 싶었다. 코라소프 공작도 즐거웠다. 프랑스 인이 자기에게 이렇게 열심히 귀를 기울인다는 게 그로서는 첫 경험이었기 때문이었다.

공작이 다시 말했다.

"뒤부아 부인이 보는 앞에서 그 장사꾼의 딸에게 말을 걸때는 아주 덤덤해야 해요. 대신 그 귀부인에게 하루 두 통씩 열렬한 사랑의 말이 담긴 편지를 보내세요. 정숙한 척하며 사는 여자에게 잘 쓴 연애편지를 읽는 순간만큼 즐거울 때는 없어요."

그러자 쥘리앵이 풀이 죽어서 대답했다.

"못합니다. 죽어도 못해요. 문장을 끙끙대면서 꾸며대라고요? 어휴, 차라리 회반죽이나 찧고 있지요."

"누가 당신한테 문장을 지으라고 했나요? 내 가방 속에 연애편지 모음집이 여섯 권 있어요. 온갖 성격의 여자들에게 먹힐 내용들이 유형별로 있어요. 가장 정숙한 여자에게 보내기 딱 알맞은 편지들도 있으니 아무 걱정 말아요."

다음 날 공작은 필경사를 불렀다. 이틀 후 쥘리앵은 차례대로 번호를 매긴 쉰세 통의 연애편지를 그에게서 전해 받았다.

며칠 후 쥘리앵은 임무를 완수하고 파리로 돌아왔다. 공작

과 이전의 여인숙에서 만나 자신이 암송으로 전달한 비밀 각
서에 대한 답변을 받아들고 파리로 돌아온 것이다. 돌아오면
서 그는 생각했다.

　'나는 익사하기 직전이야. 나 자신을 믿어서는 안 돼. 그냥
그 친구의 충고대로 해야 해.'

제6장 그녀의 사랑을 얻는 법

마치 캄캄한 하늘이
세찬 폭풍우를 예고하듯이
_바이런, 「돈 후안」 제1편 75절

 파리에 돌아온 쥘리앵은 라 몰 후작에게 답신을 내밀었다. 후작은 답신을 펼쳐보고 꽤나 당황한 표정을 지었다. 쥘리앵은 후작에게 인사하고 밖으로 나왔다. 그러고는 곧장 알타미라 백작에게 달려갔다. 페르바크 부인에 대한 정보를 줄 수 있는 인물이었기 때문이었다. 쥘리앵은 백작에게 자신이 페르바크 부인을 무척 사모하고 있다고 심각하게 털어놓았다.

"그 부인은 순결함과 고고함 그 자체이지요."

알타미라 백작이 대답했다.

"다만 조금 위선적이고 과시적인 면이 있긴 하지만 말입니다.”

알타미라 백작은 쥘리앵에게 돈 디에고 부스토스라는 스페인 사람을 소개해주었다. 그는 원수 부인을 쫓아다니다가 실패한 남자였다. 쥘리앵은 그의 지루한 연애담과 실패담을 참아내며 들었다. 그의 말을 들으니 원수 부인에게 접근하기가 그다지 어려울 것 같지 않았다. 그는 조금은 가벼운 마음으로 집으로 돌아왔다.

저녁 식사 시간이 가까워 왔다. 이제 마틸드를 다시 보게 될 참이었다. 그는 공들여 옷을 차려 입었다. 계단을 내려가다가 그는 퍼뜩 정신이 들었다.

‘벌써부터 실수를 저지르는군. 코라소프 공작의 처방을 벌써 잊다니. 그의 처방을 글자 그대로 따라야 해.’

그는 다시 자신의 방으로 올라가 간소한 여행 복장으로 갈아입었다. 이제 자신의 눈빛을 감추는 게 문제일 뿐이라고 그는 생각했다.

아직 5시 반밖에 되지 않았다. 저녁 식사는 6시였다. 그는 우선 살롱으로 들어가 보기로 했다. 아무도 없었다. 늘 마틸드가 앉았던 푸른색 소파가 눈에 들어왔다. 그는 소파 앞으로 달려들어 털썩 무릎을 꿇더니 마틸드가 팔을 걸치던 곳에 입을 맞추었다. 두 뺨이 빨갛게 달아올랐고 눈물이 쏟아졌다. 열병은 열병이었다. 그는 자신에게 화가 났다.

'툭하면 감동에 빠지는 이놈의 감수성. 무엇보다 이걸 억눌러야 해. 이러다가 속을 들키고 말겠어.'

그는 태연해 보이려고 신문을 집어 들고 천천히 살롱과 정원을 오갔다. 조금 피곤해졌다. 그는 생각했다.

'그래, 피곤으로 눈이 묵직해져 감정이 드러나지 않을 거야!'

시간이 흐르자 살롱에 차츰 차츰 사람들이 모여들었다. 문이 열릴 때마다 쥘리앵의 심장이 덜컹 내려앉는 것 같았다.

늘 그렇듯이 라 몰 양은 뒤늦게 나타났다. 쥘리앵을 보자 그녀의 얼굴이 붉어졌다. 그녀는 그가 돌아온 것을 모르고 있었던 것이다. 쥘리앵은 코라소프 공작의 조언대로 시선을 그녀의 손 쪽으로 두었다. 그녀의 두 손이 가늘게 떨리고 있었다. 그걸 보자 쥘리앵의 마음이 흔들렸다. 하지만 겉보기에 쥘리앵은 긴 여행으로 피곤한 사람으로만 보였다.

라 몰 후작이 그를 칭찬했다. 하지만 그의 귀에는 그 칭찬이 들어오지 않았다. 그는 다짐하고 또 다짐했다.

'라 몰 양을 자주 바라보아서도 안 되지만 일부러 눈을 피해서도 안 돼. 이런 불행한 일이 생기기 전과 똑같은 모습으로 보여야 해. 침착해야 해.'

8시경에 페르바크 원수 부인의 방문을 알리는 소리가 살롱에 울렸다. 쥘리앵은 조용히 살롱을 빠져나갔다가 곧 다시 나타났다. 이번에는 아주 공들여 차려입은 모습이었다. 라 몰 부인은 쥘리앵이 원수 부인에게 예의를 갖춘 게 고마웠다. 쥘리앵은 원수 부인의 옆에 가서 자리를 잡았다. 그는 마틸드에게 자신의 눈빛을 들키지 않으려고 조금 몸을 틀어 앉았다. 쥘리앵은 유혹의 법칙에 따라 원수 부인에게 찬사를 퍼부어댔다. 그가 늘어놓은 구절들은 코라소프 공작이 그에게 선물해준 쉰세 통의 편지 중 첫 번째 편지를 그대로 외워서 읊은 것이었다.

원수 부인이 오페라에 가겠다며 일어섰다. 쥘리앵도 오페라 극장으로 달려갔다. 쥘리앵은 페르바크 부인의 칸막이 좌석 바로 곁에 앉았다. 그리고 끊임없이 부인에게 시선을 보냈다. 지루한 작전이었지만 효과가 있었다. 작전 수행 동안 신기하게도 라 몰 양에 대한 생각이 달아나 버린 것이다.

마틸드는 쥘리앵이 떠나 있는 동안 거의 그를 잊고 지냈었다. 며칠을 안 보니 그도 그냥 평범한 사람 같았다. 그녀는 정숙이니 명예니 하는 흔해빠진 미덕으로 돌아갈 생각을 하고 있었다. 크루아즈누아 후작과 혼사를 허락할 뜻을 언뜻 내비치기도 했다. 후작은 좋아서 어쩔 줄 몰라했다. 하지만 그렇게 좋아할 일도 아니었다. 그것은 일종의 체념이었을 뿐이었다.

마틸드 양은 정말 변덕이 심했다. 쥘리앵을 보자마자 생각이 완전히 바뀐 것이다. 그녀는 생각했다.

'그래, 사실은 저 사람이 내 남편이잖아. 정조 관념을 생각하더라도 내가 결혼할 상대는 바로 저 사람이잖아.'

사실상 그녀의 변덕은 감정의 변덕이 아니었다. 생각의 변덕이었다. 어찌 보면 진정한 사랑에서는 감정은 그다지 변덕을 부리지 않는다.

마틸드는 쥘리앵이 자신의 치맛자락을 부여잡고 매달릴 것이라고 예상하고 있었다.

'저녁 식사를 하고 나면 몇 마디 말을 걸어오겠지.'

그녀는 그에 대한 답도 이미 준비하고 있었다. 그런데 쥘리앵은 살롱에 있는 동안 자기 쪽으로는 눈길조차 주지 않았다.

'괴로워서 그러겠지. 그래, 내가 먼저 정원에 가서 기다리자. 왜 저러는지 물어봐야지.'

그녀는 혼자 정원으로 나갔다. 그런데도 쥘리앵은 나타나지 않았다. 그녀는 살롱 유리문 근처를 오락가락 서성거렸다. 쥘리앵이 페르바크 부인에게 뭔가 열을 내서 이야기하는 모습이 눈에 들어왔다. 쥘리앵은 라인 강 변 언덕에 자리 잡은 고성들과 풍광에 대해 원수 부인에게 설명을 하고 있는 참이었다.

그런 날들이 며칠 흘러갔다. 페르바크 부인은 코르동 블뢰 훈장 선정 문제를 두고 라 몰 후작과 의기투합해서 이야기를 나눌 것이 있었다. 그녀는 거의 매일 라 몰 저택에 나타났다. 그동안 쥘리앵이 보여준 행동은 코라소프 백작의 칭찬을 들을 만한 것이었다. 그는 코라소프 백작이 처방해준 행동 지침을 따르는 꼭두각시였다. 그는 매일 페르바크 부인 안락의자 옆에 붙어 앉아 있었다. 예전의 자기 모습으로 돌아가기는커녕 그를 돋보이게 만드는 온갖 자질들 중에서 오로지 끈기만이 힘을 발휘하고 있었다. 그가 어느 정도 끈기를 발휘하고 있었냐 하면, 마틸드의 사랑을 얻기 위해 이런 식으로 5~6년 정도는 정성을 기울일 각오를 하고 있을 정도였다.

마틸드는 쥘리앵이 줄기차게 자신을 피하는 것을 알고 놀랐다. 어느 날 그녀는 뜨개질감을 챙겨들고 원수 부인의 안락의자 옆 작은 탁자에 와서 앉았다. 그녀의 눈을 가까운 곳에서 마주하자 쥘리앵은 겁이 더럭 났다. 하지만 다행스럽게도 습관적으로 빠져 있던 무기력과 무감각에서 벗어날 수 있었다. 그의 말솜씨가 이전과 달리 아주 유창해졌다.

그는 겉으로는 원수 부인을 향해 말을 하고 있었지만 그 목적은 마틸드의 마음을 움직이는 것이었다. 그의 목소리에 갑자기 활기가 넘쳤다. 원수 부인은 놀랐다. 여태 쥘리앵의 이야기를 매일 듣고 있었지만 이런 재능이 있는 줄은 미처 몰랐던 것이다.

어언 일주일이 흐른 셈이었다. 쥘리앵은 코라소프 공작의 지시대로 페르바크 부인에게 편지를 썼다. 공작이 준 편지 모음집 중 두 번째 편지를 그대로 베낀 것이었다. 얼마나 지루한 작업이었는지 편지를 베껴 쓰다가 그냥 잠이 들어버릴 정도였다. 새벽에 잠이 깬 그는 나머지를 마저 베껴 썼다. 그리고 코라소프 백작의 처방대로, 직접 페르바크 부인 저택으로 가서 편지를 전했다. 문지기에게 풋내기처럼 머뭇거리는 태도를 보여주었고 아주 슬픈 표정을 지었다.

그날 저녁, 페르바크 부인은 다시 라 몰 저택에 나타났다. 그녀는 쥘리앵이 아침에 전해준 그 철학적이고 신비스러운 글을 아예 받은 적이 없는 것처럼 시치미를 떼고 쥘리앵을 대했다.

이날도 쥘리앵은 말을 청산유수처럼 쏟아냈다. 페르바크 부인의 마음이 조금 움직였다. 라 몰 저택을 떠나면서 그녀는 생각했다.

'라 몰 부인의 말이 맞아. 서 신부는 뛰어난 데가 있어. 처음 며칠은 수줍어서 그랬나 봐. 사실 여기 모인 사람들은 좀 경박한 데가 있어. 그런데 저 젊은이는 남다른 데가 있어. 글솜씨도 뛰어나던걸. 조금 걱정이 되기는 해. 자기 앞길을 밝혀줄 충고를 해달라고 썼는데, 그 밑에 무슨 감정이나 깔려있는 건 아닌지. 그렇지만 잠시 잘못 생각하다가도 깨닫는 사람도 많잖아. 저 사람 편지 문체는 정말 훌륭해. 내가 보아온 젊은 사람들 문체하고는 달라. 감동적이고 무척 진지한데다 신념까지 갖추고 있으니.'

쥘리앵은 두 번째 편지를 썼다. 강제 노동이 따로 없었다. 의미도 생각하지 않고 그냥 한 줄 한 줄 옮겨 적기만 하는 편지가 따분하지 않을 리 없었다. 쥘리앵은 그 짓을 보름이나 더 되풀이했다. 재미없는 글을 베껴 쓰다가 잠자리에 들고, 다음 날에는 우수에 젖은 얼굴로 찾아가서 그 글을 전하고, 돌아와 후작의 비서 업무를 보고, 페르바크 부인이 라 몰 저택에 오지 않는 날은 오페라로 부인을 찾아가고, 이런 일들의 연속이었다. 페르바크 부인이 오는 날이 그래도 나은 날이었다. 원수 부인의 모자 챙 아래로 마틸드의 눈을 훔쳐볼 수 있었으니까. 그런 날에는 그의 이야기에 짙은 호소력이 담겨 있었다.

'언제까지 이 짓을 해야 하나, 이러다 원수 부인의 책상 서랍이 온통 내가 베껴 보낸 편지들로 가득 차겠군.'

쥘리앵이 이런 생각을 하고 있을 때 마침내 결실이 맺어졌다. 열다섯 번째 편지를 보낸 다음 날 아침이었다. 쥘리앵은 편지 한 통을 받았다. 편지에 페르바크 부인의 문장이 찍혀 있었다. 그는 부리나케 봉인을 뜯고 편지를 읽어보았다. 저녁 식사 초대장이었다. 저녁이 되자 쥘리앵은 부인의 저택으로 갔다.

원수 부인의 살롱은 더없이 화려했다. 하지만 만찬도 그저 그런 정도였고 대화는 견딜 수 없이 지루했다. 무슨 특별한 마음가짐을 가질 것도 없었다. 쥘리앵은 그 만찬에서 비밀 각서 작성에 참여한 인물을 셋이나 알아보았다. 그중에는 성직 임면권을 한 손에 틀어쥐고 있는 주교도 있었다. 원수 부인의 숙부였다. 사회적 신분으로 본다면 쥘리앵은 어마어마하게 성공한 셈이었다고도 볼 수 있다.

쥘리앵의 일상이 온통 페르바크 원수 부인과의 일로 채워지는 동안 라 몰 양은 그를 생각하지 않으려고 무진 애를 써야만 했다. 그녀는 마음속으로 격렬한 전투를 치르고 있었다. 그를 경멸하려고 애쓰다가도 그의 말소리가 들리면 온 신경이 그리로 쏠렸다. 그 소리를 들으면서 그녀는 쥘리앵이 천연스럽게 말을 꾸며대고 있다는 것을 알고 놀랐다. 한마디 한마디가 다 억지로 지어내는 거짓말이었다.

'저렇게 속을 감추고 말을 지어낼 줄 알다니!'

그녀는 그가 그런 마키아벨리 식 권모술수를 부리는 모습에 감탄했다.

'정말 수가 깊은 사람이야! 재주가 무딘 사기꾼들하고는 전혀 다르잖아. 그런 자들은 언제나 똑같은 말들만 늘어놓지. 그런데 저 사람은 매일 다른 말로 자기를 꾸며대잖아. 대단해!'

그녀가 그런 식으로 감탄을 하고 있었지만 쥘리앵의 하루하루는 끔찍이도 지루했다. 원수 부인의 살롱에 매일 얼굴을 내밀었지만 마음에도 없는 의무를 수행한다는 것에 불과했다. 또한 본 모습과 다른 역을 연기하다보니 마음속의 활력도 잃고 말았다. 그래도 절망의 나락으로 떨어지지 않은 것은 순전이 굳센 성격과 사고력 덕분이었다.

그는 매일 점심과 저녁 시간에 마틸드와 마주쳐야 했다. 게다가 라 몰 후작이 불러주는 편지들을 받아 적으면서 얼마 안 있어 마틸드와 크루아즈누아의 결혼 발표가 있으리라는 것도 알게 되었다. 그 예의 바르고 점잖은 청년은 이제 하루에 두 번씩 라 몰 후작의 저택에 드나들고 있었다. 라 몰 양이 크루아즈누아에게 다정한 기색이라도 보인 날이면 쥘리앵은 방으로 올라와 자신의 피스톨을 어루만지듯 바라보았다.

그러나 그는 곧 마음을 다잡았다.

'좋아, 결말이야 어찌 되었건 이 러시아식 작전을 그대로 밀고 가 보는 거야. 어쨌든 쉰세 통을 다 베껴 써보는 거야. 이

힘든 연극을 다 보이고 나면 마틸드는 어떤 반응을 보일까? 아, 제발 화해할 수만 있다면! 하지만 그다음엔? 또다시 나를 쌀쌀맞게 대하겠지. 내가 할 수 있는 건 아무것도 없어. 빌어먹을! 나는 왜 이렇게 보잘것없는 인간으로 태어난 거지? 우아하게 행동할 줄도 모르잖아! 도대체 나는 왜 요 모양 요 꼴인 거지?'

그사이 원수 부인의 마음이 조금씩 쥘리앵에게 기울었다. 하지만 그녀는 쥘리앵이 아예 성직자였으면 좋겠다고 생각했다. 친한 성직자로 가까이 지내고 싶은 게 그녀의 마음이었다. 그녀는 쥘리앵을 통해 권태로운 삶에서 벗어날 수 있었다. 저녁에 쥘리앵과 한 시간만 함께 지내고 나면 그 다음 날 하녀들은 여주인에게 야단맞을 걱정을 하지 않아도 되었다.

어느 날 그녀는 쥘리앵에게 두 번째 편지를 썼다. 그러고는 쥘리앵에게 그의 주소가 적힌 봉투들을 갖다달라고 했다. '라몰 후작 댁, 소렐 씨 귀하'라는 주소를 직접 자기 손으로 쓰려다 보니 뭔가 자신이 천해지는 것 같아서였다

'어쨌든 그 신부는 천한 신분 출신이잖아.'

쥘리앵은 분부대로 그녀에게 봉투들을 대령했다. 그러자 다음 날 세 번째 편지가 왔다. 쥘리앵은 깨알 같은 글씨로 네 쪽이나 되는 그 편지를 앞부분 대여섯 줄과 마지막 두세 줄만 읽었다.

점차 부인은 매일 습관적으로 편지를 쓰기 시작했다. 쥘리앵은 그녀의 편지를 뜯지도 않고 서랍 속에 처박아 두었다. 그리고 여전히 러시아인의 편지를 충실히 베껴 보냈다.

그러던 어느 날 아침이었다. 마틸드가 문지기와 마주쳤다. 문지기는 원수 부인의 편지를 서재에 있는 쥘리앵에게 가져가는 길이었다. 마틸드가 흘낏 본 편지에는 쥘리앵 필적의 주소가 적혀 있었다. 문지기가 서재에서 나오자마자 마틸드는 서재로 들어갔다. 편지는 책상 위에 아직 손대지 않은 채 놓여 있었다.

"도저히 참을 수 없어!"

마틸드는 편지를 움켜쥐며 소리쳤다.

"어떻게 나를 까맣게 잊을 수 있는 거야. 내가 당신 아내인데 어떻게 그럴 수 있느냔 말이야."

말을 쏟아놓은 다음 그녀는 자신이 어처구니없는 행동을

했다는 걸 깨닫고 스스로 놀라버리고 말았다. 숨이 막히는 것 같았다. 그녀는 눈물을 펑펑 쏟았다.

쥘리앵은 너무 놀랍고 당황했다. 자기 눈앞의 이 순간이 얼마나 멋지고 행복한 순간인지조차 깨닫지 못했다. 그는 마틸드를 부축해서 의자에 앉혔다. 그녀는 그의 가슴에 거의 몸을 묻다시피 했다.

쥘리앵은 기쁨에 몸을 떨었다. 하지만 곧 코라소프의 처방이 떠올랐다. 그는 마음을 가다듬었다.

'여기서 한마디만 실수했다가는 모든 게 물거품이 되고 마는 거야.'

그의 팔에 힘이 들어가 뻣뻣해졌다. 자연스럽게 행동해선 안 된다고 끊임없이 자신을 경계했기 때문이었다. 모든 행동은 전략대로라야 했다.

'이 보드랍고 매혹적인 몸을 껴안으면 안 돼. 그랬다가는 또다시 버림받을 거야. 정말이지, 이 여자 성격을 어떻게 당해낼 수 있을까!'

쥘리앵의 흔들림 없는 태도에 라 몰 양의 자존심은 더 망가졌다. 쓰라린 마음에 도저히 냉정함을 되찾을 수 없었다. 쥘리앵의 얼굴을 쳐다볼 수도 없었다. 그의 얼굴에서 경멸의 표정을 읽게 될까 봐 두려웠기 때문이었다.

그녀는 쥘리앵을 외면한 채 서재의 소파에 꼼짝도 하지 않고 앉아 있었다. 자존심과 사랑 사이에서 고통스럽게 찢기고 있었다. 인간의 영혼이 빚어내는 가장 심한 고통이었다. 그녀는 자존심이 상할 대로 상해 속으로 중얼거렸다.

'아, 조금 전 나는 얼마나 혐오스러운 행동을 했던 것인가! 세상에, 이렇게 비참할 수가! 이렇게 부끄러운 말을 쏟아놓고서는 거절을 당할 일만 남아 있다니! 게다가 누구에게 이런 꼴을 당하고 있는 거야! 바로 내 아버지 하인한테!'

"도저히 참을 수 없어!"

그녀는 갑자기 소리를 버럭 지르면서 자리에서 벌떡 일어났다. 그러고는 쥘리앵의 책상 서랍을 홱 열어젖혔다. 잠시 후 그녀는 그 자리에 얼어붙은 듯 꼼짝도 할 수 없었다. 서랍 속에 봉투도 뜯지 않은 편지들이 열 통쯤 쌓여 있었던 것이다. 조금 전 문지기가 가져온 것과 같은 모양의 편지들이었다. 봉투의 주소는 모두 쥘리앵이 쓴 것이었다.

"그렇다면, 그렇다면 당신은 아예 그녀를 무시하고 있었던 거야!"

그녀는 정신이 나간 듯 소리쳤다.

"당신처럼 하찮은 사람이 감히 페르바크 원수 부인을 무시하다니!"

그녀는 쥘리앵의 무릎 아래 몸을 던지면서 소리쳤다.

"아! 나를 용서해줘. 나를 경멸해도 좋아. 하지만 나를 사랑해줘. 당신 사랑 없이는 더 이상 살아갈 수 없어."

그 말과 함께 그녀는 거의 정신을 잃었다. 쥘리앵은 속으로 중얼거렸다.

'그래, 이 오만한 여자가 드디어 내 앞에 무릎을 꿇은 거야.'

제7장 쥘리앵, 기병대 중위가 되다

당신네 문명이 이룩한 멋진 기적이란 바로 이것이다!
당신들은 사랑을 한갓 일상사로 만들어버렸다.
_바르나브

쥘리앵은 행복하다기보다는 놀라웠다. 그 러시아인의 전략은 정말 효과적이었다.

'말을 아끼고 행동을 절제할 것.'

여기에 모든 비결이 들어 있었다.

쥘리앵은 마틸드가 그렇게 무너지는 것을 보고도 그 지침을 계속 유지했다. 정신을 차린 마틸드는 쥘리앵에게 페르바크 부인과 어디까지 갔는지 물었다. 쥘리앵은 침묵만 지켰다. 모든 걸 다 팽개치고 그냥 그녀를 품에 안고 싶어도 참았다. 그런 행복에 몸을 맡기는 순간 마틸드의 눈에 다시 떠오르게 될 경멸의 표정이 두려웠다. 그는 속으로 부르짖고 있었다.

'아, 코라소프, 당신이 이 자리에 있었다면! 난 정말 어떻게 해야 할지 모르겠어!'

그는 마틸드에게 잡힌 손을 빼냈다. 그러고는 정중하게 예의를 차리며 물러앉았다. 정말로 엄청난 용기를 낸 것이다. 그는 긴 의자 위에 흩어진 페르바크 부인의 편지들을 주섬주섬 주워 모았다. 그런 다음 아주 정중하게 그녀에게 말했다. 그 상황에서는 더 이상 잔인할 수 없는 말이었다.

"라 몰 양, 제게 깊이 생각해볼 시간을 주실 수 있겠지요?"

그 말을 하자마자 그는 재빨리 그 자리를 떠났다. 떠나면서 속으로 생각했다.

'도대체 뭘 생각한단 말인가! 이렇게 숨 막히게 그녀를 사랑하는데! 그녀도 나를 저렇게 간절히 원하는데! 아, 매정한 전략 같으니!'

밤이 되자 그는 오페라 극장에 갈 수밖에 없었다. 페르바크 부인이 그를 초대한 것이다. 그는 부인의 칸막이 좌석에 앉아 있었다. 부인의 칸막이 좌석에는 부인들이 여럿 자리 잡고 있어서 그는 문 옆자리로 밀려났다. 다행히 부인들의 모자가 그의 얼굴을 가려주었다. 안 그랬다면 그는 웃음거리가 되었을 것이다. 오페라에서 절망의 노래가 울려 퍼지자 쥘리앵의 눈에서 걷잡을 수 없이 눈물이 쏟아졌던 것이다.

그 순간 그는 깜짝 놀랐다. 라 몰 부인과 라 몰 양이 저 앞 줄에 보인 것이다. 마틸드의 눈도 눈물에 젖어 있었다. 그날은 라 몰 부인이 오페라에 오는 날이 아니었다. 그런데 마틸드가 어머니를 졸라 기어이 오페라에 온 것이었다. 그녀는 쥘리앵이 그날 저녁에도 원수 부인과 함께 지내는지 못내 궁금했던 것이다.

그날 쥘리앵은 라 몰 부인의 마차를 타고 함께 집으로 돌아왔다. 마틸드 양이 그러자고 어머니께 고집을 부린 것이다. 마차 안에서 마틸드는 어머니 몰래 쥘리앵의 손을 잡았다. 그러고는 조용히 눈물을 흘렸다. 쥘리앵은 놀라운 억제력으로 자신을 다잡았다. 사실상 그는 너무나 행복했다. 그는 거의 하루 종일 그녀가 다시 마음을 바꾸고 본래의 오만한 표정으로 돌아가면 어쩌지 하며 안절부절못했던 것이다. 그런데 그녀가 이렇게 자기 손을 잡고 눈물을 흘리다니! 하지만 마음의 동요를 꼭꼭 감추어야만 했다.

쥘리앵은 방으로 돌아오자 코라소프 공작이 건네준 연애편지들에 입을 맞추었다.

'오, 멋진 사람! 이게 모두 당신 덕입니다.'

하지만 쥘리앵은 여전히 확신할 수 없었다. 그녀가 자신에게서 마음을 언제 돌리고 다시 차가운 여자로 돌변하면 어쩌나 하는 두려움이 완전히 사라지지 않았다. 그는 다짐하고 또 다짐했다.

'그래, 그 두려움을 그녀에게 되돌려주어야 해. 그녀가 그런 두려움을 갖게 해야 해. 내가 떠나면 어쩌나 하는 두려움에 떨게 해야 해. 그래서 그녀를 굴복시켜야 해.'

사실상 쥘리앵의 그 다짐은 필요 없는 것이었다. 그가 자신의 사랑을 숨김없이 드러내고 그녀를 따뜻이 안아주는 것만으로도 충분할 정도로 그녀는 이미 그의 것이었다.

그러나 쥘리앵은 자신의 최후의 전술을 그대로 사용했다.

"자기, 내가 자기에게 못되게 굴었어, 자기가 화내는 것도 당연해."

마틸드가 이렇게 말했을 때도 쥘리앵은 속마음을 감춘 채 아무 말도 없이 있었다. 그녀가 자신의 명예고 뭐고 다 버리겠다며 함께 런던으로 도망가자고 말했을 때도 그는 차갑게 대답했을 뿐이었다.

"그렇다고 당신이 날 사랑한다는 걸 어떻게 보증할 수 있지?"

그가 자신도 모르게 그녀를 품에 안았다가도 이렇게 생각하며 곧 팔을 풀었다.

'내가 이 여자를 얼마나 사랑하는지 이 여자에게 들키면 곧바로 이 여자를 잃고 말아.'

때로는 쥘리앵이 자신도 모르게 약한 모습을 드러내는 때도 있었다. 바로 마틸드와 함께 정원, 사다리가 숨겨져 있는 곳을 거닐 때였다.

'아, 그녀가 나를 차갑게 대했을 때 나는 홀로 이곳을 거닐며 얼마나 불행했던가? 그런데 지금은? 아, 그녀가 나를 이렇게 정답게 대하며 내 곁에 있다!'

그는 자신도 모르게 그때 얼마나 절망했었는지 이야기를 꺼냈다. 그러나 그는 곧 정신을 차렸다.

'내가 무슨 말을 하는 거지? 스스로 무덤을 파고 있구나.'

그러고는 좀 전에 한 자신의 말을 부인했다. 그리고 자기에게는 마음에도 없는 말을 꾸며내는 성격적 결함이 있다고 말해버렸다. 쥘리앵의 그런 행동들만이 마틸드의 속을 긁어놓은 것은 아니었다. 쥘리앵은 계속해서 원수 부인에게 편지를 보내고 있었던 것이다.

이제 마틸드는 사랑 때문에 그 어떤 위험이 빚어지더라도 그 모든 위험을 감수할 준비가 다 되어 있었다. 그토록 노심초사하던 쥘리앵이 오히려 신중해졌다. 그녀는 이제 쥘리앵에게 거의 복종하다시피 고분고분했다. 반면에 다른 모든 사람들에게는 더욱더 거만하게 굴었다. 살롱의 신사들 중 누군가가 그녀에게 말을 걸어오기라도 하면 그녀는 당장 쥘리앵에게 몸을 돌려 뭔가 질문을 던지곤 했다. 쥘리앵을 조금이라도 자기 곁에 붙잡아 두려는 구실이었다.

그러던 어느 날이었다. 마틸드는 자신이 임신했음을 알았다. 그녀는 그 돌발 상황에서도 별로 놀라지 않았다. 그녀는 그 사실을 기쁜 마음으로 쥘리앵에게 알렸다.

"이래도 나를 의심할 거야? 더 이상 무슨 보증이 필요해? 나는 영원히 당신의 아내인 거야."

쥘리앵은 놀랄 수밖에 없었다. 그는 그녀에게 매정하게 굴어야 한다는 행동 원칙을 잃어버리고 말았다. 자기 때문에 모든 것을 버리고, 심지어 신세까지 망친 이 가엾은 여자에게 어찌 모질게 대할 수 있단 말인가!

어느 날 마틸드가 쥘리앵에게 말했다.

"아버지에게 편지로 모든 걸 알려드리겠어. 아버지는 나를 친구처럼 대해주는 분이야. 당신도 그렇고 나도 그렇고 잠시라도 아버지를 속일 수는 없어."

쥘리앵은 기겁했다.

"맙소사! 대체 무슨 짓을 하려는 거야!"

마틸드는 자기가 쥘리앵보다 배포가 크다는 걸 보여줄 수 있어서 기뻤다.

"내 의무를 다하려는 거야."

쥘리앵이 말했다.

"그분은 당장에 나를 쫓아낼걸."

"아버지의 권리니까 당연하지. 아버지 권리는 존중해줘야 해. 그런 다음 당신 팔짱을 끼고 이 집을 보란 듯이 나갈 거야."

쥘리앵은 일주일만 미루자고 말했다. 후작에게 그 사실을 알리면 당장 집에서 쫓겨나게 될 것이니, 마틸드와 함께 있는 시간을 좀 더 갖고 싶어서였다.

'이제 꼼짝없이 마틸드와 헤어지게 될 거야. 자신이 떠나는 걸 보면 마틸드는 얼마나 괴로워할까? 내가 떠난 후에도 과연 그녀가 자기 생각을 해줄까?'

쥘리앵은 자신의 속마음을 마틸드에게 털어놓았다. 마틸드는 자신과 떨어져 지내는 게 괴롭다는 쥘리앵의 말을 듣고 너무 기뻤다. 그로부터 일주일 후, 그녀는 아무 두려움 없이 아버지에게 편지를 전할 수 있었다.

운명의 날, 자정에 귀가한 후작은 편지 한 통이 있는 것을 발견했다. 곁에 아무도 없을 때 개봉해서 읽어달라는 당부가 겉봉에 적혀 있었다. 여덟 장이나 되는 아주 긴 편지였다. 마틸드는 후작이 충동적이라는 것을 잘 알고 있었기에 일부러 길게 끌었다.

마틸드는 그 편지에 이렇게 썼다.

우선 자기에게 남편이 생겼다며 쥘리앵 소렐의 이름을 밝혔다. 그리고 자기가 먼저 그 사람을 유혹했다, 아버지가 그렇게 훌륭한 사람을 이 집에 들여놓으신 게 잘못이라고 썼다. 그리고 쥘리앵은 아버지와 자신을 진정으로 존중했음을 강조했다.

그런 후 그녀는 자신의 생각을 뚜렷하게 밝혔다. 자신은 이제 돌이킬 수 없는 처지가 되었다, 아버지께서는 그를 쫓아내실 게 분명하다, 그리고 자기도 그를 따라가겠다고 했다. 그 사람이 자기 자식의 아비이기 때문에 그것이 자신의 권리이자 의무라고 썼다.

그녀는 아버지가 매년 6,000프랑씩의 생활비를 대주시면 감사히 받겠다고 썼다. 만일 그렇게 해주시지 않더라도 쥘리앵은 브장송에서 라틴어와 문학 교사로 일을 하며 생활비를 벌 것이며, 그가 언제고 높은 자리에 올라가리라고 확신한다고 썼다.

편지를 읽는 후작의 손이 부들부들 떨렸다.

그 시각 쥘리앵은 정원을 거닐고 있었다. 그는 후작이 자신에게 베풀어준 은혜를 생각하며 과연 후작이 자신에게 어떤 벌을 내릴 것인지 두려움에 떨고 있었다.

그때였다. 후작의 나이 든 시종이 쥘리앵에게 나타나 말했다.

"후작님께서 보자고 하십니다. 지금 당장이오."

시종은 쥘리앵 옆에 따라오면서 낮게 속삭였다.

"몹시 화가 나셨으니 조심하세요."

쥘리앵은 분노에 사로잡혀 펄펄 뛰는 후작 앞에 섰다. 후작은 입에서 나오는 대로 온갖 욕설을 쥘리앵에게 퍼부었다. 이 대귀족의 입에서 그런 욕설이 나온 것은 아마 생전 처음이었을 것이다.

우리의 주인공은 착잡할 수밖에 없었다. 지나친 욕설에 놀랍고 화가 나기도 했지만 그렇다고 후작을 향한 감사의 마음까지 흔들린 것은 아니었다. 어쨌든 무슨 말이건 해야 했다.

"후작님, 저는…… 저는…… 후작님께 감사하고……. 전 정말 열심히 일을……. 하지만 저는 이제 겨우 스물 두 살입니다……. 이 댁에서 저를 이해해준 사람은 후작님과 그 사랑스러운……."

쥘리앵의 입에서 '사랑스러운'이라는 단어가 나오자 후작이 벼락같이 소리쳤다.

"뭐야! 이 천하의 불한당 같은 놈! 사랑스럽다고? 네놈 눈에 그 아이가 사랑스럽게 보였으면 그날로 어디론가 혼자 도망가버렸어야지!"

"실은 그러려고 했습니다. 제가 랑그도크로 가겠다고 말씀드린 것도……."

후작은 또다시 욕설을 퍼부었다. 그러고 나니 마음이 조금 가라앉은 것 같았다. 후작은 중얼거렸다.

"소렐 부인! 뭐야! 내 딸이 소렐 부인이 된다고! 이럴 수가! 공작 부인이 되어야 할 내 딸이!"

그러다가 후작은 다시 길길이 뛰었다. 그러다 드문드문 제정신이 돌아오면 중얼거렸다.

"네놈은 달아났어야 했어. 그래야만 했어……. 그게 네 의무였어……. 너는 인간도 아니야."

쥘리앵은 그 앞에서 입을 뗄 수가 없었다. 그는 책상 앞으로 가서 자신을 용서해달라고, 후작님께는 진정으로 감사드린다고, 삶에 종지부를 찍겠다고 끼적인 후 후작에게 쪽지를 건넸다.

그는 후작에게 쪽지를 건네며 더듬거렸다.

"제 마음입니다. 지금 저를 죽이셔도 좋습니다. 아니면 하인에게 저를 죽이라고 시키십시오. 지금 새벽 1시입니다. 저는 정원을 거닐고 있겠습니다."

"당장 지옥으로나 가버려."

후작은 방을 나서는 쥘리앵의 등 뒤에 대고 소리쳤다.

정원으로 나온 쥘리앵에게 갑자기 마틸드의 뱃속에 들어 있는 자기 아이 생각이 났다.

'그 아이를 어쩌지?'

아이 생각을 하니 그는 갑자기 신중해졌다. 그냥 죽어버리는 게 상책이 아닌 것 같았다. 어찌하면 좋지? 하지만 상의할 사람이 아무도 없었다. 친한 친구 푸케는 너무 멀리 있었다.

'설사 그가 곁에 있다 하더라도 그는 백작의 마음을 이해할 수 없어. 그렇다면 피라르 신부밖에 없어. 이 이야기를 듣는 순간 나를 매질하려 들겠지. 하지만 선생님으로 만나는 게 아니라 고해 신부님으로 만나지 뭐. 고해 방식으로 털어놓지 뭐.'

정원을 꽤 오래 거닐었지만 후작에게서는 아무 기척이 없었다. 그는 방으로 들어가 누웠다. 고해를 앞두면 마음이 편해지는 법이던가, 그는 곧 잠에 곯아떨어졌다.

다음 날 새벽 쥘리앵은 파리에서 몇 십 킬로미터 떨어진 그 엄격한 신부의 집으로 말을 달렸다. 그의 고백을 듣고도 피라르 신부는 별로 놀라지 않았다. 그의 반응에 오히려 쥘리앵이 놀랐다. 신부는 화가 났다기보다는 근심에 젖었다.

"어쩌면 내 잘못인지도 몰라. 나는 둘이 사랑한다고 눈치채고 있었어. 단지 자네를 아끼는 마음에……. 에이, 몹쓸 녀석 같으니라고……."

"라 몰 후작이 저를 죽일지도 모르고, 저를 멀리 보내버릴지도 모르지요. 어떤 경우건 따르겠습니다. 그렇지만 제 아이를 없애는 것만은 그냥 넘어가지 않겠습니다."

피라르 신부에게도 뾰족한 대책이 없었다. 쥘리앵은 아버지 같은 분에게 고백을 했다는 심리적 안정만 얻고 다시 파리로 돌아왔다.

그 사이 파리에 있던 마틸드는 절망 상태였다. 그녀는 아침 7시쯤 아버지와 마주했다. 후작은 딸에게 쥘리앵이 남긴 쪽지를 내밀었다. 마틸드는 쥘리앵이 자신을 남기고 죽었을까 봐 겁이 났다. 나한테 묻지도 않고? 그녀는 고통인지 분노인지 모를 감정에 휩싸여 아버지에게 쏘아붙였다.

"아버지, 그 사람이 죽으면 저도 따라 죽을 거예요. 그가 죽으면 기쁘시겠죠? 하지만 맹세하겠어요. 저는 상복을 입고 소렐의 미망인 이름으로 부고를 내서 세상에 알릴 거예요. 저는 비겁하게 쉬쉬하며 뒤로 숨는 짓은 하지 않을 거예요."

그녀의 사랑은 광기에 가까웠다. 그녀의 태도에 라 몰 후작이 당황했다. 후작은 분노를 가라앉히려 애쓰면서 상황을 냉정하게 바라보기 시작했다.

정오쯤 쥘리앵이 돌아왔다. 쥘리앵이 말에서 내리자마자 하인이 달려와 마틸드가 그를 기다리고 있다고 전했다. 마틸드는 하녀가 옆에서 보고 있는 것은 아랑곳하지 않고 쥘리앵의 품에 몸을 던졌다. 마틸드는 눈물을 글썽이며 그에게 말했다.

"자살하겠다는 말은 말아줘. 지금 당장 빌키에 영지로 떠나. 어서 말에 올라. 우리 일은 내가 다 알아서 처리할게. 어서 달아나."

쥘리앵은 달아난다는 단어에 기분이 좀 상했지만 그녀가 시키는 대로 했다. 그는 사람들 눈을 피해 빌키에로 갔다.

후작은 마틸드에게 여러 가지 신중한 제안을 했다. 하지만 마틸드가 모두 거부했다. 남모를 곳으로 가서 가난하게 살건, 이대로 후작 저택에 살건 소렐 부인으로서 남편과 함께 사는 게 아니라면 도무지 받아들이려 하지 않았다. 후작이 백번 양보해서 아이를 비밀리에 낳자고 제안했지만 마틸드는 그것도 단번에 거부했다. 마틸드의 고집에 후작은 머리끝까지 화가 치솟았지만 결국 생각을 돌려먹는 수밖에 없었다.

며칠 고민하던 후작이 딸을 불러서 말했다.

"자, 받아라. 연 수입 1만 리브르짜리 증서다. 이걸 너의 쥘 리앵에게 보내라. 내 맘 바뀌기 전에 당장 자기 명의로 바꾸라 고 해라."

한편 쥘리앵이 떠나 있는 동안 피라르 신부도 활약을 했다. 그는 마틸드의 동맹자가 되어 후작을 설득했다. 신부는 후작 이 조언을 요청할 때마다 두 사람을 공개적으로 결혼시키는 것 외에는 모두 하느님께 죄를 짓는 일이라고 역설했다. 라 몰 양의 성격에 비추어볼 때 이 일을 세상에 공표할 것이 뻔하니 공연히 쉬쉬하다가 사태만 더 나빠질 것이라는 신부의 말에 백작도 한숨을 내쉬며 동의할 수밖에 없었다.

그는 탄식했다.

'아, 이런 일이 벌어질 줄 꿈엔들 생각했을까? 그처럼 자존 심 강하고 재주 많은 딸이! 가문의 이름을 나보다 자랑스러워 하던 딸이! 프랑스 최고의 인사들이 청혼하려고 줄 서서 기다리던 딸이! 아, 이 시대는 정말 모든 게 뒤죽박죽이야. 신중하게 대처할 수가 없어! 우리는 혼돈을 향해 가고 있는 거야!'

하지만 후작은 자기 딸이 공작 부인이 될 것이라는, 오랫동안 키워왔던 꿈을 쉽게 버릴 수 없었다. 화를 내보았자 소용없는 건 알았지만 쥘리앵을 용서할 결심도 서지 않았다. 그렇게 미적미적하면서 한 달이 흘렀다.

그사이 쥘리앵은 피라르 신부의 사제관에 몸을 숨기고 매일 마틸드를 만났다. 마틸드는 아침마다 아버지를 찾아가 한 시간쯤 함께 보냈다. 하지만 이 두 부녀를 사로잡고 있는 문제에 대해서는 둘 다 한마디도 하지 않고 지냈다.

그러던 어느 날 후작이 마틸드에게 편지를 건네면서 말했다.

"그녀석이 어디서 지내는지 묻지 않겠다. 알고 싶지도 않다. 어쨌든 녀석에게 이 편지를 보내줘라."

마틸드는 편지를 읽어보았다.

랑그도크 영지에서 연 수입이 2만 600프랑이 나온다.
그중 1만 600프랑을 내 딸에게, 1만 프랑을 쥘리앵 소렐

군에게 증여한다. 영지 자체를 증여하는 것이다. 공증인에게 들러서 증여 증서 두 통을 작성한 후 내일 내게 가져오도록 하라. 이걸로 우리 사이에는 이제 아무런 관계도 남지 않는 셈이다. 아, 자네와 나 사이에 이런 일이 벌어지리라고 어떻게 예상할 수 있었겠는가?

마틸드는 얼굴을 활짝 펴고 아버지에게 감사한다고 말했다. 후작에게서 영지를 물려받은 쥘리앵은 너무 놀랐다. 그는 이제 우리가 알고 있던 엄정하고 차가운 사내가 아니었다. 마틸드의 뱃속에 들어 있는 그의 아이가 그를 확 바꿔버렸다. 그는 가난한 사내였다. 그런 그에게 이렇게 뜻밖의 상당한 재산이 생기자 그는 단번에 야심가가 되었다. 그는 아내와 합친 자신의 연 수입이 3만 6,000프랑임을 속으로 셈해보고는 흐뭇해했다.

하지만 그것으로 끝이 아니었다. 쥘리앵을 향한 사랑에 푹 빠져 있던 마틸드는 이런 식으로 어정쩡하게 지낼 수는 없다고 생각했다. 그녀는 마침내 아버지에게 편지를 썼다. 다음 목요일에 피라르 신부 주례로 결혼식을 올리겠으니 결혼식에 아버지가 참석해달라는 내용이었다.

후작은 어쨌든 결정을 내려야 했다. 부녀간에 쌓인 정, 허물 없는 친구 같은 관계도 아무 소용이 없었다. 이런 어려운 상황에 처하자 결국 후작의 대범한 성격이 결단을 내릴 수 있게 해주었다. 그가 이 일을 알게 된 후 여섯 주가량이나 시간을 끈 것은 쥘리앵이 어디론가 사라지고 자기를 죽은 사람으로 쳐달라고 하면 얼마나 좋을까 하는 공상을 버리기 어려워서였다. 하지만 딸의 지극히 현실적인 편지는 그 공상을 몰아내기에 충분했다.

후작은 생각했다.

'쥘리앵이 일처리 능력이 대단한 건 사실이야. 대담하기도 하지. 재능이 뛰어나다는 것도 부인할 수 없어. 하지만 성격 밑바닥에는 뭔가 사람을 겁먹게 하는 게 있단 말이야. 그리고 출세하기 위해 눈이 시뻘게 있지도 않아. 술수가 능하지도 않아. 그런데 자기 행동 원칙은 철저히 정해놓고 지키거든. 귀족을 존중하지도 않아. 돈이 없다고 초조해하거나 열등감에 빠지지도 않아.

녀석이 왜 내 딸을 유혹한 걸까? 내 재산이 탐이 나서? 아닌 것 같아. 신분 상승의 기회로 삼으려고 내 딸을 넘겨다 본 걸까? 마틸드가 그놈을 먼저 유혹했다고? 아냐. 내가 그놈을 형편없이 여길까 봐 그 애가 그렇게 말한 걸 거야. 정말 뜻하지 않게 진정한 사랑이 싹튼 걸까?'

아무래도 확실한 답을 내릴 수 없었다. 백작은 궁리 끝에 결론을 내리고 딸에게 편지를 썼다. 한 집에 살고 있으면서도 딸을 앞에 두고 이야기할 엄두가 나지 않았기 때문이었다.

내 딸아, 이게 내가 해줄 수 있는 마지막 일이다. 더 이상 어리석은 짓은 저지를 생각마라. 여기 쥘리앵 소렐 드 라 베르네이를 기병 중위로 임명하는 임명장이 있다. 내 뜻이 어떤 건지 네가 잘 알 거다. 더 이상 토를 달거나 내 뜻을 거스르겠다는 말은 하지 마라. 스물네 시간 안에 그를 스트라스부르로 떠나보내라. 그곳에 그가 근무할 연대가 있다. 여기 은행 수표도 동봉한다. 제발 모든 걸 내가 시키는 대로 하길 바란다.

마틸드는 아버지의 편지를 받고 기고만장했다. 그녀는 더

밀어붙이고 싶어 다음 달 중 빌키에서 당당히 결혼식을 올리게 해달라고 아버지에게 편지를 썼다.

그러나 후작의 답장은 의외로 완강했다.

잠자코 내 말대로 해라. 그렇지 않으면 모든 것을 다 거두어들이겠다. 너는 아직 철이 없다. 나는 쥘리앵이 어떤 친구인지 아직 잘 모른다. 너는 나보다도 더 그를 모를 것이다. 아무 말 말고 그를 스트라스부르로 떠나보내라. 그곳에 가서 군대 생활을 열심히 제대로 하게 해라. 그 다음에 어떻게 할 것인지는 더 두고 보자. 보름 안으로 내 뜻을 알려주마.

아버지의 강경한 답장에 마틸드는 놀랐다.

'내가 쥘리앵을 잘 모른다고? 아마 사교계의 평범한 귀족들과는 다르다는 뜻이겠지. 아무튼 아버지 뜻을 거역하면 분란만 일어날 거야. 우선은 받아들여야지.'

그녀는 아버지의 지시를 따르기로 결심했다.

그날 저녁 쥘리앵은 자신이 기병 중위가 되었다는 소식을 마틸드에게 들었다. 그리고 자신에게 새로운 귀족 성이 붙여지게 되었다는 것도 알았다. 그는 너무 기뻐서 자신을 주체할 수 없을 정도였다. 지금까지 그가 살아오면서 키워온 야망, 앞으로 태어날 아들에 대해 그가 쏟고 있는 열정을 생각해보면 그의 기쁨이 얼마나 컸는지 상상할 수 있을 것이다.

'내 성이 귀족으로 바뀌다니!'

야심 덩어리인 그로서도 믿을 수 없을 정도였다.

'이렇게 해서 내 소설은 해피엔딩이 되는 거야.'

그는 생각했다.

'이건 오로지 나 혼자 이룩해낸 거야. 나는 이 오만한 여자가 나를 사랑하게 만들었어. 이 여자 아버지는 이 여자 없이는 못 살지. 그리고 이 여자는 나 없이는 살아갈 수 없게 된 거고⋯⋯.'

제8장 파국

다음 날 아침 쥘리앵은 일찍 피라르 신부를 찾아갔다. 그는 의자가 낡아서 너덜거리는 역마차를 이웃 역참에서 빌려 타고 사제관에 도착했다.

신부가 마차를 보고 말했다.

"이제 이런 마차를 타면 안 돼. 여기 2만 프랑이 있어. 라 몰 후작이 자네에게 주는 거야. 올해 안에 다 쓰라고 하더군. 후작이 이런 말도 덧붙였다네.

'쥘리앵 드 라 베르네이는 이 돈을 자신의 부친에게서 받은 것으로 하되, 그 부친이 누구인지는 굳이 밝힐 필요 없소. 라 베르네이 씨가 어릴 적부터 자기를 키워준 베리에르의 목수

소렐 씨에게 그 보답으로 뭔가 선물하기로 했다고 해두시오.'

소렐 씨와 그 아들들에게 내 이름으로 매년 500프랑씩 연금이 지급될 거야. 물론 그들이 얌전히 입을 다물고 있겠다는 조건 하에서지."

쥘리앵은 들뜬 심정을 억제할 수 없었다. 속으로는 자신이 진짜로 대 영주의 사생아일지도 모른다는 황당한 생각까지 들었다.

'진짜 아버지가 나폴레옹에게 몰려서 산간 지방으로 도피했다가 소렐 씨를 만나 나를 맡긴 거야. 그래, 내가 아버지를 미워한 건 그 때문인지도 몰라. 그렇다면 나는 아버지를 미워하는 불효자식 신세는 면한 셈이로군.'

며칠 뒤였다. 가장 뛰어난 프랑스 군대 중 하나인 제15 경기병 연대가 스트라스부르 연병장에서 열병식을 벌이고 있었다. 기사 라 베르네이는 6,000프랑짜리 알자스산 최고 명마를 타고 있었다. 그는 어느 연대 소위 과정을 거쳐 중위로 임명된 것으로 기록되어 있었다. 하지만 그가 소위로 복무했다는 그 연대는 한 번도 들어본 적이 없는 곳이었다.

감정을 드러내지 않는 그의 태도와 엄한 눈초리, 창백한 안색, 몸에 배인 침착성 때문에 그는 첫날부터 당장 화제가 되었다. 게다가 예의범절도 나무랄 데가 없었고 사격 솜씨, 검술 솜씨 모두 뛰어났다.

쥘리앵은 야망에 취해 있었다. 그는 모든 위대한 장군들처럼 늦어도 서른 살에는 사령관이 되어야 한다고 생각하고 있었다. 그리고 그러기 위해서는 스물세 살이 되기 전에 중위보다 높은 계급으로 올라야 한다고 생각했다. 그의 머릿속은 자신 앞에 펼쳐질 미래와 명예, 그리고 앞으로 태어날 자신의 아들에 대한 생각으로 가득 차 있었다. 그는 자신의 아이가 아들이리라고 확신했다.

그가 그렇게 거침없는 야망에 들떠 있던 어느 날이었다. 라몰 저택의 젊은 하인 한 명이 마틸드의 편지를 들고 헐레벌떡 뛰어왔다. 그는 편지를 읽었다.

모든 게 다 끝났어. 만사 제쳐두고 빨리 달려와줘. 탈영을 해서라도 와야 해. 도착하는 즉시 정원 샛문 옆에서 기다려줘. 자세한 이야기는 만나서 해줄게. 아무래도 모든 게 다 틀어진 것 같아. 하지만 나를 믿어. 힘든 상황

이지만 나는 흔들리지 않고 당신을 위해 뭐든 다 할 거
야. 사랑해.

쥘리앵은 연대장의 허락을 맡아 곧바로 스트라스부르를 떠
났다. 그는 이루 말할 수 없이 불안했다. 도대체 무슨 일이 벌
어진 것일까?

그는 새벽에 라 몰 저택 정원 샛문에 도착했다. 곧이어 문
이 열리더니 마틸드가 뛰어나왔다. 그녀는 그를 보자마자 다
짜고짜 그의 품에 몸을 던졌다. 다행히 새벽 5시밖에 안 돼서
거리에는 아직 인적이 없었다. 그녀가 말했다.

"다 끝장난 거야. 아버지는 목요일 밤에 집을 아예 떠나셨어.
내가 울고불고 매달릴까 봐 몸을 피하신 거지. 어디로 가셨는지
도 모르겠어. 이게 아버지가 내게 남긴 편지야. 읽어봐."

둘은 함께 쥘리앵이 타고 온 삯마차에 올랐다. 마차 안에서
쥘리앵은 편지를 읽었다.

다른 건 다 용서할 수 있어도 네가 부자라는 이유로 너
를 유혹한 건 용서할 수 없다. 이게 놈의 추악한 진짜 모

습이다. 절대로 그 자와의 결혼을 승낙할 수 없다. 그자가 어디 멀리 프랑스 국경 밖으로 가버린다면 일 년에 1만 프랑은 주겠다. 자 여기 동봉한 편지를 읽어봐라. 내가 너 몰래 그자의 품행에 대해 알고 싶어 그자의 고향에 문의를 했었고 여기 답장이 왔다. 그 뻔뻔한 녀석이 전에 무슨 이야기를 했는지 아니? 자신의 품행이 어떤가 알고 싶으면 레날 부인에게 물어보라고 했었다. 그런데, 그 답장이 온 거다. 앞으로 그 녀석에 대한 이야기는 한 줄도 내게 전하지 말거라. 네 편지 속에 그 녀석 이야기가 한 줄이라도 들어 있으면 네 편지를 아예 읽지도 않고 찢어버리겠다. 파리도 꼴 보기 싫고 너도 꼴 보기 싫어 몸을 피한다. 그 더러운 놈은 깨끗이 잊어라. 그래야만 애비를 되찾을 수 있음을 알아라.

"레날 부인의 편지는 어디 있지?"
쥘리앵이 차가운 목소리로 물었다.
"여기 있어. 당신이 좀 진정된 다음에 보여주려 했는데."

종교와 도덕에 입각한 대의를 저버리지 않기 위해 저는 귀하에게 지극히 고통스러운 말씀을 드리지 않을 수 없습니다. 귀하께서 모든 진실을 알려달라고 하셨지요. 그의 품행은 흠잡을 데 없는 것처럼 보이고, 정직해 보이기까지 하는 게 사실입니다. 저는 일부 사실을 감추는 게 옳지 않을까 망설이기도 했습니다. 하지만 그의 소행이 너무 큰 죄악에 차 있어서 말씀드리지 않을 수 없습니다. 그 사람은 가난에서 벗어나려고 탐욕스러운 짓을 저질렀습니다. 완벽하게 위선자 행세를 하며 불행한 여인을 유혹했습니다. 새로운 신분을 얻기 위해서였습니다. 제 양심을 걸고 말씀드립니다. 그는 자기가 기거하는 집에서 가장 신뢰받는 여인을 유혹하여 성공의 수단으로 삼는 사람입니다. 아무 욕심 없는 것 같은 겉모습과 놀라운 언변으로 무장한 그의 유일한 목표는 그 집 주인과 재산을 자기 손아귀에 넣는 것입니다. 그는 자신의 뒤에 지우기 어려운 후회와 불행을 남기는 인물입니다. ……

아주 긴 편지였으며 눈물 얼룩에 반쯤은 지워져 있었다. 레날 부인의 필체가 틀림없었다.

편지를 읽은 쥘리앵이 말했다.

"후작님을 탓하면 안 돼. 그분으로서는 분노하시는 게 당연해. 세상에 어느 아버지가 딸을 이런 남자에게 주려고 하겠어? 그럼, 이만 안녕!"

쥘리앵은 곧바로 삯마차에서 뛰어내리더니 길 끝에 세워 둔 역마차로 달려갔다. 마틸드의 존재는 안중에도 없는 것 같았다. 마틸드도 그 뒤를 쫓아갔다. 하지만 역마차는 곧바로 떠났고 게다가 이제 막 문을 연 상점 상인들이 그녀를 쳐다보는 바람에 서둘러 정원으로 되돌아가는 수밖에 없었다.

쥘리앵은 베리에르행 역마차에 몸을 실었다. 마틸드에게 편지를 쓰려 했지만 이처럼 빨리 달리는 역마차 안에서 글을 쓴다는 건 불가능했다. 종이 위에는 삐뚤빼뚤 알아볼 수 없는 선들만 그어지자 그는 편지쓰기를 포기했다.

그가 베리에르에 도착했을 때는 일요일이었다. 그는 무기 상점으로 들어갔다. 그는 장전한 피스톨 두 자루를 샀다.

곧 미사가 시작된다는 것을 알리는 종소리가 울렸다. 쥘리앵은 성당으로 들어갔다. 성당의 창문들마다 진홍빛 커튼이 드리워져 있었다. 쥘리앵은 레날 부인 자리 몇 걸음 뒤에 가서 섰다. 부인은 열심히 기도를 드리고 있었다. 자신을 그토록 진정으로 사랑해주던 여인의 모습이 눈에 들어오자 쥘리앵의 온몸이 부들부들 떨려왔다.

'아, 못 하겠어. 몸이 말을 듣지 않아. 정말 못 하겠어.'

그는 속으로 중얼거렸다.

그때 미사를 집전하던 젊은 신부가 성체거양을 알리는 종을 울렸다. 레날 부인이 고개를 숙였다. 잠시 동안 레날 부인의 머리가 숄에 가려 보이지 않았다. 그는 그녀를 향해 총을 한 발 발사했다. 총알이 빗나갔다. 그는 다시 한 번 총알을 발사했다. 부인이 쓰러졌다. 쥘리앵의 눈에 아무것도 들어오지 않았다. 신자들은 허겁지겁 성당을 빠져나가느라 법석이었다. 누군가가 그의 목을 감아쥐고 또 한 명이 그의 양팔을 붙들었다. 헌병들이었다.

그는 곧장 감옥으로 끌려갔다. 그는 제정신이 돌아오자 속으로 중얼거렸다.

'자, 이제 다 끝났어. 얼마 지나지 않아 단두대에 서겠지. 아

「**마리 앙투아네트 왕비의 처형, 1793년 10월 16일** Exécution de la reine Marie-Antoinette le 16 octobre 1793」

작자 미상의 1793년 작품. 루이 16세의 왕비 마리 앙투아네트가 단두대(斷頭臺)로 처형되는 장면을 묘사했다. 단두대는 프랑스어로 기요틴(guillotine)인데, 1791년 이것을 발명한 물리학자 조세프 이그나스 기요탱의 이름에서 따왔다. 사실은 공동 발명가인 의사 안토닌 루이가 대부분 설계했지만 기요탱의 이름이 언론에서 널리 알려지는 바람에 기요틴으로 굳어졌다. 1792년 정식으로 도입되어 프랑스대혁명(1789~1799) 기간 동안 무수히 사용되었다. 원래는 죄수를 고통 없이 처형하고, 사형집행인도 부담이 덜 가도록 한다는 인도주의적인 동기에서 고안되었지만, 너무 많은 목숨을 앗아가 공포의 대명사가 되었다. 훗날 히틀러는 단두대로 2만 명 이상의 생명을 빼앗았다. 아이러니컬하게도 프랑스대혁명으로 쫓겨난 루이 16세와 마리 앙투아네트, 프랑스대혁명을 주도한 당통, 그리고 공포정치를 펼치며 많은 반대자를 단두대로 처형한 로베스피에르 역시 단두대 아래에서 죽었다. 1977년을 끝으로 지금은 사용되지 않는다.

니야, 그 전에 내가 스스로 목숨을 끊을 수도 있어.'

레날 부인의 부상은 치명적이지 않았다. 총알은 부인의 어깨뼈에 상처를 입혔을 뿐이었다. 하지만 부인은 차라리 죽었으면 했다. 그동안 레날 부인은 살아 있어도 산 게 아니었다. 쥘리앵이 곁에 없는 것만으로도 그녀는 긴긴 세월 고통스러웠다. 고해 신부의 채근으로 할 수 없이 라 몰 후작에게 편지를 써 보낸 일은 그녀의 고통에 가한 최후의 일격이었다.

'내 손으로 목숨을 끊는 대신 이렇게 죽으면 하느님께 죄가 되지는 않겠지. 게다가 쥘리앵의 손에 죽는다니 얼마나 행복한 일이야.'

의사가 가버리자 그녀는 하녀 엘리자를 불렀다. 그는 엘리자에게 작은 꾸러미를 주면서 감방 간수에게 전해주라고 했다. 그 안에는 돈이 들어 있었다. 간수가 쥘리앵에게 모질게 굴지 않기를 바라는 마음에서였다.

한편 쥘리앵은 감방으로 찾아온 판사에게 말했다.

"나는 미리 계획하고 살인을 저질렀습니다. 나는 직접 권총을 구입했습니다. 형법 1342조에 따라 나는 사형을 받아 마땅합니다. 기쁜 마음으로 사형선고를 내려주시기 바랍니다."

상식을 벗어난 피고의 태도에 판사는 어안이 벙벙했다. 열심히 자기 죄를 변명할 줄 알고 찾아왔는데 말이다. 그런 판사에게 쥘리앵은 그만 가보시라고 했다. 그에게는 성가신 의무가 하나 더 남아 있었다. 그는 마틸드에게 편지를 썼다.

모욕을 받은 것에 대해 복수했소. 곧 신문에서 내 이름을 보게 될 거요. 아무도 모르게 조용히 이 세상에서 사라지고 싶은데 그게 내 뜻대로 안 되는 게 유감이오. 늦어도 두 달 후면 나는 이 세상 사람이 아닐 거요. 당신과 헤어지는 것도 고통스러운 일이었지만 복수를 한다는 것도 견디기 어려운 고통이었소.

지금 이 순간부터 나를 깨끗이 잊도록 하시오. 이후로 결코 당신에게 편지를 쓰지 않을 것이며, 당신 이름을 입 밖에 내는 일도 없을 거요. 당신도 결코 내 이야기를 입에 담지 마시오. 세상에 태어날 내 아이의 명예를 위해서라도 나는 지워져야만 하오.

당신은 나를 잊을 것이오. 이건 진실이오. 우리 사이에 있었던 일에 대해서도 모두 잊고 그 누구에게도 말하지

마시오. 당신은 중세에 태어나 그 시대의 영웅들과 살아
야 어울리는 사람이었소. 이 기회에 당신이 그 영웅들의
결단력을 보여주기 바라오. 피치 못해 누군가의 조언이
꼭 필요하다면 피라르 신부를 찾아가도록 하시오.

내가 죽은 지 1년 후에 크루아즈누아 씨와 결혼하길 바
라오. 부탁이라기보다 당신 남편으로서 내리는 마지막
명령이기도 하오. 내게 편지를 보낼 생각일랑 하지 마시
오. 나는 답장도 보내지 않을 거요. 내 마지막 한 마디는
바로 이거요.

'이 순간부터 나는 절대 한 마디도 하지 않겠다.'

이 편지가 당신에게 마지막으로 전하는 나의 사랑이 될
것이오.

J. S.

그는 죽음 자체는 전혀 무섭지 않았다. 다만 지금까지의 그
의 생애가 겨우 이런 결말을 위한 준비과정에 불과했던가 하
는 생각이 그를 견딜 수 없게 했다.

그는 자신의 마음속을 또렷이 들여다볼 수 있었다. 그리고

스스로도 놀랐다.

'이런, 내가 후회를 하고 있잖아!'

그는 후회하고 있는 자기 자신이 싫었다. 그는 스스로를 질책했다.

'내가 왜 후회해야 하는 거지? 나는 잔인하게 모욕당한 거야. 그래서 복수했어. 사람을 죽였어. 그러니 사형당해 마땅해. 이게 전부야. 이 세상에 대해 빚진 것도 없어. 내가 다하지 못한 의무도 없어. 내 죽음은 조금도 부끄러울 게 없어. 나는 이 지상에서 더 이상 할 일이 없어.'

그런 후 그는 깊은 잠에 빠져들었다.

밤 9시쯤 간수가 저녁을 가져와서는 그를 깨웠다. 레날 부인에게 돈도 받고 쥘리앵을 부드럽게 대해달라는 부탁을 받은 그는 쥘리앵이 묻지도 않은 말을 했다.

"쥘리앵 양반, 내가 댁을 좋아하고, 또 재판에 도움이 될 것 같으니 말해주는 건데, 레날 부인이 많이 나았어."

쥘리앵은 정신 나간 사람처럼 의자에서 벌떡 일어나며 소리쳤다.

"뭐라고! 부인이 살아 있다고?"

"아니, 아직 그걸 모르고 있었나?"

쥘리앵은 자세한 소식을 들으려고 그에게 금화 한 닢을 주었다. 간수는 레날 부인이 어깨에 총상을 입고 치료받은 소식을 자세히 들려주었다. 레날 부인의 상처가 생명에는 지장이 없다는 것이 확실해졌다. 쥘리앵은 자신도 모르게 눈물이 솟구쳤다.

간수가 가버리자 그는 자신도 모르게 무릎을 꿇었다. 그는 가슴이 벅차올랐다. 이 순간만큼은 그도 경건하게 신을 믿었다. 그제야 비로소 쥘리앵은 자신이 저지른 짓을 진심으로 후회하기 시작했다. 파리를 떠나 베리에르를 향할 때 그를 사로잡았던 팽팽한 분노, 광기가 깨끗이 사라졌다. 그러자 절망감도 사라졌다. 눈물이 그치지 않고 흘렀지만 그녀가 살아서 자기를 용서해주리라 믿었다.

다음 날 아침 그는 브장송 감옥으로 호송되었다. 그는 고딕식 탑 꼭대기에 수감되는 행운을 얻었다. 그 꼭대기 방에서는 아름다운 건축 양식을 내려다볼 수도 있었으며 깊숙한 안마당 벽 사이로 아름다운 경치를 감상할 수도 있었다.

다음 날 한 차례 심문이 있은 후 며칠 동안 쥘리앵은 혼자 조용히 있을 수 있었다. 그의 마음은 차분했다. 그는 자신의 문제를 아주 단순하게 받아들였다.

'나는 사람을 죽이려 했고, 그러니 죽어야 한다. 다른 건 필요 없다. 그게 전부다.'

그에게 이제 야심 따윈 없었다. 라 몰 양도 거의 생각나지 않았다. 가끔 회한이 그를 사로잡을 때면 레날 부인의 모습이 떠오르곤 했다. 특히 고요한 밤중에 저 높은 곳에서 흰꼬리수리의 울음소리만이 들려올 때면 그녀의 모습이 더욱 선명하게 떠올랐다.

그는 조금도 권태롭지 않았다. 귀찮게 구는 사람도 없고 조용히 지낼 수 있어서 오히려 즐겁다고 생각했다. 그는 읽고 싶은 책 목록을 적기 시작했다. 이런 생각까지 들었다.

'파리에서 이 책들을 주문해 올 수 있다면 좋겠네.'

어느 날 발소리가 복도를 울렸다. 셸랑 신부가 찾아온 것이다. 선량한 신부는 온몸을 와들와들 떨면서 지팡이를 짚고 들어서더니 쥘리앵을 품에 안았다.

"오, 하느님! 어떻게 이럴 수가, 내 아들이……. 이 천하에

몹쓸 녀석!"

선량한 노인은 더 이상 말을 잇지 못했다. 노신부의 뺨으로 눈물이 흘러내렸다. 신부의 표정은 무기력했다. 더 이상 이전의 숭고한 기운은 찾기 힘들었다. 죽음을 앞둔 노인의 모습일 뿐이었다. 잠시 후 신부의 조카가 와서 그를 모시고 갔다.

셸랑 신부의 방문은 쥘리앵에게 커다란 절망감을 안겨 주었다. 그는 눈앞에서 죽음을 보았다. 죽음은 그의 눈앞에서 그 추한 모습을 여실히 드러냈다. 그가 죽음이라는 단어에 붙였던 영혼의 위대함이나 고귀함이라는 환상이 일시에 사라져버렸다. 그는 죽음 앞에서 초연했던 모습을 단숨에 잃어버리고 마음이 약해졌다. 의지도 한껏 움츠러들었다. 죽음이 견디기 어려운, 극복하기 어려운 그 무엇으로 비쳐졌다.

다음 날 약해진 마음을 추스르려 애를 쓰고 있을 때 푸케가 찾아왔다. 푸케는 자신의 전 재산을 다 처분해서 쥘리앵을 감옥에서 탈옥시킬 생각에 사로잡혀 있었다. 그 돈으로 충분히 간수를 매수할 수 있다는 것이었다. 쥘리앵은 놀랐다.

'예전에 푸케는 얼마나 노랑이였던가! 한 푼이라도 절약하려 애쓰는 모습이 낯 뜨겁게 만들지 않았던가! 그랬던 친구가

나를 위해 모든 걸 바치려 하다니!'

그는 친구를 얼싸안았다. 저 파리의 세련된 모든 젊은이들 중에 과연 누가 이런 희생을 할 수 있을 것인가? 쥘리앵은 진정으로 감격했다. 푸케는 쥘리앵의 눈에 감격의 빛이 반짝이는 것을 보고 덩달아 감격했다. 푸케는 쥘리앵을 탈옥시키겠다는 자신의 의견에 그가 동의했다고 믿은 것이다.

친구가 보여준 이 숭고한 정신 덕분에 쥘리앵은 힘을 되찾았다. 그는 그 되찾은 힘을 심문 때 사용했다. 자신이 명백히 죄를 지었음을 입증하기 위해 열변을 토했던 것이다. 제발 재판이 빨리 끝나 자신의 사형이 곧바로 집행되기를 바라는 마음에서였다.

푸케가 다녀간 다음 날 이른 아침, 감방 문이 덜컥 열렸다. 쥘리앵은 잠에서 깨어났다. 쥘리앵은 아버지가 온 줄 알았다. 쥘리앵은 아버지는 정말 만나기 싫었다. 하지만 그가 한 번쯤은 찾아오리라고 각오하고 있었다. 그런 차에 감방 문이 덜컥 열리자 아버지라고 생각한 것이다.

'아, 지겨운 꼴을 당하겠구나'라고 그는 생각했다.

그 순간, 촌 아낙네 차림의 여자가 들어서더니 그의 품으로 뛰어들었다. 그 여자는 바들바들 떨면서 그를 꼭 껴안았다. 그는 겨우 여자를 알아보았다. 라 몰 양이었다.

"나쁜 자식, 당신이 보낸 편지를 보고서야 어디 있는지 알았어. 당신은 범죄를 저지른 게 아냐. 고귀한 복수를 한 거야. 베리에르에 와서 난 그걸 다 확인할 수 있었어."

전에도 그랬지만 감옥에 갇혀서도 쥘리앵은 라 몰 양에 대해 어쩐지 거리감을 느꼈었다. 그러나 지금 쥘리앵은 그녀의 행동과 말에서 그 어떤 고결함을 느꼈다. 그 어떤 순수함이 느껴졌다. 그는 또다시 여왕을 사랑하는 기분에 사로잡혔다. 그리고 그 도취감에 몸을 내맡겼다.

도취의 시간이 지난 후 그가 그녀에게 말했다. 고상하기 그지없는 말투에 고상하기 그지없는 내용이었다.

"내 눈앞에 당신의 미래가 아주 생생하게 떠오릅니다. 내가 죽은 후에 당신은 내 뜻대로 크루아즈누아 씨와 결혼하게 될 겁니다. 그는 아름다운 미망인과 결혼하게 되는 거지요. 고귀한 심성을 가진 이 미망인은 약간 공상적인 면이 있긴 하지만 결국 지극히 실질적인 가치가 중요함을 깨닫게 될 것입니다.

당신은 모든 사람들이 행복이라 부르는 것에 안주하게 될 거예요.

사랑하는 마틸드, 당신이 이곳 브장송에 왔다는 것을 누군가 알게 된다면 라 몰 후작은 너무 큰 타격을 입게 될 겁니다. 그러니 어서 돌아가도록 해요."

그러자 마틸드가 입을 삐죽이며 말했다.

"이렇게 찬바람 부는 냉정한 충고를 듣게 될 줄은 몰랐네. 난 여기 들어오려고 이미 사무관에게 내 이름을 밝혔어. 나는 당신 아내라고 밝혔어. 난 가족이니까 매일 여기 자유스럽게 들어올 수 있을 거야."

쥘리앵은 속으로 생각했다.

'완전히 정신이 나갔구나. 하긴 라 몰 후작 정도면 모든 것을 다 덮고 제 자리로 돌릴 수 있을 거야.'

그런 생각을 하자 쥘리앵은 마틸드의 감미로운 애무에 자유롭게 몸을 맡길 수 있었다. 둘 다 제 정신이 아니었으며 대담하기 그지없는 영혼들이었다. 모든 순간, 모든 생각, 모든 행동들이 평범하지 않고 유별났다. 마틸드는 쥘리앵이 죽으면 자신도 따라 죽겠다고 진지하게 말했다. 쥘리앵이, 자신이 상상하는 것 이상의 뛰어난 남자라는 생각이 그녀에게 들었던 것이다. 중세의 영웅이 환생한 것만 같았다.

마틸드는 그 지방 최고의 변호사들을 찾아가 현금 공세를 펼쳤다. 그리고 부주교인 프릴레르 신부도 찾아갔다. 그가 브장송에서 벌어지는 중요한 사안에 대해 모든 걸 좌지우지한다는 것을 알았던 것이다. 더욱이 사안이 모호한 경우에는 그의 영향력이 절대적이라는 것을 알 수 있었다.

신부를 만나자 마틸드 양은 자신이 라 몰 후작의 딸이라는 것을 밝히지 않을 수 없었다. 그녀는 쥘리앵이 총을 쏜 것은 우발적인 행동이었다는 것, 그의 총에 맞은 부인이 건강을 되찾았다는 점을 강조했다. 게다가 자기와 그가 비밀리에 결혼한 사이라는 것도 털어놓았다. 그녀는 쥘리앵의 성이 라 베르네이라는 사실도 잊지 않고 말했다.

프릴레르 신부는 뜻밖에 알게 된 이 사실들을 두고 머리를 굴렸다. 그는 교활하고 위선적인 사람이었다. 게다가 그는 야심에 찬 인물로서 주교자리를 노리고 있었다.

'이거 묘한 자백을 들은 셈이로군. 내게 아주 좋은 기회가 될 수 있을 거야.'

그가 그런 생각에 잠겨 있을 때 마틸드의 입에서 아주 중요한 사람의 이름이 튀어나왔다. 바로 페르바크 부인의 이름이었다. 페르바크 부인이 쥘리앵과 친한 사이이며 쥘리앵은 거의 매일 원수 부인 댁에서 XXX 주교와 얼굴을 맞댄다고 그녀가 말한 것이다. 마틸드는 원수 부인의 이름을 거론한다는 게 속이 쓰렸지만 원수 부인의 친구 행세를 하면 모든 일이 다 되겠다고 생각했던 것이다. 프릴레르 신부는 놀란 표정이 되었다. 요즘 그는 페르바크 원수 부인과 겨우 안면을 터놓고 있었다. 그녀가 프랑스 주교 임면권을 틀어쥔 XXX 주교의 당당한 조카딸이었기 때문이었다.

그는 어쨌든 마틸드의 청을 들어주는 척하는 게 좋겠다고 생각했다. 그는 마틸드에게 배심원들의 절반 이상은 자기가 선출하는 셈이며 쥘리앵의 기소를 담당할 검찰관을 자기가 마음대로 주무를 수 있는 척했다. 물론 거짓말이었다. 쥘리앵의 재판에 참여할 배심원 서른여섯 명의 명단이 발표되었을 때 실제로 프릴레르 신부와 안면이 있는 사람을 여섯 명뿐이었다. 그중에는 발르노도 포함되어 있었다.

주교관을 나온 마틸드는 망설임 없이 페르바크 부인에게

편지를 썼다. XXX 주교에게 부탁해서 프릴레르 씨에게 보내는 친필 편지 한 통을 부탁한 것이다. 오만한 그녀가 질투심을 이겨내고 그런 행동을 해낸다는 것은 가히 영웅적이라고 할 만했다.

마틸드는 쥘리앵을 구하기 위해 헌신적인 노력을 다했다. 쥘리앵을 탈출시키기 위해 자신의 전 재산을 바칠 각오가 되어 있던 푸케도 그녀가 쓰는 어마어마한 돈 앞에는 입을 떡 벌릴 지경이었다.

마틸드는 거의 매일 감옥에 드나들며 자신의 활약에 대해 모두 쥘리앵에게 이야기했다. 그 어느 때보다 솔직한 인간이 된 쥘리앵은 마틸드 뿐 아니라 라 몰 후작에 대해서도 가책을 느끼고 있었다. 그녀에게 더욱더 가책을 느낄 수밖에 없는 것은 자신이 점점 더 무감각해졌기 때문이었다.

'이상한 일이야. 나를 저렇게 열렬히 사랑해주는데도 나는 왜 이렇게 덤덤하기만 하지? 두 달 전만 해도 나는 오매불망 저 여자 생각뿐이었잖아. 나는 정말 배은망덕한 인간인 것 같아. 그걸 고칠 기회도 없잖아. 나는 정말 이기적인가 봐.'

생각이 거기까지 미치자 쥘리앵은 더없이 수치스러웠다.

이기적이라는 단어는 그가 제일 경멸하는 단어였던 것이다.

하지만 쥘리앵은 모르고 있었다. 그가 마틸드에게 무감각해진 것은 그에게서 야망의 불꽃이 꺼졌기 때문이었다. 쥘리앵은 의식하지 못했지만 마틸드를 향한 그의 열정은 그의 야망과 긴밀한 짝을 이루고 있었다. 그 야망의 불꽃이 꺼진 지금, 마틸드를 향한 열정도 시들 수밖에 없었다.

야망의 불꽃이 꺼진 그 잿더미에서 알 수 없는 다른 열정이 솟아났다. 그는 그 열정이 레날 부인을 죽이려 한데서 생긴 죄책감이라고 생각했다. 하지만 죄책감이라고 하기엔 그 열정 속에서 그는 너무 행복했다.

방에 홀로 있을 때면 그는 예전에 베리에르와 베르지에서 보낸 행복한 날들의 추억이 오롯이 떠올랐다. 그는 아무 생각 없이 그 추억에 몸을 맡겼다. 너무나 빨리 지나가버린 그 시절의 작은 사건들마저 지금의 그에게는 너무 신선하고 매혹적이었다. 화려했던 파리 생활은 전혀 생각나지 않았다. 그런 것들은 단지 지겨울 뿐이었다.

쥘리앵은 심문 때마다 같은 말을 되풀이했다. 자신은 계획적으로 살인을 저질렀으니 사형을 당해 마땅하다는 것이었다. 그는 자기 앞에 결투가 놓여 있다고 생각했다. 그것은 사느냐 죽느냐의 결투가 아니었다. 죽음과 자기 자신과의 결투였다.

그사이 마틸드는 페르바크 부인과 프릴레르 사이에 직접 편지가 오가는 정도로 둘 사이를 가깝게 만들 수 있었다. 성직 임면권을 좌지우지한다는 주교는 조카딸이 프릴레르에게 보내는 편지 여백에 이런 말을 덧붙여 보냈다.

"가엾은 소렐은 다만 경솔해서 그런 짓을 저지른 것이니 그를 석방해주기 바라오."

드디어 서른여섯 명의 배심원 명단이 신문에 발표되었다. 그 안에는 브장송 수도회 회원 다섯 명과 브장송 이외 지역 인사로 발르노도 포함되어 있었다. 프릴레르는 그들 모두 자기가 영향력을 발휘할 수 있는 인물들이라고 마틸드에게 큰소리를 쳤다.

신문에서 배심원 명단을 본 레날 부인은 브장송으로 갔다. 그리고 배심원 서른여섯 명 모두에게 편지를 썼다. 그 편지에는 '자기가 버젓이 살아 있는데 그를 사형에 처하는 것은 옳지 않다. 그와 열여덟 달을 함께 보내서 잘 알지만, 그는 때때로 정신착란에 빠진다. 그는 모범적인 신앙심을 가지고 있으며 아이들에게 성심껏 『성경』을 가르쳤다. 절대로 계획적인 범죄가 아니라 우발적으로 저지른 짓이다'라는 내용이 애절하게 적혀 있었다.

마침내 레날 부인과 마틸드가 그토록 두려워하던 날이 찾아왔다. 쥘리앵 사건 공판일이 된 것이었다. 이 흥미진진한 사건의 재판 장면을 구경하기 위해 이 지방 곳곳의 많은 사람들이 브장송으로 몰려들었다. 여관들은 며칠 전부터 동이 났으며, 재판소장은 방청권을 구해달라는 청탁에 골머리가 아플 정도였다.

아침 9시, 쥘리앵은 법정으로 가기 위해 탑 꼭대기 감옥에서 내려왔다. 쥘리앵은 잠을 푹 잤고 아주 평온했다. 그는 불유쾌한 장면을 오래 끌기 싫어서 법정 진술을 하지 않기로 마음먹고 있었다.

재판정에 들어서며 그는 발코니로 눈길을 돌렸다. 판사석과 배심원석 뒤로 아름다운 부인들이 자리를 가득 채운 채 앉아 있었다. 방청석 홀 위쪽에 빙 둘러 설치된 특별석에도 여인들이 가득 자리를 메우고 있었다. 대부분 젊은 여인들이었다.

나머지 방청석도 엄청난 사람들이 꽉 들어차 있어 빈자리가 없었다.

그날따라 쥘리앵은 한결 젊어 보였다. 차림새도 단순했지만 우아했다. 마틸드가 공을 들여 단장해준 덕분이었다. 그가 피고석에 앉자마자 사방에서 수군대는 소리가 들려왔다.

"어머! 젊기도 해라······. 어린아이 같아······. 생각보다 훨씬 미남이네."

몇 시간에 걸친 증인 신문이 끝났다. 이어서 차장검사가 기소장을 읽어 내려갔다. 변호사가 변론을 시작하자 부인들은 모두 손수건을 꺼내 들었다. 재판은 오랫동안 계속되었다. 재판이 계속되자 법정 진술을 하지 않겠다던 쥘리앵의 심정에 변화가 생겼다.

'자, 지금부터 내 삶의 마지막 날들이 시작된다.'

그러자 자신도 알 수 없는 어떤 의무감이 가슴을 뜨겁게 했다. 재판장이 뭔가 할 말이 있느냐고 물어보자 그는 몸을 벌떡 일으켰다. 그리고 열정적인 어조로 진술을 시작했다.

"배심원 여러분, 나는 자신의 보잘것없는 운명에 반항한 일개 농부입니다. 죽음이 두렵거나 여러분께 용서를 구하려는 것이 절대 아닙니다. 나는 조금도 환상을 품고 있지 않습니다. 나는 죽음이 나를 기다리고 있으며 죽는 게 당연하다는 것도 잘 압니다. 나는 존경과 찬사를 받아 마땅한 부인의 생명을 빼앗으려 했습니다. 그분은 제게 어머니와 같은 분이셨습니다. 그러니 저는 더없이 잔혹한 범죄를 저지른 것입니다. 게다가 처음부터 계획된 범행입니다. 저는 사형을 당해 마땅합니다.

하지만 저는 또 한 가지 사실을 알고 있습니다. 만일 저의 죄가 조금 가벼운 것이었다 할지라도 그 결과는 같을 것입니다. 나와 같은 계층의 젊은이들이 가진 꿈을 꺾어놓아야만 하기 때문입니다. 낮은 신분으로 태어나, 운 좋게 교육을 받고 부유한 사람들의 사회에 끼어들 욕심을 품었던 한 젊은이의 용기를 꺾어놓아야만 하기 때문입니다.

여러분, 제가 저지른 범죄의 실상은 바로 이것입니다. 저의 범죄는 가혹한 처벌을 받을 수밖에 없습니다. 저와 같은 계층의 사람들은 재판에 참여할 수 없기 때문입니다. 배심원석에 나와 같은 농부는 한 사람도 없습니다. 귀족과 부르주아뿐입니다."

쥘리앵은 차분하게 20분 동안이나 말을 이어나갔다. 차장

검사는 길길이 뛰었고 부인들은 눈물을 닦았다. 진술을 매듭 짓기 전에 쥘리앵은 자신의 범죄가 사전에 계획된 것임을 다시 한 번 강조했다. 그리고 행복했던 시절 레날 부인을 정말 존경했다는 것, 자식이 어머니를 사랑하듯 그녀를 흠모했다고 덧붙였다.

배심원들이 토의를 위해 따로 마련된 방으로 들어갈 때 시계가 새벽 1시를 알렸다. 자리를 뜬 부인은 한 사람도 없었다. 배심원들의 토의가 길어졌다. 2시 종이 막 울렸을 때 발르노 남작이 앞장서서 들어왔고 그 뒤로 배심원들이 따라 들어왔다. 발르노는 헛기침을 하고 나서 쥘리앵 소렐은 계획적인 살인을 저질렀으므로 유죄라고 선언했다. 이런 평결이라면 사형을 피할 수 없었다. 곧이어 사형선고가 내려졌다.

쥘리앵은 덤덤하게 평결을 들었다. 그 순간, 어디선가 갑자기 비명소리가 들렸다. 쥘리앵은 고개를 돌려 보았다. 사람들의 시선이 고딕식 난간 기둥 상단의 작은 특별석을 향했다. 나중에 알게 된 것이지만 마틸드가 거기 숨어 있었다.

헌병들이 군중을 헤치고 쥘리앵을 데려가느라 애를 써야만 했다. 쥘리앵은 여유로운 표정을 지으며 생각했다.

'저 사기꾼 발르노가 나를 비웃게 만들면 안 돼. 유죄를 선언하면서 마치 유감이라는 듯 번지르르한 말을 해대는 꼴이라니! 속으로 통쾌하겠지. 레날 부인을 두고 경쟁하던 자에게 복수했으니⋯⋯. 부인을 다시는 못 보겠구나⋯⋯. 부인과 작별 인사를 나눌 수 있다면⋯⋯. 내가 저지른 짓을 얼마나 후회하고 있는지 부인에게 말할 수 있다면 얼마나 좋을까⋯⋯. 나는 사형당해 마땅하다는 말만 해줄 수 있다면⋯⋯.'

쥘리앵은 감옥으로 돌아오자 곧장 사형수 방으로 이감되었다. 지하 감옥이었다. 침대에 몸을 눕히는 순간, 그 거친 감촉을 몸으로 느끼며 쥘리앵은 자신이 사형수라는 것을 실감할 수 있었다. 쥘리앵은 이런저런 생각을 하다 잠이 들었다.

아침에 쥘리앵은 누군가 자신을 꼭 껴안는 느낌에 잠에서 깨었다.

"뭐야, 벌써!"

쥘리앵은 눈을 부릅뜨며 말했다. 사형집행인이 자기를 데려가려고 잡은 줄 알았던 것이다.

마틸드였다. 마틸드는 몇 개월 앓아누운 사람처럼 변해 있었다. 정말로 알아보기 힘들 정도였다.

"그 비열한 프릴레르가 나를 배반했어."

그녀가 쥘리앵의 양손을 움켜잡으며 말했다. 너무 분해서 울음도 잊은 것 같았다. 쥘리앵은 침착했다. 그는 마틸드 앞에서 나약한 모습을 보이고 싶지 않았다. 그날 마틸드는 아무런 가식 없이 쥘리앵에게 다정했다. 하지만 쥘리앵에게서 솔직한 마음속 말을 끌어내지 못했다. 쥘리앵은 생각했다.

'지금 여기 마틸드가 아닌 레날 부인이 있어도 내가 이렇게 자신감을 가질 수 있을까? 아닐 거야. 나는 절망과 죄책감을 이기지 못했을 거야. 그런 내 꼴을 보고 발르노 같은 인간들은 내가 죽음이 두려워 벌벌 떨고 있다고 빈정대겠지.'

그때 마틸드가 그에게 말했다.

"여기 와 있어. 지금 옆방에 있어."

"누가 와 있다는 거지?"

"변호사. 당신의 서명을 받아야 항소할 수 있잖아."

"항소? 난 항소하지 않을 거야."

'항소한다고? 이 더러운 감옥에서 두 달을 더 살라고? 절대로 항소하지 않을 거야.'

그의 말을 듣고 마틸드가 화를 냈다. 그녀의 오만한 성격이 고스란히 되살아난 것이다. 그녀는 쥘리앵을 비난하며 그를 사랑한 게 후회된다고 10분 이상 퍼부어댔다. 예전 라 몰 저택 서재에서 매정한 말로 그의 가슴을 후벼 팠던 그 오만한 마틸드 그대로였다.

라 몰 양은 쥘리앵을 설득할 수 없자 변호사를 불러 들였다. 변호사는 쥘리앵을 공박했다. 하지만 쥘리앵이 고집을 꺾지 않자, 아직 항소 기간이 사흘은 남아 있으니 더 생각해보라며 마틸드와 함께 방을 나갔다.

한 시간 후 쥘리앵은 깊은 잠에 빠져 있었다. 잠결에 그는 손등에 물방울이 떨어지는 느낌을 받았다. 그는 반쯤 잠이 깨서 중얼거렸다.

"아, 또 마틸드구나. 나를 설득하려는 거겠지."

그는 일부러 눈을 뜨지 않았다.

그때 가슴을 뒤흔드는 한숨 소리가 들려왔다. 그는 눈을 떴다. 그리고 자기 눈을 의심했다. 레날 부인이었다.

"아, 이게 꿈이 아닌가요? 죽기 전에 당신을 다시 보다니!"

그는 소리치며 부인의 발아래 무릎을 꿇었다.

"용서하세요, 부인. 나는 한낱 살인자일 뿐이에요."

"저기, 항소하라고 애원하러 왔어……. 그리고 싶지 않은 줄은 알지만……."

흐느낌에 목이 메어 부인은 말을 더 잇지 못했다.

"나를 용서해주세요."

"용서를 바란다면 당장 항소해."

부인은 몸을 일으켜 그의 품에 뛰어들며 말했다.

쥘리앵은 부인에게 입맞춤을 퍼부었다.

"내가 항소한다면 그 두 달 동안 매일 나를 보러 와줄 수 있어요?"

"그래, 맹세할게. 남편이 나서서 막지만 않으면 매일 올게."

"그래, 서명하겠어. 아, 당신이 나를 이렇게 용서해주다니! 이럴 수가!"

둘은 잠시 말없이 있었다. 이윽고 쥘리앵이 말했다.

"내가 언제나 당신을 사랑했다는 걸, 오직 당신만을 사랑했다는 걸 믿어줘."

"오, 이럴 수가!"

레날 부인은 기쁨에 겨워 소리쳤다. 그리고 두 사람은 말없이 오랫동안 울었다.

얼마 후 부인이 말했다.

"그 젊은 라 몰 양은? 그 특별한 사랑 이야기를 나는 믿게 됐어."

"사랑 이야기? 맞아. 겉보기에는 사랑 이야기야. 하지만 그녀는 내 아내일 뿐이야. 내 애인은 아니야."

둘은 더듬더듬 서로에게 있었던 일을 이야기했다. 쥘리앵은 부인이 라 몰 후작에게 보낸 편지에 대해서도 들을 수 있었다. 그 편지를 쓴 것은 젊은 고해신부이며 자신은 그대로 베껴 쓸 수밖에 없었다는 것이었다. 그녀가 이어서 말했다.

"나는 진심으로 하느님을 믿어. 내가 저지른 죄는 용서받을 수 없다고 생각해. 하지만…… 하지만…… 심지어 당신이 내게 총알 두 발을 쏜 그 순간에도…… 내게는 오로지 당신을 향한 사랑밖에 없어. 아니 사랑이라는 말로는 부족해. 존경과 사랑과 복종이 섞인 그런 감정……. 아, 그게 무슨 감정일까? 당신이 알면 내게 말해줘. 두 달 후면 우리는 헤어지게 되잖아……. 그런데, 그런데 우리가 정말 헤어지게 될까?"

쥘리앵은 몸을 벌떡 일으키면서 소리쳤다.

"무슨 소리를 하는 거야? 만일 그렇다면 난 약속을 취소할 거야. 항소고 뭐고 당장 사형선고를 받아들이겠어. 당신은 살아야 해."

레날 부인의 얼굴이 별안간 창백해졌다. 그녀가 문득 중얼거렸다.

"우리 지금 함께 죽을까?"

그러자 쥘리앵이 다시 말했다.

"자! 내게 맹세해줘. 나에 대한 사랑을 걸고 약속해줘야 해. 절대 스스로 목숨을 끊지 않겠다고 맹세해야 해. 당신은 내 자식을 위해서라도 살아야 해. 난 내 자식을 당신에게 맡겨야 해. 마틸드는 결국 크루아즈누아 후작 부인이 될 거야. 그리고 그 아이를 하인들 손에 내맡겨버릴 거야."

부인은 맹세하겠다고 말했다.

사흘 후 부인은 더 이상 쥘리앵에게 찾아올 수 없었다. 누군가 레날 씨를 찾아가 그의 아내가 쥘리앵이 갇혀 있는 감옥에 찾아가 오래 머물곤 한다는 사실을 일러바친 것이다. 두 사람이 만난 지 사흘째 되는 날, 레날 씨는 부인에게 즉시 베리에르로 돌아오라는 말과 함께 마차를 보냈다. 부인은 브장송을 떠날 수밖에 없었다.

쥘리앵은 항소하지 않았다.

제9장 결말

　　레날 부인과 더 이상 만날 수 없게 되자 쥘리앵은 더없이 불행했다. 그리고 죽어야 한다는 것이 서글퍼지기 시작했다. 그는 레날 부인을 생각하며 울었다. 그 순간 마틸드의 발소리가 들렸다. 그는 생각했다.

　'감옥에 갇혀 있으면서 제일 나쁜 건, 내가 문을 잠글 수 없다는 거야.'

　마틸드는 쥘리앵에게 배심원들이 왜 유죄 평결을 내리게 되었는지 그녀가 그동안 알아본 소식을 전했다. 심지어 프릴레르 부주교가 은근히 자신에게 마음을 두고 있다는 이야기도 했다. 쥘리앵에게는 모두 속이 뒤집히는 이야기들이었다.

그는 마틸드에게 소리쳤다.

"제발 그만해. 잠시라도 나를 좀 조용히 내버려둬. 여기서 그런 소리하느니, 미사에 가서 나를 위해 기도나 해줘."

마틸드는 레날 부인이 감옥을 드나드는 것을 알고 질투가 나 있었다. 부인이 브장송에 없기에 쥘리앵이 저렇게 화를 내는구나 생각하니 눈물이 펑펑 솟았다. 그 괴로움에 가식은 없었다. 진정으로 괴로워하는 그녀를 보면서 쥘리앵은 더욱더 속이 상했다. 그에게 절실하게 필요한 것은 바로 고독이었다.

그녀가 나가자 이번에는 푸케가 찾아왔다. 특별사면 청원문을 쓰고 있는 중이라고 했다. 쥘리앵은 이 고마운 친구조차도 반갑지 않았다. 진짜로 혼자 있고 싶었다.

다음 날에는 더 불쾌한 일이 기다리고 있었다. 아버지가 찾아온 것이다. 쥘리앵이 아직 잠에서 깨지도 않은 이른 새벽이었다. 쥘리앵은 온몸에 힘이 쭉 빠졌다. 그렇지 않아도 참을 수 없이 괴로운 상황인데 아버지를 전혀 사랑하지 않는다는 양심의 가책까지 짊어져야 하다니!

아버지를 데려온 간수가 나가자마자 영감의 지독한 욕설이 시작되었다. 쥘리앵은 쏟아지는 눈물을 참을 수 없었다.

제9장 결말

349

'이렇게 약한 모습을 보이면 안 되는데. 아버지는 온 베리에르에 내가 죽음 앞에 약한 모습을 보이더라고 떠들고 다닐 텐데.'

쥘리앵은 빨리 아버지에게서 벗어나고 싶었다. 그는 머릿속으로 이런저런 궁리 끝에 묘안을 찾아냈다.

"제게 저축해놓은 돈이 있어요!"

그러자 영감이 욕설을 그쳤다. 쥘리앵은 형들에게 1,000프랑씩 주고 나머지는 아버지에게 주겠다고 약속한 후 겨우 아버지를 돌려보낼 수 있었다.

이상한 일이었다. 아버지가 나가고 나자 분노가 금방 가라앉았다.

'그래, 아버지는 어떤 면으로는 발르노 같은 놈들보다는 나아. 놈들이 아버지보다 사회에 끼치는 해악이 몇백 배는 될걸. 누구나 자신에게 돈이 없을까 봐 두려운 건 마찬가지잖아. 인색한 것도 인간이라면 누구나 지닌 약점 중 하나일 뿐이지. 아버지는 나를 한 번도 사랑해준 적이 없고, 나는 아버지 얼굴에 먹칠을 한 셈이니 우리 부자 관계는 이제 계산이 끝난 셈이야. 내가 몇 천 프랑 남겨주겠다고 하니까 얼굴이 확 펴지는 건

당연한 일이야.'

　지루한 닷새가 지나갔다. 쥘리앵은 온갖 상념에 빠져 하루하루를 보냈다. 그리고 매일 찾아온 마틸드에게 정중하고 부드럽게 대했다. 그는 신에 대해, 진실에 대해, 죽음과 삶과 영원에 대해 생각하고 또 생각했다.

　'스물세 살에 죽음을 맞게 되었어. 아, 5년만 더 살 수 있어도 좋을 텐데. 레날 부인과 함께 5년만 더 살 수 있으면 좋을 텐데…….'

　순간 그는 피식 웃고 말았다. 죽음을 앞두고 이런 어리석은 생각을 하고 있는 꼴이라니!

　'나는 이렇게 혼자 있으면서도 마치 누군가 내 말을 듣고 있는 것처럼 여전히 위선을 부리고 있어. 그게 내 첫 번째 어리석음이야. 그리고 살아 있는 날이 며칠 안 남았는데도 살고 사랑하는 일을 소홀히 하고 있어. 그게 내 두 번째 어리석음이야. 레날 부인이 내 곁에 없잖아. 레날 씨는 부인을 다시는 브장송에 보내지 않을 거야.

　위대한 신이 있다면 나는 이렇게 기도할 거야. 위대한 신이시여. 나는 죽어 마땅합니다. 하지만 선하고 너그러운 신이시여,

부디 내게 사랑하는 그 여인을 한 번만이라도 돌려주십시오.'

밤이 깊어 푸케가 왔을 때 쥘리앵은 편안하게 한두 시간 잠 들었다가 깬 다음이었다. 쥘리앵은 자신의 마음이 강하고 확 고해진 것을 느꼈다. 이제 그는 자신의 마음속을 확실히 들여 다보고 있었다.

그의 기도가 통했다. 레날 부인이 그를 찾아온 것이다.

"내겐 당신이 그 무엇보다 우선이야. 베리에르에서 도망쳐 왔어."

쥘리앵은 부인 앞에서만 자신의 나약한 마음을 다 털어놓 을 수 있었다. 부인은 그의 이야기를 포근하게 감싸주었다. 그 녀는 부유한 친척 아주머니를 통해 하루에 두 번씩 쥘리앵을 만날 수 있는 특혜를 얻어냈다.

그 사실을 안 마틸드는 질투가 끓어올라 미칠 지경이었다. 하지만 그럴수록 더욱 더 쥘리앵을 사랑했고 그러다 보니 매일 그에게 언성을 높였다. 쥘리앵은 묘한 인연으로 신세를 망친 이 가엾은 여인에게 끝까지 온 힘을 다해 성실하려 했다. 하지만 레날 부인을 향한 사랑 때문에 그 성실성이 흐려지곤 했다. 이

불충실한 애인을 전보다 더 사랑한다는 수치심과 괴로움 때문에 라 몰 양은 점점 더 우울해졌고 말수가 줄어들었다.

사형 집행일이 되었다. 청명한 햇살이 온 세상을 아름답게 비추고 있었다. 그 찬란한 햇빛을 보자 쥘리앵도 용기가 솟았다. 그 환한 대기 속으로 걸음을 옮기면서 그는 평화로움을 느꼈다. 오랫동안 바다를 항해하다가 간만에 육지를 걷는 것 같은 기분이었다. 그는 마음속으로 나지막하게 중얼거렸다.

'모든 게 잘되고 있어. 나는 조금도 용기를 잃지 않았잖아.'

쥘리앵이 그 어느 때보다 시적인 생각에 잠겨 있을 때, 그의 머리가 잘려서 땅에 굴러떨어졌다. 예전, 베르지의 숲에서 맛보았던 그 행복했던 순간들이 그의 마음속에서 생생하게 되살아나던 바로 그 순간이었다. 모든 것이 단순하고 자연스럽게 끝났다. 쥘리앵은 조금도 꾸밈없는 태도로 그렇게 자신의 삶을 마감했다.

쥘리앵은 죽기 이틀 전에 푸케에게 말했다.

"마지막 날 아침에 마틸드와 레날 부인을 같은 마차에 태워 멀리 데려다줘. 그래야 고통을 조금이라도 덜 수 있을 거야. 나는 베리에르가 내려다보이는 높은 곳 동굴에서 쉬고 싶어. 거기서 전에 하룻밤 지냈을 때 내 가슴은 뜨거운 야망으로 불타고 있었지. 자네가 내 시신을 사서 거기다 옮겨줘. 돈으로 안 되는 일은 없잖아."

푸케는 그 일을 성사시켰다. 그는 자기 방에 친구의 시신을 눕혀놓고 그 곁에서 홀로 밤을 지새우고 있었다. 그때 놀랍게도 마틸드가 방으로 들어섰다. 불과 몇 시간 전 브장송에서 40킬로미터나 떨어진 곳에 마틸드를 내려놓고 왔는데!

그녀는 쥘리앵 시신 앞으로 가서 무릎을 꿇었다. 그녀는 쥘리앵의 머리를 들어 탁자 위에 올려놓았다. 그리고 그 이마에 입을 맞추었다. 그날 마틸드는 애인이 미리 택해둔 무덤까지 따라갔다. 자신이 그토록 사랑했던 남자의 머리를 무릎 위에 올려놓은 채 마차를 타고 뒤따른 것이다.

그들이 산 정상에 올랐을 때는 이미 한밤중이었다. 쥐라 산맥 중에서도 가장 높은 봉우리였다. 그곳의 작은 동굴에서 신부들이 장례의식을 올렸다. 장례 행렬이 지나오는 동안 산골마을 주민들이 이 특이한 의식이 궁금해서 수없이 뒤따랐다. 마틸드는 긴 상복 차림을 입고 그들 가운데 나타나더니 장례

의식이 끝나자 그들에게 수천 개의 5프랑짜리 은화를 뿌려주었다.

마틸드는 푸케와. 단둘이 남게 되자 애인의 머리를 자신의 손으로 묻어주었다.

레날 부인은 쥘리앵과 한 약속을 지켰다. 부인은 스스로 목숨을 끊지 않았다. 그러나 쥘리앵이 세상을 떠난 지 사흘 후, 그녀는 자기 아이들을 품에 안고서 조용히 숨을 거두었다.

『적과 흑』을 찾아서

"소설이란 길을 따라서 들고 다니는 거울이다."

스탕달 하면 떠올리는 말이다. 이 말은 사실주의 소설을 한 마디로 요약할 때 자주 쓰인다. 어려운 말이 아니다. 눈에 보이는 것을 있는 그대로 묘사하라는 뜻이다. 그런데 이 말이 문학사에서 아주 중요한 발언 중 하나로 간주된다. 왜 그럴까?

스탕달 이전의 프랑스 고전주의 문학에 대해 살펴보면 그 이유를 알 수 있다. 프랑스 고전주의자들은 시대를 초월해서 사람들에게 영원한 감동을 줄 수 있는 작품을 창작하는 것을 목표로 삼았다. 어느 시대 어떤 사람에게든 감동을 주는 전형적인 인간상을 창조하는 것이 가능하다고 믿었다. 그리고 그런 작품만이 우수한 작품이라고 생각했다. 그래서 작품의 시대 배경은 어느 때든 상관없었다. 작품 소재가 꼭 독창적일 필요도 없었다. 고대 작가들의 작품을 모방하더라도 더 나은 작품으로 완성하기만 하면 되었다.

그런 고전주의 문학관이 19세기에 이르러 거센 도전을 받는다. 고전주의 문학관에 반기를 든 작가들이 내세운 기치는 간단하다. '세상에 그런 만고불변의 가치가 어디 있느냐?' '예술과 문학에 무슨 절대적으로 따라야 할 원칙이 있을 수 있느냐?' 하는 것이다. 그러면서 그 작가들은 일제히 낭만주의라는 이름을 내걸었다. 대표적인 작가가 바로 빅토르 위고다. 스탕달도 처음에는 자신이 낭만주의자라고 자처했다. 고전주의에 반기를 들었던 그 새로운 흐름은 나중에 사실주의와 낭만주의로 갈라진다. 어느 쪽이 사실주의를 향했고 어느 쪽이 낭만주의를 향했는지 세세히 살펴볼 필요는 없다. 그들은 고전주의의 절대성에 반대하여 상대성을 내세웠다는 점에서 공통점을 지니고 있다는 것만 기억하기로 하자.

소설은 거울이고 소설가는 거울을 들고 다니는 사람이라는 스탕달의 말은, 자기가 몸담고 있는 당대 사회에 관심을 기울이고 유심히 관찰하는 것이 바로 소설가의 몫이라는 이야기다. 그런 소설만이 동시대 사람들에게 흥미도 주고 감동도 줄 수 있다는 이야기다. 우리가 이제까지 읽어왔던 고전 작품들과는 사뭇 다른 발상이다.

그 간단해 보이는 발상이 문학사에서 아주 획기적인 전기를 마련한다. 소설 하면 여러분은 은연중 어떤 것을 머리에 떠올리는가? 아마 우리가 실제 삶에서 겪는 사건들을 중심으로 이야기가 펼쳐지기를 기대할 것이다. 우리가 지금 생각하는 소설의 모양새가 스탕달로부터 시작되었다고 과감히 말할 수 있는 것은 그 때문이다.

그런데 참 역설적인 결과가 빚어졌다. 스탕달의 소설들이 문학사의 고전이 된 것이다. 그가 살았던 시대를 초월해서 지금도 많은 사람들에게 감동을 주고 재미있게 읽히는 것이다. 그리고 보면 좋은 문학작품이란 당대 사람들을 즐겁게 하면서 동시에 후세 사람들에게 오랫동안 감동을 주는 요소까지 포함해야 하는 모양이다. 어쨌든 스탕달 이후에 나온 소설은 소설가가 살았던 시대의 분위기를 연구하는 중요한 자료가 되었다.

우리가 지금 읽어본 『적과 흑』도 예외가 아니다. 이 작품을 읽다 보면 당시 사회 분위기가 그대로 그려진다. 프랑스대혁명을 시작으로 나폴레옹 시대를 거치면서 왕당파와 공화파와 나폴레옹 보나파르트파로 갈라져 있던 정치 상황을 우리는 이 소설에서 읽을 수 있다. 그 정치적 격변기에 귀족, 신흥 부르주아, 사제, 평민 계급이 어떤 생각을 하고 어떻게 살았는지 면모를 살펴볼 수 있다. 하지만 그것만으로는 지금의 우리에게 큰 흥미를 주지 못한다. 『적과 흑』이 여전히 우리에게 흥미와 감동을 주는 것은 쥘리앵 소렐이라는 전형적인 인물을 스탕달이 창조했기 때문이다.

요즘 '금수저' '흙수저'라는 말이 사람들 입에 많이 오르내린다. 쥘리앵은 전형적으로 흙수저를 갖고 태어난 인물이다. 그는 조그만 시골 제재소의 아들로 태어난다. 그런데 그 흙수저에 만족해 살지 못한다. 흙수저로 만족해 살려 해도 그럴 능력이 그에게는 없다. 아버지 눈으로 보자면 연약하기 그지없는 데다 툭하면 책이나 읽으며 공상에 빠지는 쥘리앵은 아무짝에도 쓸모없는 자식이다.

그러나 그에게는 다른 자질이 있다. 우선 귀공자처럼 아주 잘생겼다. 거기다 머리가 몹시 뛰어나고 감수성도 예민하다. 그뿐인가? 자존심이 남달리 강하고 도무지 타협이라고는 모른다. 더구나 야망까지 크다. 그는 흙수저로 태어난 것을 한탄하며 금수저를 부러워하는 인물이 아니다. 그는 금수저를 지닌 사람들을 비웃는다. 그들이 속물이며 너무 평범하기 때문이다. 그의 목표는 금수저를 얻는 게 아니다. 그만큼 그의 야망은 크고 순수하다.

간단히 말해 쥘리앵은 '세상에 태어났으면 무언가 의미 있는 일을 하고 죽어야 하지 않겠느냐' 하는 꿈을 가진 인물이다. 그가 진정으로 원한 건 사회적 성공이나 신분 상승이 아니다. 자기 삶에 의미를 주는 것이다. 쥘리앵은 그런 남다른 성취에서 진정한 행복을 찾으려 했던 인물이다.

그래서 쥘리앵은 외롭다. 인습에 얽매이지 않으니 외롭다. 비굴함 속에서 행복을 찾으려 하지 않으니 외롭다. 그런 고독한 행복을 용납하지 않는 세상 전체와 싸우려니 더 외롭다. 그 외로운 젊은이가 주위 사람들을 매혹시키고 그들의 마음속에 질투심을 심어주기도 한다. 『적과 흑』이 지금도 우리에게 감동을 주는 것은 그 때문이다. 우리는 『적과 흑』을 읽으면서 쥘리앵에게 매혹당하고 그를 질투한다. 누구나 한 번씩은 마음속으로 꿈꾸어보는 자신의 모습이기에 매혹당하는 것이며, 누구나 그렇게 살 수는 없기에 질투를 느끼는 것이다.

『적과 흑』은 어른이 되기를 거부한 한 젊은이의 이야기다. 그가 형장의 이슬로 사라진 것은 그 때문이다. 이것은 비극적 결말이 아니다. 완벽하게 비타협적인 젊은 삶의 완성이다. 완벽하게 외로운 삶의 완성이다.

여러분은 젊다. 감히 말한다. 젊은 시절 그 외로운 꿈에 젖어보지 못하면 진정으로 산다는 게 어떤 건지 알지 못한다. 역으로, 그 외로운 꿈에 젖어본 사람은 사는 게 뭔지 아는 사람이다. 그 외로움은 "나는 흙수저잖아!"라며 자기 삶을 한탄하는 사람은 절대로 느끼지 못한다. "흙수저, 금수저, 그 따위가 도대체 뭐야!"라고 외칠 수 있는 사람만이 느낄 수 있는 소중한 외로움이요, 소중한 행복이다. 그런 사람은 자신과 비슷한 사람을 한 명이라도 만나면 행복을 느낄 줄 안다. 그런 사람들이 많은 세상이면 좋겠다. 자신의 삶에 자존심을 부여할 줄 아는 사람이 많은 세상 말이다.

『적과 흑』은 뛰어난 연애소설이기도 하다. 요즘 사람들은 쥘리앵의 연애에 공감하지 못할지도 모른다. "뭐가 그리 복잡해! 좋으면 좋은 거고, 싫으면 싫은 거잖아. 좋으면 만나고 싫으면 헤어지면 되잖아!"라고 말할지 모른다.

하지만 첫눈에 반했다가 금방 싫증이 나서 헤어지는 연애는 연애가 아니다. 사실 진짜 연애 안에는 수많은 줄다리기가 있고, 의혹이 있고, 망설임이 있고, 기쁨이 있고, 괴로움이 있다. 인간의 정열이란 어디로 튈지 알 수 없기 때문이다. 그 아래에서 수없이 많은 일들이 벌어지기 때문이다. 『적과 흑』이 오늘날까지 많은 사랑을 받아온 것은 이처럼 뛰어난 연애소설이기 때문이다. 세상이 아무리 변해도 남녀 간 사랑의 감정은 예나 지금이나 똑같다. 앞으로도 마찬가지다. 그런 점에서 『적과 흑』은 탁월한 고전 연애소설이다. 거기에만 초점을 맞추어 읽어도 이 소설은 충분히 재미가 있다. 알게 뭔가? 이 소설을 읽은 덕분에 진짜 좋아하는 상대와 진정한 연애를 한번 해볼 수 있게 될지.

스탕달은 1783년 프랑스 동남부에 자리한 도시 그르노블에서 태어난다. 본명은 앙리마리 벨(Henri-Marie Beyle)이며, 스탕달은 그가 사용했던 많은 가명과 필명 가운데 하나다. 아버지는 고등법원 변호사였으며 어머니는 그가 어렸을 때 세상을 떠났다. 1800년 그는 군인이 되어 나폴레옹 원정군을 따라 알프스 산맥을 넘는다. 잠시 군대를 떠났다가 1806년 다시 군대에 들어가 활발한 군 생활을 한다. 1814년 나폴레옹이 몰락하자 그는 군대에서 물러나와 7년 동안 이탈리아에 머문다. 이탈리아에 머물면서 음악과 미술에 관한 저술들을 집필하다가 1821년 프랑스로 귀국한다.

1822년에 발표한 『연애론』으로 호평을 받은 스탕달은, 초기에는 『라신과 셰익스피어』(1823~1825) 같은 작품을 발표하며 극작에 몰두한다. 이후 소설에 관심을 갖고 1827년 첫 소설 『아르망스』를 발표한다. 그를 유명하게 만들어준 『적과 흑』은 1830년, 그가 47세 되던 해에 발표한 소설이다. 그리고 1839년에는 발자크가 최고의 소설이라고 극찬한 『파르마의 수도원』을 발표한다. 그 후 각지를 여행하면서 집필을 계속했으나, 관절염·신경성 뇌졸중에 시달렸고, 1842년 3월 파리 길거리에서 쓰러져 죽었다. 그는 발자크와 플로베르와 함께

19세기 프랑스 3대 거장소설가로 평가된다.

스탕달은 한마디로 자유인이었다. 어렸을 때부터 반항 정신으로 뭉쳐 있었으며 일정한 주소나 직업을 가져본 적이 없었다. 그에게는 집도 자식도 없었고, 심지어 애인조차 없었다고 말할 수 있다. 1808년에 누이 폴린이 결혼한 뒤에는 가족하나 없는 혈혈단신이 되었다. 그러나 그를 잘 아는 사람들은 그가 지극히 감성적인 사람이었다고 말한다. 그 누구보다 친밀한 인간관계를 갈망했고, 깊은 우정을 맺고 유지하려 애썼다. 그러나 현실 속에서 그는 언제나 외로웠다. 그런 의미에서 그의 소설 속 주인공들은 바로 스탕달 자신이라고 할 수 있다.

참고로 스탕달이라는 인물의 성격을 잘 보여주는 용어를 하나 소개하기로 하자. 바로 '스탕달 증후군(Stendhal syndrome)'이라는 용어다. 스탕달은 1817년 이탈리아 피렌체에 있는 산타크로체 성당에서 신기한 체험을 하게 된다. 귀도 레니의 작품「베아트리체 첸치의 초상」을 감상하고 나오던 중 갑자기 심장박동이 빨라지고 무릎에 힘이 빠지면서 황홀경에 잠긴 것이다. 이후 이 말은 뛰어난 예술작품을 보았을 때 순간적으로 찾아오는 황홀경을 뜻하는 용어가 되었다. 스탕달이 얼마나 감수성이 예민한 인물인가를 보여주는 좋은 일화인 동시에, 우리가 읽은 『적과 흑』의 쥘리앵 소렐을 우리 눈앞에 떠올리는 데도 도움이 될 만한 일화다.

『적과 흑』 바칼로레아

1 『적과 흑』의 주인공 쥘리앵 소렐은 어찌 보면 출세 지향적 인물이다. 그러나 동시에 그는 사회의 속물들을 비웃는 지극히 비현실적인 면모도 지니고 있다. 쥘리앵 소렐의 이런 태도는 오늘날의 출세 지향적 태도와 어떻게 다른지 이야기해보자.

2 『적과 흑』은 앙드레 지드가 프랑스 3대 연애소설 중 하나로 꼽을 만큼 뛰어난 연애소설이기도 하다. 소설에서 쥘리앵 소렐은 레날 부인과 마틸드, 두 사람과 연애를 한다. 여러분은 이 두 연애 중 어느 쪽이 더 진정한 사랑에 가깝다

고 생각하는가? 그리고 그 이유는 무엇인가?

3 스탕달은 "소설이란 길을 따라서 들고 다니는 거울이다" 라는 말로 사실주의 소설을 한마디로 압축해서 표현한 사람이다. 그렇다면 『적과 흑』은 당대 현실을 거울처럼 비추어 보여주는 소설일까, 아닐까? 만일 아니라면 어떤 면에서 그런지 살펴보고, 왜 그렇게 되었는지 생각해보자.

적과 흑

생각하는 힘: 진형준 교수의 세계문학컬렉션 20

펴낸날	초판 1쇄 2017년 9월 1일

지은이	스탕달
옮긴이	진형준
펴낸이	심만수
펴낸곳	(주)살림출판사
출판등록	1989년 11월 1일 제9-210호

주소	경기도 파주시 광인사길 30
전화	031-955-1350 팩스 031-624-1356
홈페이지	http://www.sallimbooks.com
이메일	book@sallimbooks.com

ISBN	978-89-522-3778-1 04800
	978-89-522-3718-7 04800 (세트)

※ 값은 뒤표지에 있습니다.
※ 잘못 만들어진 책은 구입하신 서점에서 바꾸어 드립니다.

이 도서의 국립중앙도서관 출판시도서목록(CIP)은 서지정보유통지원시스템 홈페이지
(http://seoji.nl.go.kr)와 국가자료공동목록시스템(http://www.nl.go.kr/kolisnet)에서
이용하실 수 있습니다.(CIP제어번호: CIP2017019475)

책임편집·교정교열 성한경